KB260380

단국대학교 일본연구소 학술총서 02

일본근대여성의 시대인식
─ 여류작가 히구치 이치요(樋口一葉)의 시선─

조혜숙

제이앤씨
Publishing Corporation

범 례 凡例

1 　본서의 히구치 이치요 작품은 『樋口一葉全集』(筑摩書房, 1974・3-1994・6)에서 인용하였다.

2 　본서에서 인용하는 작품, 논문, 평론의 발표년월은 서력으로 통일하여 표기하는 것을 원칙으로 하였다.

3 　본서에서 사용하고 있는 기호는 다음과 같다.
「　」신문명, 논문명, 작품본문 및 참고문헌에서의 인용
『　』작품명, 서명, 잡지명
(　) 인용문 및 참고문헌의 출전, 주석
〈　〉강조, 또는 특정어구

4 　참고문헌 목록은 각 장마다 마지막에 정리하여 게재한다.

일본근대여성의 시대인식

목 차

제4장 광기(狂気)의 배후(背後) : 『うつせみ』

제5장 공유할 수 없는 생각 : 『十三夜』

제6장 반대방향을 바라보는 女와 男 : 『わかれ道』

제7장 여성의 무력:『われから』

일본근대여성의 시대인식

─ 여류작가 히구치 이치요(樋口一葉)의 시선 ─

일본근대여성의 시대인식
-여류작가 히구치 이지요(樋口一葉)의 시선-

1896년 11월 23일, 24년이라는 짧은 생애를 마감한 히구치 이치요 (樋口一葉)는 소설 22편(이 중 1편은 미완성), 에세이 5편, 편지예문집 『通俗 書簡文』을 발표하고 다수의 와카(和歌)와 일기를 남겼다. 그 중에서도 소설 22편은 『무사시노(武蔵野)』에 『闇桜』가 발표된 1892년 3월부터 이치요가 세상을 떠난 1896년까지 약 4년간에 걸쳐서 발표된 것이다. 4년이라는 짧은 창작기간에 비하면 많다고 말할 수도 있는 22편의 소 설작품에는 한번 커다란 전기(転機)가 있었다고 보인다.

1894년은 이치요에게 있어 특별한 해였다. 1년 전인 1893년 7월경, 소설가로서 생계를 꾸려나가려 했던 이치요는 생계유지를 목적으로 했던 문학을 그만두고 구슬땀을 흘리는 장사라는 것을 하겠다고 결심 하고 시타야류센지마을(下谷龍泉寺町)로 이사하여 잡화, 과자점을 연다. 이 가게를 정리하고 마루야마후쿠야마마을(丸山福山町)로 이사하여 다 시금 본격적인 집필활동을 시작하는 것이 바로 1894년이다. 생계를 위 한 문학을 포기한 이치요가 1894년에 발표한 작품으로는 『花ごもり』

『やみ夜』『大つごもり』가 있다. 『花ごもり』는 시타야류센지마을시절에, 『やみ夜』『大つごもり』는 마루야마후쿠야마마을시절에 발표된 것이지만, 3편 모두 후기작품의 경향이 보이기 시작한 작품으로 거론되고 있다. 하지만, 전기작품과 후기작품의 경계선을 긋는다고 한다면, 『やみ夜』와 『大つごもり』사이보다도 『花ごもり』와 『やみ夜』사이에 그어야 하는 것은 아닐까? 마에다 아이(前田愛)[1]는 이치요작품에 있어서의 『やみ夜』의 위치에 대해, 「이야기의 생활자로부터 「먼지속」생활자로의 전향」을 계기로 「로마네스크세계에 금이 가기 시작했던」 점을 들어 「이치요의 전기(転機)를 보여주는 작품」이라고 자리매김하고 있다. 로마네스크세계의 분열징조, 이야기 생활자로부터 실생활자로의 전향이라는 지적은 전, 후기 작품의 분기점을 찾는데 중요한 기준으로 생각된다. 『うもれ木』『雪の日』『琴の音』를 제외한 많은 전기작품의 메인테마가 맺어지지 않는 슬픈 〈사랑〉임을 감안한다면, 전기(前期)작품에서 「로마네스크세계」와 「이야기의 생활자」로서의 면모를 찾아보는 것은 그리 어렵지 않다. 그러나 전기작품에서 자주 보이는 슬픈 〈사랑〉은 전, 후기 작품이 분기점에 다다르면, 그 존재를 확인하는 것은 가능해도 더 이상 메인 테마는 아니다.

　『花ごもり』까지의 전기작품에서 자주 볼 수 있었던 맺어지지 않는 슬픈 〈사랑〉으로 고뇌하는 여성은 『やみ夜』에 등장하지 않는다. 맺어지지 않는 〈사랑〉으로 고민하는 역할은 나오지로(直次郎)라는 남성의 역할이 되고 히로인 오란(お蘭)은 몇 년이나 기다리고 있었던 약혼자

---

1) 前田愛「一葉の転機─『闇夜』の意味するもの─」, 『樋口一葉の世界』, 平凡社, 1978

나미자키(波崎)에 대한 사랑을 깨끗이 단념하는 여성으로 그려져 있다. 게다가 죽기로 결심한 나오지로에게 「오늘 지금이야말로 당신은 정말로 사랑스러운 사람이 되었다」「오늘부터 제 마음의 남편이 되어서 저를 내 아내라고 불러주세요」「이 세상의 인연은 없는 것이라고 단념해주세요」라고 오란이 이 세상에서 맺어지지 않는 〈사랑〉을 말하는 것은 나오지로를 나미자키 암살계획에 끌어들이는 데에 그 목적이 있을 가능성이 높아 보인다. 『花ごもり』이전의 많은 히로인과 달리 오란은 맺어지지 않는 슬픈 〈사랑〉에 얽매이지 않고 오히려 맺어지지 않는 〈사랑〉을 이용하고 있는 듯이 보인다.

맺어지지 않는 슬픈 〈사랑〉이라는 전기작품의 메인테마에 주목하면, 『やみ夜』를 후기(後期)작품 카테고리에 넣어도 좋지 않을까? 소재, 표현, 문체 등을 포함한 종합적인 측면에서 『やみ夜』를 과도기 작품으로, 『大つごもり』이후를 후기작품으로 보는 것이 적절할지도 모른다. 그러나 말하고자 하는 내용이 바뀌면 그 내용을 보다 효과적으로 전하기 위해서 소재, 표현, 문체 등이 새롭게 모색될 것이다. 소재, 표현, 문체 등의 변화가 메인 테마의 변화로 인해 도출된 것이라면, 메인 테마의 변화는 작품전환에 있어서 필수불가결한 요소인 것이다. 그렇다고 한다면, 『やみ夜』를 전기작품과 후기작품의 범주 중 어느 쪽에 포함시킬지, 조금은 극단적인 선택을 하는 데에 있어 메인테마의 변화를 가장 중요한 평가기준으로 보아야 한다고 생각한다.

맺어지지 않는 슬픈 〈사랑〉에 대한 자세를 바꾸어 현실의 실생활자로 전향한 『やみ夜』이후, 이치요작품은 현실의 실생활자로서 마주하는 〈시대〉와 〈세상〉을 반영하게 된다. 본서는 『やみ夜』이후 후기작

품을 중심으로 각각의 작품분석을 시도하면서 현실의 실생활자로 마주한 〈시대〉와 〈세상〉에 대해서 고찰하는 데에 그 목적이 있다.

　이치요의 후기작품이 발표된 1894년부터 1896년 사이에는 「기적의 기간」이라 불리는 14개월이 포함되어 있다. 이치요의 대표작으로 평가되는 『大つごもり』『たけくらべ』『にごりえ』『十三夜』『わかれ道』의 5개 작품이 이 14개월 사이에 완성, 발표되었다. 이 5개 대표작 중에서도 『たけくらべ』와 『にごりえ』는 특히 높은 평가를 받은 것으로 이치요의 이름을 세상에 널리 알린 출세작이라고 할 수 있다. 따라서 후기작품을 연구대상으로 할 때, 『たけくらべ』와 『にごりえ』는 결코 빠트릴 수 없는 작품일 것이다. 그러나 다른 작품보다도 일찍 주목받은 이 두 작품의 경우, 다방면에 있어서 연구가 진행되고 있어서 한정된 짧은 시간 내에 많은 선행연구를 모두 검토하는 것은 대단히 곤란한 일이다. 따라서 『たけくらべ』와 『にごりえ』를 앞으로의 연구과제로 하고 여기서는 이 두 작품을 제외한 이치요 후기작품을 연구대상으로 하여 작품 안에 그려진 〈시대〉와 〈세상〉에 대해서 고찰하기로 한다. 발표년도 순으로 1장에서는 『やみ夜』, 2장에서는 『大つごもり』, 3장에서는 『軒もる月』『ゆく雲』, 4장에서는 『うつせみ』, 5장에서는 『十三夜』, 6장에서는 『わかれ道』, 7장에서는 『われから』를 다루기로 한다.

*본서는 樋口一葉作品研究(専修大学出版局, 2007년)의 번역서임을 밝혀둔다.

제1장

소외된 자의 반역
:『やみ夜』

들어가는 말

『やみ夜』는 1894년 7월부터 11월에 걸쳐서 『문학계(文学界)』(제 19, 21, 23호)에 3회로 나뉘어 게재된 후, 1895년 11월에 『문예구락부(文芸俱樂部)』(제 12편 「임시증간규수소설」)에 일괄게재된 작품이다. 『やみ夜』는 「暗夜」라는 제목으로 『문학계』에 발표되었으나, 나중에 『문예구락부』에 일괄게재함에 있어 「やみ夜」라는 제목으로 개정하였다.

『やみ夜』의 주요 등장인물인 오란(お蘭)과 나오지로(直次郎)가 공통점을 가진 존재인 것은 지금까지의 선행연구에서 다양한 각도에서 지적되었다. 여기서는 우선 오란과 나오지로가 공통점을 가진 존재임을 지적한 선행연구의 연장선상에서 오란과 나오지로가 가족제도(家制度)와 입신출세(立身出世)에 있어서도 공통점을 가진 존재임을 밝히고자 한다. 그리고 가족제도와 입신출세에 있어서 공통점을 가진 오란과 나오지로를 중심으로 『やみ夜』를 고찰하기로 하겠다.

1 마츠가와(松川)저택이라는 공간

『やみ夜』는 「세상은 넓고 기차는 전국으로 연결되는 때이니」라는 문장으로 끝맺고 있다. 이 문장은 『やみ夜』의 시대설정과도 밀접한 관련이 있는 표현이다. 「기차는 전국으로 연결되는 때이니」라는 것은 도대체 언제를 지칭하는 것일까? 하라다 가츠마사(原田勝正)[1]는 다음과 같은 흥미로운 지적을 하고 있다.

> 1890년대 초까지 신바시(新橋)·고베(新戶)간(1889년 7월 1일), 우에노(上野)·아오모리(青森)간(1891년 9월 1일) 500-600킬로에 이르는 장거리 노선이 개통했다. 그리고 이 간선을 중심으로 한편으로는 더욱 간선을 연장하고 다른 편으로는 이 간선에서 나뉘어지는 지선을 건설하여 철도망이라고 부를 수 있는 네트워크가 형성되었다.

1890년 초까지 주요한 간선이 개통[2]되고 그 후에는 간선연장과 지

---

1) 原田勝正『汽車·電車の社会史』(講談社現代新書, 1983)
2) 일본최초의 철도인 시나가와(品川)·요코하마(横浜)간 노선이 1872(明治5)년 개통된 이후 1890년대 초까지 개통된 주요한 노선에 대해서 「국철연표」(原田勝正『日本の国鉄』, 岩波新書, 1984)를 참조하면 다음과 같다.
  1872年 6月12日 品川·横浜 가개업(仮開業)
       10月14日 新橋·横浜 개업식(開業式)
  1874年 5月11日 大阪·神戶 개업(開業)
  1877年 2月 5日 京都·大阪 개업식
  1880年 7月15日 大津·京都 개업
       11月28日 開拓使所管幌內鐵道手宮·札幌 개업
  1883年 7月28日 日本鐵道上野·熊谷 개통(開通)
       (다음해 5. 1高崎까지 개통)
  1885年 3月 1日 日本鐵道赤羽·新宿·品川 개업

선건설이 이루어져 철도망이라고 부를 수 있는 네트워크가 형성되었다는 지적이 『やみ夜』의 「기차는 전국으로 연결되는 때」라는 표현과 호응하고 있는 점에서 『やみ夜』의 시대설정은 『やみ夜』가 「문학계」에 발표된 1894년 당시와 거의 차이가 없는 것을 알 수 있다.[3]

그럼, 철도망이라는 네트워크가 형성된 것으로 당시 일본에는 어떠한 변화가 일어난 것일까? 그 변화를 알아보기 위해서 다시 하라다의 설명을 살펴보기로 하자.

> 기차의 효용은 20년간(인용자주─시나가와品川·요쿄하마橫浜간 노선이 개통된 1872년부터 1890년대 초까지 약 20년간) 전국에 널리 확대되어 사람들의 생활을 차례로 변화시켜 갔다. 단순히 생활 내지는 활동공간의 확대라고 하는 직접적으로 사람들의 행동에 관계되는 차원만이 아니라 생산되는 물건, 거래되는 상품, 이러한 경제기강의 변화를 통해서 생활모습을 바꾸는 힘을 발휘하게 되었다.
>
> (중략)
>
> 아오모리(青森)와 나가노(長野)의 사과가 큐슈(九州)까지 운반되고, 도쿄(東京)의 신문을 다음날 아침 후쿠시마(福島)와 나고야(名古屋)에서 읽을 수 있게 된다. 유통기강의 변화, 중앙문화의 보급력 확대, 이러한 변화가 청일전쟁부터 러일전쟁기에 걸쳐서 일제히 일어났다.

1889年 7月 1日　新橋·神戶 전구간 개통
1891年 9月 1日　日本鐵道上野·靑森 전구간 개통
1893年 4月 1日　橫川·輕井澤간 아프토식 철도개통에 의해 上野·直江津간 전구간 개통
3) 하시모토 노조미(橋本のぞみ)「『やみ夜』論─傀儡の他者性─」(「国文目白」, 日本女子大学国語国文学会, 1998.2)에도 「작품 내 시간은 본문『인력거』『기차는 전국으로 연결되는 때이니』에서 추정가능. (중략) 작품 내 시간은 발표시기와 일치한다고 보아도 좋다」고 하는 지적이 있다.

철도망이 형성되고 지역간의 이동시간이 단축됨으로써 생활 내지는 활동공간의 확대, 또 유통기강의 변화, 중앙문화의 보급력 확대가 이루어진다. 이것은 철도망에 의해 지역 간의 보다 활발한 교류가 시작되었음을 의미하는 것이다. 철도망에 의한 외부지역과의 보다 활발한 교류가 시작된 시대상황과 명확하게 대비되고 있는 것이 바로『やみ夜』의 주무대인 마츠가와(松川)저택이다. 도쿄북부「소메이(染井)」근처에 위치한 마츠가와저택은『やみ夜』의 도입부에 다음과 같이 묘사되고 있다.

> 담으로 둘러싸인 저택의 넓이는 몇 만평이라고 하고 닫힌 채로 있는 대문은 언제인가 찾아온 폭풍우의 흔적을 그대로 간직하고 있어 지금도 뒤집히지 않은 모습이 불안하다. 소나무는 없어도 기와에 피어나는 풀이름이 시노부쿠사(忍草). 인내하는 옛날은 그것도 누구인가. 숫사슴이 없는 미야기노(宮城野)의 가을모습을 그대로 옮겨 놓았다고 생각될 정도인 싸리밭. 혼자 아름답고 훌륭함을 자부하던 때에도 달구경연회에 신분 높은 분이 참석하는 것은 이제 먼 옛날의 꿈이다. 가을바람이 쌀쌀하고 대단한 변화를 말하는 좋지 않은 소문은 사람들의 입에 오르내리고 있지만, 남은 가족은 어떻게 지내는지 하고 찾아오는 사람도 없어서 가엾고 외로운 주인과 하인 세 명은 도시이면서도 산골거주와 닮은 생활을 한다.

몰락한 마츠가와가(松川家)의 모습이 잘 표현된 대목이다.「청소도 그다지 꼼꼼히 하지 못하는 일이 자주 있으며, 필요 없을 때에는 덧문을 열지 않는 날조차 많」은 황폐할 대로 황폐해진 마츠가와저택은「몇 만평」이나 되는 넓이였지만,「인적」이 드물다. 오란의 아버지인 마츠가와가「사기꾼」의 오명을 쓰고 자살한「안쪽 정원의 오래된 연못」탓

인지, 사람들은 「비내리는 날 밤의 잡담에 쓸데없는 이야기를 덧붙여서 마츠가와님의 저택이라고 하면 왠지 무서운 곳처럼」 생각하고 있다. 마츠가와가 이 세상을 떠난 후에는 이런 사정으로 「어떻게 지내는지」 궁금해하며 마츠가와저택을 「방문하는 사람도 없」었던 것이다. 또, 「1년 365일 손님이 오는 일도 없고 손님으로 가는 일」도 없다는 사스케(佐助)의 말에서도 엿볼 수 있듯이 오란과 사스케부부는 다른 사람을 방문하는 일도 없는 듯하다. 마츠가와저택에 살고 있는 주인과 하인 3명은 「도시이면서도 산골거주과도 닮은」 생활을 하고 있는 것이다.

철도망이라는 네트워크가 형성된 것을 계기로 외부지역과 보다 활발한 교류가 시작된 시대상황 속에서 마츠가와는 외부와의 접점이 끊어진 폐쇄된 공간, 또 사람들로부터 외면당해 홀로 남겨진 공간이었다.

2 오란과 나오지로의 공통점

「음력 5월 28일, 달이 없는」 밤, 사스케는 평소대로 문단속을 하고 있었다. 대문의 「자물쇠가 망가져서 (중략) 고쳐야지 하고 열었다 닫았다 할 때에」 큰 길에서 힘차게 달려오는 마차의 「제등에 벗풀 문장」이 있었기 때문에 「나미자키(波崎)님의 방문」이라고 생각한 사스케는 대문을 닫지 않고 기다리고 있었다. 그런데, 「그 마차가 대문 앞을 지나갈 때」, 「달려지나가는 마차 바퀴에 무엇인가가 닿았는지, 아 하고 내지르는 비명소리」가 사스케에게 들린다. 마차는 그대로 지나가 버리고 그곳에는 젊은 남자, 다카기 나오지로(高木直次郎)가 쓰러져 있었다. 「상처는 대단하지 않아도 (중략) 반은 죽은 듯한 불쌍한 모습, 이것을 그냥 지나칠 수 없었던」 사스케는 나오지로를 「현관까지 메고 들어」 왔다.

사스케에게 간호를 부탁한 오란은 「오늘 밤은 여기에서 머무르는 것으로 하고」, 부모님이 걱정하실테니 「사람을 집까지 보내야 할 것이다」라고 나오지로에게 친절한 말을 건네었다. 오란의 이야기에 나오지로는 「돌아가야 할 집도 없고, 걱정하는 부모님이 안계시니 마차에 깔려죽어도, 길에서 쓰려져도 나 혼자 목숨이 여기까지구나하고 단념하는 것 이외에, 세상에 가엽다고 보는 사람도 없을 것이다」라고 대답한다. 「상처」가 나을 때까지 「10일 넘게」 이 집에서 지낸 나오지로는 오란에게 「작별인사」를 했지만, 「마음 편히 요양하지 않으면 안 될 거야」라는 말을 듣고, 「자신의 나약함에 마음조차 꺾여」 버렸다. 또, 사스케부부로부터는 「할 수 있을 만한 일」을 부탁받아, 나오지로는 마츠가와저택에서 함께 생활하게 된다.

이렇게 4명의 생활이 지속되고 있었던 마츠가와가(松川家)는 오란 아버지의 기일을 맞이한다. 그날, 마츠가와저택의 황폐한 모습에 의문을 느끼고 있었던 나오지로는 「언젠가는 물어봐야지하고 생각했던 이곳의 모습」을 묻기 위해서 「꽃가위를 들고 정원으로 내려가」는 오란의 뒤를 쫓는다. 그리고 「오늘 공양은 아버님인가, 당신은 몇 살에 헤어졌어요?」라고 오란에게 묻자, 오란은 「너도 일찍부터 혼자라니 나와 무척 비슷하구나」라고 대답한다.

오란과 나오지로는 고아라는 점에 있어 공통점이 인정된다. 두 사람이 공통점을 가진 존재인 것은 선행연구에서도 지적되어 왔다[4]. 두 사람이 공통점을 가지는 존재라고 하는 선행연구의 연장선상에서 가족제도와 입신출세라는 측면에 초점을 맞추어 두 사람이 어떠한 공통점을 가지고 있었는지를 고찰하고자 한다.

우선, 가족제도라는 시좌에서 오란과 나오지로를 살펴보자. 오란의 성장과정을 주목해 보면, 오란의 어머니에 대해서 작품 내에서는 그다지 자세히 그려지고 있지 않다. 유일한 정보라고 할 수 있는 것이 「나도 어머니되는 사람의 얼굴은 알지 못하고 키워주신 것은 아버지 혼자뿐이셨으니, 그리움은 또 그 두 배이다」라는 오란의 말이다. 오란은 일찍이 어머니를 잃고 아버지 손에서 성장한 것이다. 여기에서 주목해

---

4) 오란과 나오지로의 공통점에 대해서 야부 테이코(薮禎子)는 「一葉文学の成立と展開—魔を中心に—」(〈新視点シリーズ 日本近代文学4〉『透谷・藤村・一葉』, 明治書院, 1997)에서 「오란과 나오지로는 모두 세상으로부터 소외된 사람들이다. 세상의 젊은 남녀가 꿈꾸는 것 같은 행복에서 그들은 벌써 멀리 떨어진 곳에 있다」고 지적하고 있다. 하지만, 두 사람을 소외시킨 「세상」과 「세상의 젊은 남녀가 꿈꾸는 것 같은 행복」에 관해서는 명확하게 언급되어 있지 않기 때문에, 그 내용은 불확실하다. 키타다 사치에(北田幸恵)는 「越境する女・お蘭—『やみ夜』論」(『樋口一葉を読みなおす』, 学芸書林, 1994)에서 「오란과 나오지로는 나이는 25세와 19세. 한 사람은 몰락했다고는 하지만 마츠가와가의 아가씨, 다른 사람은 거의 하인과 마찬가지인 동거인. 이와 같은 연령, 신분의 차이는 있지만, 오란과 나오지로는 모두 어머니를 알지 못하고 그 후에 단 한 사람의 육친과도 사별한 고아이고 『천도무차별(天道無差別)』하지 않은 세상에 대해서 깊은 원한과 긍지를 가지고 세상을 등진 것에서 『덧없는 세상에 불운한 집단』이라는 정신적으로 유사한 형태를 이루고 있다」고 서술하고 있다. 칸 사토코(菅聡子)『時代と女と樋口一葉』(日本放送出版協会, 1999)는 마츠가와저택을 「죽음의 세계」「〈어두움〉의 장소」로 자리매김한 후에 나오지로가 오란과 마찬가지로 「죽음의 기운」을 지니고 있었기 때문에 마츠가와저택에 「이끌렸다」고 논하고 있다. 칸 논문은 오란과 나오지로를 「죽음의 기운을 공통항으로 하는」 존재로 파악하고 있는 것이다.

야 하는 것이 「키워주신 것은 아버지 혼자 뿐」이라는 표현이다. 이 표현에서 아버지 마츠가와가 재혼도 하지 않고 혼자서 오란을 키웠음을 추측할 수 있다. 『やみ夜』의 어디에도 마츠가와가 재혼한 흔적은 찾을 수 없다. 일부다처제의 관습이 잔존하였던 당시[5]에 이러한 아버지와 딸만으로 구성된 가정은 굉장히 드물었을 것이다. 아버지 이외에 가족이 없었던 오란은 「8년전」 아버지가 갑자기 자살하여 여호주가 된다.

메이지(明治)시대의 여호주란 어떠한 의미를 가지는 존재였을까? 오다케 히데오(大竹秀男)[6]는 1873년 1월에 「포달(布達)」된 「화족, 사족의 가독상속법(華士族の家督相続法)」[7]이 같은 해 6월에 개정되기까지의 과

---

5) 세키 레이코(関礼子)는 『姉の力 樋口一葉』(ちくまライブラリー, 1993)에서 高柳真三『明治前期家族法の新装』(有斐閣, 昭和62年)과 有地亨『近代日本の家族観 明治編』(弘文堂, 昭和52年)을 참고로 하면서 일부다처제 관습에 대해서 다음과 같이 서술하고 있다.
　메이지 3(1870)년 12월, 신율령이 공포되어 소위 「5등친계보(五等親図)」가 제시되었다. 부인과 첩은 모두 남편에 대해서 「2등친」(남편은 부인에 대해서 1등친)이고, 부인과 첩 모두 동등한 배우자로서 남편과 친족관계를 가지는 것이 법적으로 정해졌다. 단 아이에 대해서는 부인이 낳은 아이는 「1등친」인데 비해, 첩의 아이는 「서자」로서 「3등친」이 되는 등의 차이가 있었다. 또 첩에게도 부인과 마찬가지로 「정조의무」가 존재하였지만, 첩이 간통을 저질렀을 경우는 부인보다 죄를 한 등급 감하였다(메이지 6년 개정된 율령에 의함). 有地도 지적하고 있듯이 이들 율령은 「첩 관계를 포함한 혼인질서를 생각하지 않을 수 없을 정도로 첩 관계가 널리 사회에 존재하고 있었던」것을 의미하는 것이다. 그러나 역시 메이지 13(1880)년 7월 공포된 신형법에 의해서 「우리나라(인용자주·일본) 유사 이래 유지되어 왔던 첩제도」(高柳眞三)는 법적으로 소멸되게 된다. 이로 인해 일부다처제, 소위 「단혼제(単婚制)」원칙이 법적으로 규정되게 되었지만, 사실상 첩의 아이는 「서자」로서 부모를 가지는 「공생자(公生子)」(사생아가 아닌 아이)로서 인지(認知)되는 등, 실질적인 일부다처제는 존속하게 된다.
6) 大竹秀男『「家」と女性の歴史』(弘文堂, 1977)

정을 설명한 후에 개정된 상속법에 대해서 다음과 같은 견해를 제시하고 있다.

> 구 무사상속법과 달리 상속권자는 남자만으로 한정되어 있지 않다. 부녀에게도 상속권이 주어졌다. (중략) 부녀의 상속을 허락한다고 해도 그것은 중계상속(中継相続)으로 밖에 인정하지 않는다. 전통적인 「가족(家)」사상이 부녀상속에 제지를 가하고 있었던 것이다.

개정된 「화족, 사족의 가독상속법」에서는 부녀에게도 상속권을 주었다고 하는 변경사항이 눈에 띈다. 이 개정으로 인해 화족과 사족의 부녀상속이 가능하게 된 것이다. 그러나 상속에 있어서의 장남최우선주의 때문에 부녀상속은 중계상속으로서 밖에 인정되지 않았다. 여호주가 남편 혹은 양자를 맞게 되면, 곧바로 호주의 지위를 그 남편 혹은 양자에게 넘겨주지 않으면 안 된다는 1873년의 「태정관포고 263호에 의해 추가된」 1장[8]을 보아도 여호주의 경우 중계상속의 성격이 강했음은 분명하다. 그런데, 시대를 거슬러 내려와 메이지 20년대가 되면 장남최우선주의에 얽매이지 않고 여성이 가독상속을 인정받은 케이스도 보이는 등, 메이지 20년대 이전에 비해 여호주의 「변칙성이 상대적으로 완화되」었던 것 같다.[9] 그러나 여호주의 변칙성이 상대적으로

---

7) 오타케(大竹) 전게서에 「一. 호주상속은 반드시 장남이어야 한다. 만약 사망 혹은 질환 등 불가항력적 사고가 있으면 그 사실을 밝히고 차남, 삼남 혹은 여자에게 양자상속원을 내야 한다. 차남, 삼남, 여자가 없는 사람은 친족을 상속자로 상속원을 내야 한다. 만약 이유없이 순서를 바꾸어 상속하는 사람은 그에 상당하는 이유를 제시할 것」이라고 적혀 있다.
8) 오타케(大竹) 전게서에 「一. 부녀자상속 후에 결혼을 한다거나 또는 양자를 들이면, 즉시 그 남편 또는 양자에게 상속을 양도할 것」이라고 적혀 있다.

완화되었다고 해도 여호주가 중계상속에 지나지 않는 것은 이전과 변함이 없다. 시대에 따라서 여호주의 지위가 변하는 일은 있어도 어디까지나 중계상속이었던 것을 중시한다면, 여호주를 변칙이며 이례적인 케이스로 보고 있었던 당시 가족제도의 기본자세가 크게 바뀌는 일은 없었던 것이다.

1873년 6월에 개정된 「화족, 사족의 가독상속법」은 1875년부터 「평민에게도 적용」되었다.[10] 생각지도 못했던 아버지의 자살로 별 수 없이 여호주가 된 오란의 경우도 가족제도에 있어서 변칙이며 이례적인 중계상속에 지나지 않는 것은 말할 필요도 없을 것이다.

한편, 나오지로는 어떨까? 나오지로의 출생에 대해 살펴보자. 나오지로가 태어나기 전에 아버지가 돌아가셨기 때문에 「부인이라고는 말할 수 없는」 입장이었던 어머니는 「친척인 누구누구의 계략」도 있어서 「태내」의 아이가 「죽은 남편」의 아이임을 인정받지 못했다고 한다. 이 어머니도 출산 후 이 세상을 떠나 나오지로는 태어나고 얼마

---

9) 메이지 20년대에 들어서부터 상속에 적용된 장남최우선주의에 대해 행정부의 일관성이 결여된 판결이 보이는 것은 다카다 치나미(高田知波) 「〈女戸主・一葉〉と『われから』」(『樋口一葉論への射程』, 双文社, 1997)에 자세히 적혀 있다. 1887(메이지 20)년 9월에 「호주 사망 혹은 사고가 있어 호주를 그만둘 경우, 해당 호주에게 자녀가 없으면 호주의 아버지로 호주직에서 물러난 자에게 있어 재 상속을 시키지 않고 그 자녀(호주되는 사람의 누나, 여동생)에게 상속시키는 것과 같은 편의를 취할 수 있는지?」라는 와카야마현(和歌山県)의 문의에 정부가 「친족협의 하에 예정대로」라고 회답한 사례 등을 소개한 다카다논문은 여호주에게 있어서 「중계상속이라는 기본 틀이 변경된 것은 아니었다」라고 인정하면서 메이지 20년대에 여호주의 「변칙성이 상대적으로 완화되었」던 것을 분명히 밝히고 있다.
10) 오타케(大竹) 전게서에 의하면 「『윤리계사상(倫理継嗣上)』화족 및 사족과 평민을 구별해야 할 이유가 없다」라는 이유로 「메이지 8년 이후, 화족 및 사족의 호주상속법은 평민에게도 적용되게 되었」다고 한다.

지나지 않아 고아가 되었다.

작품 내에서 나오지로는 19살로 설정되어 있으므로 그가 태어난 것은 메이지 초기일 것이다. 「메이지 31년 이전의 소위 전법전시대(前法典時代)」는 「태정관과 민부성(民部省)·내무성·사법성 등」에서 내려진 「포고(布告)와 포달과 지령(指令)」이 「법의 중심」이 되었던 시기라고 한다.[11] 메이지 신정부는 에도(江戸)시대에도 있었던 첩이라는 존재를 새로운 포고와 지령 안에서 어떻게 다루고 있을까? 1871년 「내무성지령」은 첩의 신분을 공인한다. 그리고 1873년에는 「태정관 지령」에 의해 첩도 부인과 같은 배우자 자격으로 호적에 등기할 수 있게 되었다.[12] 1880년 공포된 「신형법」에 의해서 첩제도가 법률상에서 소멸될 때까지 이러한 규정이 효력을 가지고 있었음은 말할 필요도 없을 것이다.[13]

---

11) 前田卓『女が家を継ぐとき』(関西大学出版部, 1992)

12) 주7)과 중복되는 내용이지만, 오타케(大竹)의 전게서 『「家」と女性の歴史』에 첩의 호적 등기에 대해서 언급되고 있는 부분을 인용하면 다음과 같다. 메이지가 되어도 첩제도는 존속하였다. 신율령에는 대보령(大宝令)을 따라서 5등친도(五等親図) 중에서 부인과 첩을 2등친으로 하고, 메이지 4(1871)년 내무성지령은 「신민일반 첩의 칭호로 고통받지 않고」라고 첩신분을 공인한다. 그렇지만, 이미 제출된 호적법의 호구기재순서를 보면 알 수 있겠지만, 첩은 호적에 등기하도록 되어 있지 않았다. 그래서 메이지6년의 태정관 지령으로 호주의 첩은 부인 다음, 아버지의 첩은 어머니 다음, 할아버지의 첩은 할머니 다음에 기재하는 것으로 했다. 메이지 2년 동경 호적서법에 「첩은 하인 중에서 가장 먼저 적는다」라고 되어 있는 것과 비교하면 이 기재순서가 무엇을 의미하는지 분명할 것이다. 첩을 하인이 아닌 배우자로서 보았던 것이다. 「부인과 첩에 해당하지 않은 여자가 분만한 아이」는 사생아로 한다고 정한 메이지 6년의 태정관 포고 21호도 첩이 배우자임을 증명하고 있다.

13) 주 5)참조

그렇다고 한다면, 나오지로가 태어난 메이지 초기에 나오지로의 어머니는 〈첩〉으로서 충분히 호적에 오를 수 있었다. 그리고 어머니가 〈첩〉이라는 신분으로 나오지로를 낳았다고 가정하면 나오지로는 당연히 〈서자〉로 호적에 올랐을 것이다. 그럼 나오지로의 어머니가 〈첩〉으로 호적에 오르지 않고 나오지로를 출산했을 경우는 어떻게 될까? 그러한 경우에는 「메이지 6년의 태정관 포고21호」의 「단서」[14]에 명기되어 있듯이, 아버지가 부자인지수속절차를 밟아서 나오지로를 〈서자〉로 인정할 수 있었다.

나오지로의 출생당시는 첩 혹은 첩이라고도 할 수 없는 여자가 낳은 아이를 〈사생아〉로 만들지 않도록 여러 가지 다양한 법적제도가 마련되어 있었던 것이다. 그럼에도 불구하고 〈서자〉로서 아버지 호적에 오를 수 있었던 나오지로는 아버지의 죽음으로 〈서자〉로서도 아니고 〈사생아〉로 어머니 쪽 호적에 오를 수 밖에 없었다고 보여진다. 이것은 모계를 계승하게 된 것만을 의미하는 것이 아니다. 남성중심의 가부장제사회에서 모계를 계승한다는 것은 나오지로가 가부장제사회의 정계(正系)에서 벗어난 것을 의미하는 것이기도 했다.

오란은 중계상속의 성격이 강해서 변칙이고 이례적인 케이스라고 간주된 여호주였다. 그리고 나오지로는 〈서자〉로서 인정받을 가능성

---

14) 「메이지 6년의 태정관 포고 21호」에 의해 「부인과 첩 이외의 여자가 낳은 아이는 사생아로서 생모가 아이를 키우며, 생모의 호적에 입적한다고 정했다」. 단 「메이지 6년의 21호포고」는 「사생아를 그 친부의 아이라고 인정하고 인지수속을 함으로써 법률적인 부자관계가 발생하는 것으로 하는」것과 「인지권은 친부인 남자에게만 있어서 아이 및 생모로부터 인지를 청구하는 것은 허락되지 않는」것을 「단서」로 하고 있다고 오타케의 전게서 『「家」と 女性の歷史』에 기술되어 있다.

이 있었음에도 불구하고 아버지의 죽음으로 결국 〈서자〉도 되지 못하고 〈사생아〉로 전락해 버렸다. 이렇게 두 사람의 경우는 다르지만, 두 사람 모두 가족제도라는 점에서 보면 예외적인 케이스였던 것은 분명하다.

다음은 입신출세라는 점을 시좌로 하여 오란과 나오지로를 살펴보자. 우선 오란이 살고 있었던 시대에 여성의 출세란 어떠한 것이었는지를 생각해 보고자 한다.

『やみ夜』에는 「여자는 온순하고 상냥하면 그것으로 충분하다」라는 여성에 관한 시대인식이 제시되고 있다. 에도시대와 마찬가지로 메이지시대에도 몇 종류인가의 「온나다이가쿠(女大学)」[15)가 새롭게 간행되어 여성의 교훈서·교과서로서 널리 사용되었다.[16) 메이지시대의 「온나다이가쿠」에서도 온순함과 상냥함을 중시하는 경향을 발견할 수 있다. 『新撰增補女大学』[17)의 제 1절에는 여성의 「사덕(四德)」과 「육덕(六德)」이 적혀있는데, 「사덕이란, 바른 말을 하다(正言), 남편을 따르다(貞順), 실을 잘 뽑는다(功糸), 모습이 바르다(端容)이다. 육덕이란, 상냥

---

15) 여기에서는 여러 종류의 「온나다이가쿠(女大学)」의 모든 인용을 石川松太郎編『女大学集』(〈東洋文庫302〉、平凡社、1977)에서 한다.

16) 후쿠자와 유키치(福沢諭吉)는 카이바라 에키켄(貝原益軒)의 『온나다이가쿠(女大学)』에 대한 평가와 자신의 새로운 여자교육론을 적은 『女大学評論 新女大学』(時事新報社)를 1899(明治32)년 11월에 출판한다. 이 책의 「女大学評論」(p219)에 있는 「소설이야기라면 어쩌면 문제가 되지 않을 것이다. 그렇지만, 여자교육의 귀중서로서 도시의 어느 곳에서는 지금도 숭배되고 있지만, 여기에 적은 것은 분명히 현행 법률을 위반하는 것이 많다. 그 민심에 스며든 결과는 사람을 잘못하여 법의 죄인이 되게 한다. 교육가는 물론 정부에서도 주의해야만 하는 것이다」라는 문장을 통해서 「온나다이가쿠」가 어느 정도 유포된 상태인지 추측할 수 있다.

17) 萩原乙彦編『新撰增補女大学』, 1880

하다(柔順), 깨끗이 하다(淸潔), 질투하지 않는다(不妬), 검약, 매사 조심하다(恭謹), 성실히 일하다(勤勞)」라고 한다. 그리고 『新撰女大学』[18)]에는 「부용(婦容)이란, 용모와 자세를 어른스럽게 하는 것을 말한다. 완만(婉娩)은 따르다(したがう)라고 훈독하고 유순, 온순의 뜻으로 모습을 부드럽고 상냥하게 하고 다른 사람의 기분에 맞추는 것이다」라고 쓰여 있다. 에도시대의 「온나다이가쿠」를 계승하여 메이지시대의 「온나다이가쿠」도 온순함과 상냥함을 중시하는 경향을 보이고 있었던 것이다.[19)] 오란이 살았던 시대에 「여자는 온순하고 상냥하면 그것으로 충분하다」라고 인식되었던 것에는 여성교육서로서 에도시대부터 널리 사용되었던 「온나다이가쿠」의 영향을 찾아볼 수 있을 것이다.

메이지시대의 「온나다이가쿠」는 에도시대의 「온나다이가쿠」에서 많은 덕목을 이어받고 있다. 그 중에서 주목하고 싶은 것은 〈삼종(三從)〉이라는 가르침이다. 예로부터 전해져 온 〈삼종〉의 가르침은 메이지시대의 「온나다이가쿠」에도 명기되어 있다.[20)] 문명개화의 메이지시대가 되어도 여성은 남성에게 의존하여 살아가는 존재로 가르쳐져 왔던 것이다.[21)] 남성에게 의지하여 살아가는 존재로서 여성이 인식되었던 당시 여성 혼자서 자립하여 살아가는 것이 어려웠던 것은 당연한

---

18) 西野古海著『新撰女大学』, 1882
19) 『女子を教ゆる法』(貝原益軒『和俗童子訓』第之五), 『女大学宝箱』, 『新撰女倭大学』 등, 에도시대의 「온나다이가쿠」도 온순함과 상냥함에 대해서 언급하고 있다.
20) 『女鑒必読女訓』(高田義甫述, 1874 [明治7] 年開板)과 『新撰増補女大学』(주17에 전게)에 명기되어 있다.
21) 여성에게 가르친 〈삼종〉에 대해서 비판의 목소리가 없었던 것은 아니다. 『やみ夜』발표로부터 시대는 조금 거슬러 내려가지만 후쿠자와가 「新女大学」(주16에 전게)에서 삼종을 비판하고 있다.

일이었는지도 모른다. 그러나 의지할 남자만 있다면, 여성은 자립따위를 생각하지 않아도 좋았다. 그렇다면 여성의 삶은 남성에 의해서 크게 좌우되었다고 말하지 않을 수 없다. 다시 말하자면, 여성으로서 최고의 출세란 재력과 지위를 가지고 있는 남성과 결혼하는 것이었다고 말할 수 있을 것이다.

오란이 어떻게 생각하고 있는지는 작품 안에 밝혀져 있지 않지만, 이러한 시대상황을 근거로 판단한다면, 그녀에게 있어서도 재력과 지위를 가진 남성과의 결혼이 여성으로서의 출세였다고 생각된다.

하늘이 주신 훌륭한 자질, 아름다운 것은 용모뿐만이 아니다. 모습도 정돈되었고 교육도 제대로 받았으니 이런 상태로 다른 이의 부인으로 불린다면 나무랄 데 없는 결백무구한 사람인 것을…. 덧없는 것은 오란의 신세이다.

이런 오란의 인물묘사에서 그녀가 한 남자의 부인이 되는 데에 특별한 결점이 없는 여성임을 알 수 있을 것이다. 그러나 오란의 집은 아버지의 자살로 몰락해 버렸다. 그 때문에 약혼자인 나미자키가 결혼해 주지 않은 한, 오란이 재력과 지위를 가진 남성과 결혼하여 이 세상에서 자신의 위치를 가지는 것은 어려워졌다고 보인다. 정말로「덧없는 것은 오란의 신세」였다고 말할 수 있을 것이다.

그럼 나오지로의 경우는 어떠할까? 남자에게 있어 메이지는 어떠한 시대였는지에 대해 다케우치 히로시(竹内洋)[22]는 다음과 같은 견해를

---

22) 竹内洋『立身出世主義—近代日本のロマンと欲望』(日本放送出版協会, 1997)

제시하고 있다.

메이지 일본의 개막으로 직업선택의 자유와 거주의 자유가 선언되고, 사회적 유동성의 질곡이 되고 있었던 제도가 해제되었다. (중략) 「귀족은 물론이고 서민에 이르기까지 각기 그 뜻을 이루고 마음이 헤이해지지 않도록 해야 한다」라는 「学制被仰出書」(메이지 5년)는 「신분상응」이 아니라 「실력상응」 시대를 재촉하기 시작한 정부문서이다. 정욕과 관능의 억압과 부정으로부터 해방과 격류의 시대가 되었다. (중략) 『학문의 권장(学問のすすめ)』(福沢諭吉)과 『西国立志編』(サミュエル・スマイル著, 中村正直訳)은 메이지초기의 대 베스트셀러로 입신출세주의에 불을 지핀 책이었다.

「신분상응」이 아니라 「실력상응」의 메이지시대가 막을 연다. 학문에 의한 입신출세가 가능한 시대가 되었던 것이다.『학문의 권장(学問のすすめ)』과 『西国立志編』이 대 베스트셀러가 된 것, 또 「『明治立志編』『東洋立志編』『日本立志編』 등 많은 유사본」이 차례로 출판된 점23)에서 입신출세에 대한 깊은 관심을 읽을 수 있을 것이다. 다케우치에 의하면,『학문의 권장(学問のすすめ)』 등에 자극을 받아 「공부, 출세에 관심을 가지게 된 청소년은 상경유학」을 하게 되고, 그러한 상경유학자를 위해 「학교안내서인 (중략) 『東京留学案内』(메이지 18년, 下村泰大編, 東京 和田篤太郎)」도 등장했다고 한다. 또 『東京留学案内』에 이

---

23) 다케우치 히로시(竹内洋)가 인용한 표 「『西国立志編』類似本」에 의하면,『明治立志編—各民間栄名伝』(津田権平纂述, 兎屋誠発行)과 『東洋立志編』(松村操編著, 巌々堂)은 1880(메이지13)년,『日本立志編—名修身規範』(千河岸貫一著, 大阪吉岡平助・前川善兵衛)은 1882(메이지15)년에 각각 출판되었다고 한다.

어 「본격적인 학교안내 가이드북」이라고 말할 수 있는 『東京遊学案内』가 「메이지 23년부터 매년 1회 내지는 2회 발간되었다」는 다케우치의 지적을 참고로 하면 메이지 20년대에 들어서도 학문에 의한 입신출세에 대한 관심이 지속되고 있었음을 쉽게 추측할 수 있다.

작품 안에서 나오지로에 대해

> 우러러 쳐다보면 높은 가노산(鹿野山)의 산기슭을 떠나 아마와고오리 (天羽郡)라는 태어난 고향을 서슴없이 버린 후, 지금 보아라. 세상에서 버려진 내 몸하나를 희생하여 여기 도쿄에서 의학수업을 하여 전해진 가풍을 잇자. 자 해보자. 라고만 생각하여 어머니와 할아버지의 한을 품고, 누구에게 이야기할까? 마음 하나만을 버팀목으로 하여 나온 수도(首都).

라고 그려지고 있는 것을 볼 때, 나오지로도 입신출세를 꿈꿔서 도쿄로 올라온 사람들 중 하나임을 알 수 있다. 그런데, 나오지로가 「의학수업」을 하겠다는 목표를 세우고 막상 나온 도쿄는 「어디에서도 사용되는 것은 재능 있는 사람, (중략) 경박하다는 비난은 받아도 말재주가 있고 일을 무마하는 약삭빠름을 사람들은 기뻐하는」곳이었다. 그러나 나오지로는 어릴 적부터 「비뚤어진 놈」이었고 성장해서는 세상을 적이라고 생각하게 되었다. 이러한 나오지로는 자신을 「가엽게 여기는 사람」에게 「마음은 낮추어라 몸을 아까워하지 마라」라고 충고를 받고 그대로 아무리 실천하려고 해도 마음대로 되지 않는다. 그 때문에 나오지로의 상경 후에 대한 서술,

> 목욕탕 연로로 쓸 나무 모으기, 메밀국수집 배달, 하인, 정원사, 수많

은 일을 거쳐 1년정도 시험삼아 일한 것은 30집. 3일도 계속하지 못하고 그만두는 것은 그나마 괜찮다. 안주인의 색기 어린 머리모양이 마음에 들지 않는다고 때려 넘어뜨리고 도망친 적도 있고, 바깥주인과 언성을 높인 끝에는 싸움질, 경찰에게 붙잡혀 간 적도 몇 번이던가.

라는 대목에서도 알 수 있듯이, 나오지로는 무엇을 해도 실패만 했다. 나오지로는 오란과 달리 입신출세를 꿈꾸지만 그녀와 마찬가지로 입신출세와는 별로 인연이 없는 입장에 있었다고 할 수 있을 것이다.

3 변모

오란의 아버지 마츠가와가 「사기꾼」의 오명을 쓰고 「안쪽 정원의 오래된 연못」에서 투신자살한 것은 앞에서 언급한 바와 같다. 「턱에 정의의 수염을 기른 훌륭하신 정치인」이 「실제의 죄」를 저질렀지만, 「앞에 나서서 실제 업무를 담당했」기 때문에 마츠가와가 오명을 쓴 채로 자살했다고 한다. 혼자 희생이 된 마츠가와 덕분에 구사일생한 「남은 사람들」은 「은혜를 입은 사람의 유족」인 오란에게 적어도 「최소한의 배려라도 있어야」 했다. 그러나 그들은 보은은 고사하고 「황폐해져 가는 집에 방문객도 줄어드니 무서운 세상의 입」이라고 모르는 척을 하고 있었던 것이다. 오란은 「슬픔, 무서움, 억울함이 마음에 한이 되」어 목숨까지 버릴 각오로 「남은 사람들」에게 복수할 것을 「결심」한다.

여기에서 오란의 약혼자인 나미자키 타다요(波崎漂)에 대해서 살펴

볼 필요가 있을 것이다. 그는 「중의원에 미남이라고 불리는 연소의원」
이다. 「멀지 않은 현(県)에서 선출되었을 당시, 떠들썩했던 세상 소문
은 흠은 되지 않았지만 비밀은 마츠가와와의 사이에 숨겨졌다. 오늘날
의 재산도 절반은 어디서 나온 것인가」라는 화자가 제공한 정보로도
알 수 있듯이 나미자키의 지위와 재산은 마츠가와의 도움 없이는 불가
능한 것이었다. 또 「정치라고 하는 여자가 알지 못하는 당(堂)에서는
사위라고 대우도 가볍」지 않았다. 그럼에도 불구하고 나미자키는 「하
지 않으면 그 뿐인 외국 유람에 세월을 보내고 (중략) 그 사람(인용자주
마츠가와)이 이미 죽은 뒤」에 귀국하였다. 그리고 돌아온 후에 그는 능
숙한 언변으로 오란을 「25살 가을까지」 8년이나 기다리게 한 것이다.
이러한 상황을 중시한다면 오란이 「슬픔, 무서움, 억울함」을 느끼고
있었던 「남은 사람들」 가운데 나미자키를 포함시켜도 무관할 것으로
생각된다. 나미자키도 마츠가와의 은혜를 입었지만 유족인 오란을 보
살피지 않은 것은 「남은 사람들」과 마찬가지였다고 해도 과언이 아니
기 때문이다.

그러나 오란은 나미자키와 결혼할지도 모른다는 어렴풋한 기대를
가지고 있었기 때문인지, 「남은 사람들」에게 복수하려고 생각했을 때
에도 그를 원망하는 모습은 그다지 보이지 않는다. 오란이 나미자키를
원망한 것은 다음 인용에서도 알 수 있듯이 오란 자신이 그에게 「버려
졌」다고 판단했기 때문이다. 나마자키의 마음을 눈치채고 평정심을
잃어버린 오란은 나미자키와의 관계에 대해 다음과 같은 결론을 내
린다.

누구를 위해 지킨 절개인가. 소나무의 상록도 이렇게 해서는 보람 없는 버려진 것이니라고 혼자서 곰곰이 생각하고는 괴로운 세상은 싫구나, 싫어라고 검정소매에. 사가노(嵯峨野)는 멀고 여기에 버려진 사람이 될 것은 뻔하지만, 미운 남자 마음에 염치없이라며 외로운 가을풍경을 혼자 바라보고 미숙한 깨달음으로 부처님께 공을 드리는 일이 없을 것이라는 체념. 그것도 싫구나, 싫어. 어차피 미친다면 세상이 놀랄 만한 일을 하고 멋지게 천년 후까지 꽃과 단풍같이 아름다운 여자가 되고, 불가능하다면 잠시 동안의 영화에 끝내 별 볼 일 없이 산길의 이슬로 사라지면 된다. 나 스스로 여자 야차의 본성이 너무나도 무섭지만, 이렇게 되어가는 것은 지금까지의 사람이다. 억울해 하지말자. 원망하지 말자. 덧없는 세상은 꿈이라며 이 사랑을 시작해서 한 얕은 생각, 두려운 것은 눈물 흘린 후의 여자 마음이다.

오란은 나미자키에 대한 사랑을 포기하기로 했다. 그 후에 「억울해 하지 말자, 원망하지 말자」고 자신의 감정을 억제하고 「여자 야차(女夜叉)」가 되어서 나미자키에게 멋지게 복수할 것을 결심한 것이다. 오란이 나미자키와의 사랑을 포기한 것은 중요한 의미를 가진다. 왜냐하면 나미자카와의 사랑을 포기한 것으로 결과적으로 오란은 여성으로서의 출세－지위와 재력을 가진 남성과의 결혼－로부터 멀어져 버렸기 때문이다. 또 그것은 당연히 오란이 가족제도에 있어서 이례적인 여호주인 채로 있어야 함을 의미하는 것이기도 하다. 나미자키에 대한 사랑을 포기하고 그에게 복수할 결심을 한 오란은 가족제도와 출세를 등진 방향으로 변모하였다고 말 할 수 있을 것이다.

다음은 『やみ夜』에서 변모하는 또 한사람, 나오지로에 대해서 살펴보자. 「바람에 싸리 잎이 흔들리는 때도 지」난 가을의 어느 날, 마츠가와가의 사람들과 나오지로는 「의학수업」을 해서 가업을 잇기로 한

나오지로의 결의에 대해서 이야기하고 있었다. 이 날, 나오지로는 「나도 남자이니 말한 것을 나중으로 미루기 어렵다」 라든가 「멋지게 해내지 못하면 베짱도 끈기도 없는 남자」라고 남자를 운운하면서 「언제나 이 이야기를 시작할 때」와 같이 「힘줄세우면서」 자신의 결심을 말한다. 그의 결심에 대해서 사스케는 「의사가 되는 것은 감자, 무 재배와는 근본이 달라」라고 충고하지만, 나오지로는 신경쓰지 않는다. 옆에서 주의 깊게 듣고 있었던 오란은 「경쟁이 심해지는 것은 당연한 이치이니, 굉장히 인원수도 많고 해마다 어려워진다」는 것과 「학비를 대줄 사람이 없으면 일단은 어려운 일」인 것 등을 현실적인 면에서 거론하면서 자신의 생각을 말하고 있다. 더욱이 「결백함」을 버리고 「둥글둥글해지지 않으면」 어려울 것이라고 나오지로의 성격을 감안한 견해까지 부드러운 어조로 말한다.

　오란의 이야기를 듣고 지금까지 자신의 경력을 뒤돌아보았는지, 둥글둥글해질 수 없다고 판단한 나오지로는 「나는 세상의 능력 없는 원숭이는 되어도 마음이 깨끗하지 못한 남자는 절대로 되지 않을 꺼야. 그것이다」라고 좀 전의 고집쟁이가 한 말이라고는 생각할 수 없는 발언을 하고 자신의 꿈을 깨끗이 단념해 버린다. 꿈을 단념한 나오지로는 화자에 의해서 「갈 곳은 없고 세상은 적이다」라고 평가되고 있다. 나오지로는 앞으로의 삶에 대해 「대단한 것을 말하는 듯하지만, 나는 오란님에게 목숨을 바칠 것이다. 이 말 한마디를 맹세의 말로 하여 마음속에서 덧없는 세상의 많은 일들을 생각하지 않으니, 삶과 죽음은 마음대로」라고 생각한다. 나오지로는 의사가 될 것을 단념하고 오란을 위해서 살 것, 목숨을 바쳐서 그녀가 하라는 대로 할 것을 결심한

것이다. 나오지로의 변모를 둘러싸고 마에다 아이(前田愛)[24]도

　　　이 회심을 전후하여 나오지로가 오란에게 결부되어가는 것도 대단히 자연스러운 흐름이었다고 말하지 않을 수 없을 것이다. 모든 가치를 거절해 버린 나오지로에게 있어 자기 존재를 증명하는 것은 오란에 대한 사랑 이외에는 남아있지 않았기 때문이다.

라고 지적하고 있듯이 오란에 대한 사랑은 남자인 나오지로에게 남겨진 마지막 존재의 이유였다고 할 수 있다.

　이렇게 나오지로는 결국 세상의 입신출세와 멀어지게 되었다. 오란과 마찬가지로 나오지로의 변모도 출세하기 위한 것이 아니었다. 그도 역시 출세와는 반대되는 방향으로 변모해 갔던 것이다. 오란과 나오지로의 목숨을 건 변모는 가족제도, 그리고 출세와 반대되는 동일한 방향을 향하고 있었다.

④ 변모 후에 생긴 공통의 적

　오란과 나오지로가 변모함으로써 두 사람에게 공통의 적이 부상하게 된다. 그 적이라는 것은 나미자키 이외에는 없을 것이다. 왜 나미자키가 그들의 적이었는지 그 이유에 대해 검토해 보자.

　오란은 자기 자신을 버려졌다고 생각하고 나미자키에 대한 복수를

---

24) 前田愛「一葉の転機—『闇夜』の意味するもの—」(『樋口一葉の世界』, 平凡社, 1978)

결심한다. 복수의 대상인 나미자키가 오란의 적인 것은 말할 필요도 없을 것이다. 그렇지만 오란 자신을 복수결심까지 이르게 한 나미자키에 대한 분노와 원망 등은 버려졌다는 생각에 국한된 것은 아닌 듯하다. 가을날 어느 저녁, 나미자키로부터 심부름꾼이 편지를 가지고 오란을 찾아 온다. 편지에서 나미자키는 오랫동안 오란에게 연락하지 못한 변명을 늘어놓은 뒤, 지금 곧 「소메이의 별장」으로 오도록 권유한다. 오란은 편지에 대한 답장에 그저 「때마침 걸린 감기 때문에 헝클어진 모습이 부끄러워 말씀하신대로 찾아뵙는 것은 괴로우니 용서해 주시기 바랍니다. 이 다음에 또」라고 썼을 뿐이다. 그러나 답장에서 보이는 온화함과는 반대로 오란은 마음속으로 나미자키가 「남자의 지위」를 이용하여 자신을 가지고 놀았으며 나미자키가 자기 보호를 위해 자신을 「첩」으로 하려고 한다고 판단하여 새로이 그에 대해 복수할 결심을 다시 한번 다짐한다. 버려졌다는 생각, 또 나미자키가 「남자의 지위」를 이용하여 자신을 가지고 놀았으며 「첩」을 삼으려 한다는 판단은 오란이 나미자키에게 복수를 결심한 원인이기도 한 동시에 그를 적이라고 생각한 이유이기도 하다.

다음은 나오지로에게 나미자키가 적인 이유에 대해 살펴보자. 그 이유로서 아래의 3가지 점을 들 수 있다.

첫째는 마츠가와저택 앞에서 나오지로가 나미자키의 마차에 부상을 당한 것, 그 때 나미자키가 부상당한 나오지로를 두고 그대로 도망쳐 버린 것을 들 수 있다. 이러한 나미자키의 행동에 대해 나오지로는 마츠가와 저택으로 옮겨졌을 때, 「원망스러운 인력거의 문장은 벗풀, 어두웠지만 똑똑히 보았다. 차주에게 이 원망은 반드시 갚을」 것이라고 오란에게 분명히 말하고 있다.

그리고 두 번째는 세상이 전부 자기 자신의 적이라는 생각이다. 나오지로를 기른 할아버지는 「부모 없는 아이라고 얕보는 놈들」 때문에 손자에게 「가여움」을 느껴 「세상은 우리들이 적으로 생각하고 우리는 끝까지 세상과 싸워야 할 몸이다」라고 생각하고 있었다. 이러한 할아버지의 생각을 그대로 이어받은 나오지로는 저속한 세상을 상징하는 나미자키를 적으로 받아들이고 있었음에 틀림없다.

마지막 세 번째는 나미자키가 오란의 적이기 때문이다. 그가 의사가 될 것을 포기하고 「나는 오란님에게 목숨을 바친다」라고 결심한 이후, 오란만은 나오지로에게 〈타인 =적〉이라는 도식에서 제외되었다. 나미자키로부터 편지가 도착한 날 밤, 오란은 나미자키에 관해서 「오늘 편지를 보낸 사람은 나의 옛날 연인, 지금부터는 적이 된」사람이라고 나오지로에게 말한다. 오란을 위해서 살기로 결심한 나오지로에게 오란의 적은 자신의 적이기도 한 것이다.

이상과 같은 이유를 살펴볼 때 나미자키는 오란과 나오지로에게 모두 적이었다고 말하지 않을 수 없다. 오란과 나오지로는 나미자키를 자신의 적으로 인식한 후에 나미자키 암살을 계획하고 실행에 옮기게 된다.

나미자키의 편지로 그의 존재를 알게 된 나오지로는 그날 밤 「큰 은혜를 입은 당신의 연인을 원망스럽게 생각하는 저는 당신의 적입니다. (중략) 좋지 않은 생각을 숨기고 참는 것은, 저는 이미 큰 죄를 저지른 몸」이라고 오란에게 죽음을 결심한 이유에 대해 말한다. 나오지로로부터 죽음의 결심과 자신을 사랑하는 마음을 들은 오란은 「오늘 지금

이야말로 당신은 진정 사랑하는 사람이 되었다」라고 말하고 나오지로가 좋다면「오늘부터 제 마음의 남편이 되어 저를 당신의 부인으로 불러주세요」라고 제안한다. 그러나「이 세상에서의 인연은 없는 것이라고 포기해 주세요」라고 부부관계가 저 세상의 인연임을 분명히 한 오란은「저를 정말로 사랑하신다면 그 목숨을 지금 여기에서 주시지 않겠습니까?」라고 말하고 나오지로에게 목숨으로 그의 마음을 증명할 것을 강요한다. 그리고 오란은「아버지의 유지」를 잇고 싶다는 것을 이유로 자신을 대신하여 나미자키를 죽여 달라고 나오지로에게 부탁한다. 오란은 나오지로의 자신에 대한 사랑과 그가 가지고 있는 나미자키에 대한 원망을 자신의 기분과 중첩시켜 나미자키암살을 의뢰하고 있는 것이다. 오란에게 나미자키 암살을 의뢰받고 이를 승낙한 나오지로는 겨울 초입 석상연설을 끝내고 돌아온 나미자키를 그의 집 앞에서 노렸다. 그러나 상처는 나미자키의「뺨에 약간 스친」정도로 나미자키 암살 계획은 결국 실패로 끝나버리고 만다.

이렇게 보면, 나미자키암살 시도는 분명 오란과 나오지로가 그들의 공통의 적에게 원한을 되갚는 행위였다고 말할 수 있다. 하지만, 나미자키 암살은 그들의 원한을 되갚는 행위로밖에 볼 수 없는 것일까? 여기에서 오란과 나오지로가 공통점을 가지고 있었던 것을 상기해보자. 오란과 나오지로는 두사람 모두 가족제도에서 보면 정계라고는 할 수 없는 존재였고, 입신출세 코스에서는 성공가능성이 희박한 입장이었다. 한편 그들의 적인 나미자키는 시대의 변화라는 파도에 능숙하게 올라타 입신출세에 성공하여 세상의 중심에 위치하고 있었다. 또 그는 입신출세의 성공으로 획득한 지위와 권력, 그리고「남자의 지위」를 뽐

내고 있었다고 생각한다. 이러한 오란, 나오지로, 나미자키의 인물상을 중시한다면, 오란과 나오지로에 의해서 계획된 나미자키암살 시도는 문명개화의 새로운 시대를 향해 재편성되어 가는 사조와 제도로부터 소외된 사람들이 기획한 반역이었다고 볼 수 있지는 않은가?

나미자키 암살에 실패한 나오지로는 행방불명이 된다. 그리고 사건이 일어나고 3개월 후, 사스케부부와 오란은 마츠가와저택을 떠난다. 오란이 떠난 후의 마츠가와저택에 대해서 「문은 멋지게, 바닥돌이 깨진 것도 고치고 날마다 정원사와 목수의 출입이 빈번한 것은 주인이 바뀌었기 때문이다」라고 그려지고 있을 뿐이다. 「기차」에 의해 외부지역과 보다 활발한 교류가 시작된 시대상황 속에서 마츠가와저택도 새롭게 개장되고 있는 것이다. 개장으로 마츠가와저택은 외부와 접점이 끊어져 홀로 남겨진 폐쇄된 공간, 사람들이 무서워하는 공간이 아니게 될 것이다. 이렇게 마츠가와 저택이 외부와 접점이 끊어져 홀로 남겨진 폐쇄된 공간, 사람들이 무서워하는 공간으로 더 이상 존재하지 않는 것은 마츠가와저택을 떠난 오란과 나오지로의 거처가 마츠가와 저택에 살았던 당시보다 좁아졌음을 상징하고 있는 것일지도 모른다.

나가는 말

오란과 나오지로는 「기차」에 의해서 외부지역과 보다 활발한 교류가 시작된 시대상황과 대조적으로 외부와의 접점이 끊어진 공간, 마츠가와 저택에서 사는 사람들이었다. 이 두 사람에게는 고아라는 점 이외에도 다음과 같은 두 가지 공통점을 찾아볼 수 있다. 첫째는 가족제도라는 관점에서 본 공통점이다. 메이지 20년대 후반의 가족제도에서 보면, 오란은 변칙성이 강하고 이례적인 케이스라고 간주된 여호주이다. 나오지로는 〈서자〉로 인정받을 가능성이 있었음에도 불구하고 아버지의 죽음으로 인해 〈사생아〉로 전락하여 모계를 계승하게 되어 가부장제도사회의 정계에서 소외되어 버린다. 두 사람 모두 가족제도에서 보면 예외적인 케이스였다고 말할 수 있다. 두 번째는 입신출세라는 관점에서 본 공통점이다. 재력과 사회적인 지위를 겸비한 남성과의 결혼은 당시 여성에게 있어서 출세였다고 말할 수 있을 것이다. 그런데, 오란은 아버지가 오명을 쓴 채로 자살했기 때문에 약혼자인 나미자키가 결혼해 주지 않는 한, 재력과 지위를 가지고 있는 남성과의 결혼으로 이 세상에서 자신의 자리를 가지는 것이 곤란해져 버린다. 한편, 어릴 때부터 「비뚤어진 놈」이었고 성장해서는 세상을 적이라고 생각한 나오지로는 의사가 되어 입신출세할 것을 꿈꾸며 상경하였다. 그러나 「경박하다는 비난은 받아도 말재주가 있고 일을 무마하는 약삭빠름을 사람들은 기뻐하는」 동경에서 그는 아무리 해도 성격을 바꿀 수가 없어서 무엇을 해도 실패만 하고 있었다. 오란과 나오지로, 두 사람 모두 입신출세와는 인연이 없는 사람들이었다.

가족제도와 입신출세에 있어서 공통점이 인정되는 두 사람은 다음과 같이 변모해 간다. 오란은 나미자키에 대한 사랑을 단념하고 그에게 「멋지게」 복수할 것을 결심한다. 변모에 의해서 오란은 여성으로서의 출세로부터 멀어져버렸고 여호주라는 지위를 벗어날 수 없게 되었다. 그녀는 가족제도, 출세와 반대되는 방향으로 변모해 간 것이다.

나오지로는 의사가 될 것을 단념하고 오란을 위해서 살아갈 것, 목숨을 바쳐서 그녀의 편이 될 것이라 마음먹는다. 변모에 의해서 나오지로도 역시 입신출세와 멀어지게 된 것이다.

이와 같이 변모함으로써 두 사람에게 공통의 적이 부상하게 된다. 그 적은 다름 아닌 나미자키이다. 오란과 나오지로는 나미자키를 자신의 적으로 인식한 후에 암살을 시도한다. 나미자키 암살시도는 그들의 공통의 적에게 복수를 하는 행위였다. 또 두 사람이 가족제도와 입신출세에 있어서 공통점을 가지고 있었음을 고려한다면, 나미자키 암살시도는 문명개화의 새로운 시대를 향해 재편성되어가는 사조(思潮)와 제도에서 벗어난 자들이 시도한 반역이었다고도 말할 수 있을 것이다. 나미자키 암살계획이 실패로 끝나고 오란과 나오지로가 떠난 마츠가와저택은 수리 등이 이루어져 더 이상 홀로 남겨진 공간으로서 존재하지 않게 되었다. 이것은 두 사람의 거처가 이전보다 좁아진 것을 상징하고 있는지도 모른다.

제2장

효녀와 불효자
:『大つごもり』

들어가는 말

　『大つごもり』는 1894(明治26)년 12월「문학계(文学界)」에 발표된 후, 이치요의 수정을 거쳐 1896년 2월「태양(太陽)」에 재게재된 작품이다. (上)(下)2단으로 구성되어 있는『大つごもり』는 설달그믐날에 오미네 (お峯)가 하녀살이 하는 집에서 돈을 훔치는 사건을 중심으로 이야기가 전개된다.

　『大つごもり』에는 몇 개인가의 대립항이 존재한다. 빈과 부, 인정 의 세계와 금전의 세계, 금전의 축적과 낭비 등을 그 예로 들 수 있다. 이들 대립항은『大つごもり』를 고찰하는 데에 있어서 중요한 키워드 로 인식되어 왔다. 이 이외에『大つごもり』에는 오미네와 이시노스케 (石之助)도 대립항 중 하나로 설정되어 있다고 생각된다. 선행논문에서 도 지적되고 있듯이, 오미네는 다른 호적의 방계가족인 자신을 친자식 같이 키워준 외삼촌 야스베(安兵衛)에게 은혜를 갚으려고 하는 효녀로,

이시노스케는 자신을 야마무라가의 호적에서 삭제하려고 하는 안주인 (御新造)과 야마무라가의 사람들에게 기묘한 「도락(道樂)」으로 울분을 갚아주는 불효자로 설정되어 있다. 여기에서는 이같이 대조적인 두 사람의 효·불효의 모습을 살펴 본 뒤, 오미네의 절도와 「차용증」을 남긴 이시노스케의 행동 등을 중심으로 두 사람에게 섣달그믐날이 어떠한 의미를 가지는지 고찰해 보고자 한다.

1 효녀 오미네

오미네는 「변덕쟁이」인 안주인을 주인으로 섬기면서, 「열심히만 일하면 마음에 들지 않는 일도 없을 것이라고 마음먹고」 야마무라가의 하녀가 된다. 하지만, 야마무라가의 하녀 살이는 「열심히만 일하면」이라고 각오한 오미네에게도 힘겨운 일이었다. 「우물은 도르레로 줄길이가 22미터, 부엌은 북향이라 섣달의 매서운 바람이 쌩쌩 불어오는 추위」라고 묘사되고 있는 일터는 노동환경의 열악함을 단적으로 나타내고 있다. 또, 아가씨의 「아침목욕」을 위해, 「물통 두 개에 넘치도록 물을 담아 열세번은 나르지 않으면 안」되는 목욕통에 「비지땀을 흘리면서」 물을 나르는 오미네의 모습에서는 노동의 가혹함을 엿볼 수 있다. 게다가 「세상에서 하녀 부리는 사람도 많지만, 야마무라네처럼 하녀가 바뀌는 집은 없을 것이다. 한 달에 두 명은 예사이고, 사나흘 만에 나간 사람도 있으니 하루 밤 만에 도망친 사람도 있을 것이다. 하녀를 쓰기 시작한 이래로 몇 번이나 바뀌었는지 물어보니 세는 손가락에 그 안주인의 소매가 무거워진다」라는 야마무라가의 사정은 야먀무라가에서 하녀로 오랫동안 일하기 어려움을 말하고 있다. 오미네는 이렇듯 편한 일자리라고는 할 수 없는 야마무라가에서 하녀살이를 약 1년 가까이 해냈던 것이다. 오미네의 충직한 근무태도는 「생각해 보니 오미네는 참을성 많은 아이. 그런 오미네에게 혹독하게 대하면 천벌을 받을꺼야. 동경이 넓다고는 하지만 앞으로 야마무라네 하녀가 될 사람은 없을 것이야. 기특한 것. 정말로 대단한 마음가짐」이라고 세상 사람들이 칭찬할 정도였다.

오미네가 다른 사람과 비교가 되지 않을 정도로 야마무라가에서 참을성 강하고 성실하게 일하는 것은 그녀가 하녀살이를 하게 된 「동기」와 관련이 있다고 생각한다. 오미네는 「의무를 넘어서 오미네를 친자식같이 길러준 외삼촌부부에 대한 보은」과 「고아이기 때문에 해야만 하는 자립준비」[1]를 위해 괴로워도 하녀살이를 계속하지 않으면 안 되었다.

오미네는 야마무라가를 소개해 준 「소개소 할머니」로부터 「그 집에 있기 싫어지면 나에게 엽서 한 장 보내요. 자세한 사정은 쓸 것 없고 다른 곳을 찾아달라고 하면 헛걸음하지 않을꺼에요. 여하튼 하녀살이의 요령은 잘 옮기는 것」이라고 들은 적이 있다. 이 「소개소 할머니」가 어드바이스 해 준 하녀살이의 요령은 많은 하녀를 보아 온 경험에서 산출된 것임에 틀림없다. 오미네는 「소개소 할머니」의 어드바이스를 받아들여서 적절히 보다 편한 일터로 바꿀 수도 있었을 것이다. 야

---

1) 高田知波「距離の物語－『大つごもり』への一視点」(『樋口一葉論への射程』, 双文社, 1997)

마무라가에서 급료를 먼저 받았다고 해도 만약 급료를 선불로 지불해 주는 다른 일터가 있다면, 야마무라가에서 받은 선불을 되돌려 주고 일터를 옮기는 것도 가능했을 것이다. 그럼에도 불구하고, 하녀살이의 요령을 어드바이스 해 준「소개소 할머니」에게「너무나도 무서운 말을 하는 사람」이라고 반발심을 가지고「뭐든 내가 마음먹기에 달렸으니 또다시 이 사람 신세는 지지 않을꺼야. 열심히만 일하면 마음에 들지 않는 일도 없을 것이라고 마음먹」은 오미네는 야마무라가에서 줄곧 열심히 일해 왔다. 오미네가 일터를 옮기려고 생각하지도 않고 야마무라가에서 열심히 일한 것은 그녀를 길러준 외삼촌과 관계가 있는 듯하다.

7살 때에 아버지를 잃고 9살 때에 어머니마저 잃어서 고아가 된 오미네를 7살 때부터 하녀살이 갈 때까지 약 10년간 길러 준 것은 외삼촌부부였다. 야채장사를 하는 외삼촌은「정직한 야스베」라고 불리고 있다.「적은 자본」으로「언제나 장부에 적은 듯」한 물건밖에 준비하지 못하는 야스베에게 있어서「정직」은「생활을 보장」[2]하는 수단이었다. 야스베는「정직」하게 장사함으로써「단골」손님을 확보하여「그럭저럭 세 식구 입에 풀칠하고 산노스케라고 하는 8살이 되는 아들을 오리학교에 보낼 정도의 의무도」다할 수 있었기 때문이다.「정직」하게 장사함으로써 생계를 지탱할 수 있었던 것을 생각하면, 야스베가 이제부터 하녀살이로 스스로 자신의 생계를 책임지려고 하는 오미네에게「정직」하게 일하는 것을 하녀살이의 마음가짐으로 강조했을 것

---

2) 山本欣司「『大つごもり』を読む―『正直は我身の守り』をめぐって―」(「立命館文学」, 1995・7)

은 상상하기 어렵지 않다. 또, 야스베는 이 때 「첫 하녀살이」의 중요함도 함께 언급했을 것이다. 특별휴가를 받아서 찾아온 오미네에게 「첫 하녀살이가 중요하다. 참지 못해서 돌아왔다는 소리를 들으면 안 되니까, 주인 잘 모시고 열심히 일해라」라고 한 야스베의 말에서 그의 「첫 하녀살이」에 대한 생각을 엿볼 수 있다. 부모같이 생각하고 따른 야스베가 「첫 하녀살이」의 중요성과 하녀살이의 마음가짐으로서 「정직」하게 일하는 것을 가르쳐주었기 때문에 오미네는 「소개소 할머니」의 말에 반발심을 가졌으며, 일터를 옮기려고 생각하지도 않고 야마무라가에서 열심히 일했다고 생각한다.

오미네의 근무태도와 관련해서 지적해 두지 않으면 안 될 것이 하나 더 있다. 야스베의 가르침대로 실천한 결과가 야마무라가에서 보인 성실한 근무태도라고 한다면, 오미네의 성실한 근무태도는 야스베에 대한 효도라고도 말 할 수 있을 것이다. 부모의 가르침이나 당부를 지킴으로써 부모를 안심시키고 기쁘게 했다고 한다면, 이것이야말로 효행임에 틀림없기 때문이다. 오미네는 야마무라가의 성실한 하녀인 동시에 효녀이기도 했다.

「정직」하게 장사하여 생계를 꾸려왔던 야스베 가족에게 변화가 생긴 것은 9월말이었다. 야스베가 장사할 물건을 사러 갔다가 돌아와서는 갑자기 쓰러져 그대로 자리에 누워 버렸기 때문에, 일손을 잃고 생활이 곤궁하게 된 야스베 가족은 야채가게도 문을 닫고 같은 마을 뒷골목으로 이사하게 된다. 야스베의 상태를 알고 걱정하고 있었던 오미네가 겨우 병문안을 하러 갈 수 있게 된 것은 연극구경 대신에 특별휴가를 받은 12월 중순의 일이었다.

오미네가 찾아간 외삼촌 집은 「6조 방 한 칸에 붙박이장 하나」, 「전에 있던 화로는 온 데 간 데 없고, 상자에 든 싸구려 질화로만이 이 집의 가구다운 물건으로, 듣자하니 뒤주도 없는 신세」인 곤궁한 상태였다. 오미네는 야스베 가족의 곤궁한 모습을 보고 「섣달에 연극 구경하는 사람도 있는데」라고 눈물지으면서, 한편으로 「숙모님도 어쩐지 야위신 것 같아요. 너무 걱정하셔서 몸 상하시면 안 돼요」라든가 「외삼촌이 건강해지시면 큰길가로 옮기는 것도 문제없는 일이니까 하루라도 빨리 쾌차하세요」라고 말하면서 외삼촌가족을 계속 격려한다. 또, 오미네는 자신을 걱정하지 않도록 지금까지 「손님」에게 받아서 쓰고 남은 용돈과 「염낭주머니」, 그리고 「장식용 덧 깃」을 건네면서 「외삼촌 기뻐해 주세요. 일하기 힘들지도 않아요」라고 말하기도 하고 「아버지가 편찮으셔서 쓸쓸하고 힘들지? 이번 설에는 누나가 뭐라도 사줄께」라고 산노스케를 위로하기도 하였다.

이처럼 외삼촌일가를 어떻게든 격려하려고 했던 오미네가 갑자기 울기 시작한 것은 조개를 팔아서 약값을 조달하는 산노스케 이야기를 들은 뒤였다. 「해고당하기라도 하면 아프신 외삼촌에게 심려만 더 끼치고, 여유롭지 못한 살림에 하루라도 신세를 지는 것은 죄송스러운 일」이라고 생각하고 있었던 오미네가 산노스케의 이야기를 듣고 갑자기 「용서해 주세요」라고 사죄하고 「한창 학교 다닐 나이에 조개를 짊어지게 하고 누나가 어떻게 편안히 있을 수 있겠니. 외삼촌 그만두게 해 주세요. 저 이제 하녀살이는 그만두겠어요」라며 「평정심을 잃」고 울기 시작한다. 이런 오미네에게 야스베는 하녀살이를 계속하도록 말한 후 9월말에 고리대금업자로부터 「3개월 기한으로」 10엔을 빌린 사실을 말하고 차용증을 다시 쓰기 위해서 필요한 이자 1엔 50전과 정월의 떡국 값 50전을 합한 2엔을 주인에게 말해 섣달그믐날까지 마련해 줄 것을 부탁했다.「잠시 생각하」고 야스베의 부탁을「망설임 없이 승낙」한 오미네는 늦은 귀가가 2엔을 부탁하는 데에 득이 될 것이 없다고 생각하여 그대로 병문안을 마치고 돌아간다.

　오미네가 산노스케의 이야기를 듣고 갑자기「평정심을 잃」은 이유, 그리고 2엔 조달이「잠시 생각」할 정도로 쉽지 않은 것을 알면서 받아들일 수밖에 없었던 사정에 관해서 다카다 치나미(高田知波)3)는 다음과 같이 지적하고 있다. 다카다논문에 의하면, 하녀살이의「동기」중「자립준비」는「무의식 안에서 외삼촌을 "타인"으로 보」고「언제까지나 외삼촌의 신세만 지고 있을 수 없다는 자각」에 의한 것이라고 한다. 산노스케의 이야기로 이러한「자립준비」의 측면이「한꺼번에 현재화(顯在化)되」어「야스베 가족의 빈곤한 상태를 매개로 산노스케에 대한 "떳떳치 못함"이 되어 오미네의 마음을 자극했기」때문에 오미네는「평정심을 잃」을 수밖에 없었다고 한다. 그리고 오미네는「산노스케에 대한 "떳떳치 못함"을 떨치기 위해서」라도 2엔을 조달할 필요가 있었다고 지적하고 있다. 오미네가「평정심을 잃」은 이유와 2엔 조달을 받아들인 사정은 다카다논문이 지적하는 대로여서 반론의 여지는 없다. 그러나, 2엔을 부탁하는 야스베의 이야기를 살펴보면,「산노스케에 대한 "떳떳치 못함"」뿐만 아니라, 하녀살이 하는 동안의 효행증명도 2엔 조달을 받아들인 이유 중 하나였다고 생각한다.

---

3)　高田知波「距離の物語― 『大つごもり』への一視点」(주 1에 전게)

하녀살이를 그만두겠다고 하는 오미네에게 야스베가 「첫 하녀살이가 중요하니, 참지 못해서 돌아왔다는 소리를 들으면 안 되니까 주인 잘 모시고 열심히 일해라」라고 말한 후에 「오미네의 주인은 시로가네노다이(白金の台)마을에서 집을 100채나 임대를 하니, 거기서 나오는 수입만으로도 항상 우아하고 편하게 살 수 있겠구나(중략) 그런 주인 밑에서 1년을 일했으니 마음에 드는 하녀가 돈을 조금 부탁하면 안 된다고는 말하지 않으실 것이다」라며 2엔 조달을 부탁하고 있는 점에 주목해 보고자 한다. 「첫 하녀살이」의 중요성에 대해 언급하고 있는 「첫 하녀살이가 중요하다」이하의 부분은 오미네가 하녀살이를 결정했을 때에도 야스베에게 들은 이야기라고 생각된다. 이 말은 하녀살이 하러 갈 때에 「첫 하녀살이」의 중요성과 함께 야스베에게 들은 「정직」이라는 하녀살이의 마음가짐까지 오미네가 떠올리게 만들었을 것이다. 야스베의 가르침을 떠올린 오미네에게 있어서 「그런 주인 밑에서 1년을 일했으니 마음에 드는 하녀가 돈을 조금 부탁하면 안 된다고는 하지 않으실 것이다」라고 한 야스베의 말은 가르침을 지켜서 열심히 일했다면 2엔 조달은 가능하다로 해석되었을 것이다. 이렇게 보면, 2엔 조달은 「오미네가 열심히 일한 증거」[4]인 동시에 효행의 증거이기도 한 것은 아니었을까? 외삼촌가족을 돕고 싶은 마음도 있었을 오미네는 「산노스케에 대한 "떳떳치 못함"을 떨치기 위해서」라도 또 하녀살이 하는 동안에 열심히 일한 것, 즉 효행을 증명하기 위해서라도 2엔을 조달하지 않으면 안 되었다.

---

4) 前田愛「『大つごもり』の構造」(『樋口一葉の世界』, 平凡社, 1978)

2 불효자 이시노스케

야마무라가의 「장손」인 이시노스케는 집안에서 「방탕아」라고 불리고 있다. 이시노스케는 「어머니가 다르니 아버지의 사랑도 작아, 이 아이를 양자로 보내고 이 집의 대는 여동생들 중에서 하나를 골라 잇게 하자는 상담을 10년 전부터 귀에 못이 박히게 들어 재미가 없으니, (중략) 마음 내키는 대로 놀고 어머니를 괴롭힐 심산으로 아버지 생각은 않고 15살의 봄부터 불량스러운 행동을 시작하였다」고 한다. 이시노스케는 「단지 난폭함만을 즐겨 시나가와 유곽에도 가기는 하지만 소란은 그 자리에서뿐, 한 밤중에 차를 내달려 구루마마치의 불량배들을 찾아가 잠을 깨우고, 술사라 안주. 라며 자기지갑을 털어서 무리한 요구를 관철하는」 것을 「도락」으로 즐기고 있다. 또, 「가난한 사람」과 교류하는 것도 이시노스케의 「도락」 중 하나였다. 야마무라가가 「작년에 비해」서 「셋집도 늘」어 「소득은 배가」 된 것을 「세상 사람들에게」 들은 이시노스케는 「이상하다 이상해. 그렇게 재산을 늘려서 누구 것으로 할 셈이지? 불은 등잔불에서도 나는 거야. 장손이라는 불똥이 튈 줄은 모르는지. 언젠가 그 돈을 가지고 나와서 너희들에게 좋은 정월을 맞게 해 주지라며 이사라꼬근처의 가난한 사람을 기쁘게 해 주고 섣달그믐날에 큰 술판을 벌릴 장소도 정했」다고 한다.

이시노스케는 시나가와와 같은 유곽에서 노는 것보다도 「불량배」나 「가난한 사람」들과 술을 마시고 떠들면서 돈쓰는 것에 더 많은 흥미를 보이고 있다. 여성과 노는 것보다 남성들과 노는 것을 좋아하고, 하층사회의 남성을 상대로 자기 「지갑을 털어서 무리한 요구를 관철하는」 것을 즐기는 것은 이시노스케의 「도락」이 가지고 있는 가장 큰 특징이라고 할 수 있다. 이시노스케가 이처럼 특이하고 기묘한 「도락」을 즐기고 있는 것은 어떠한 이유에서일까?

야마무라가에서는 이시노스케의 생모가 사망한 후에 지금의 안주인을 후처로 맞은 듯하지만, 「어떻게 하면 저렇게 뻔뻔스러워 질 수 있을까? 저 아이를 낳은 어미얼굴이 보고 싶구나」라는 안주인의 말 이외의 다른 곳에서는 등장하지 않는 이시노스케의 생모가 어떠한 성격의 소유자였으며 언제 죽었는지, 그녀에 대한 어떤 정보도 작품 안에서 찾아 볼 수 없다. 하지만, 야마무라가의 「여섯」 형제 중에서 25살 전후라고 추정되는 이시노스케를 제외한 5명의 여동생들이 안주인이 낳은 아이들이고 섣달그믐날에 초산을 한 「니시오지의 딸」을 장녀라고 한다면, 이시노스케가 생모에 대해서 기억하고 있을 가능성은 대단히 높다고 생각된다.

생모로부터 사랑받은 기억을 가지고 있는 이시노스케는 계모인 안주인에게 생모에게 받은 애정을 기대했을 것이다. 그러나, 안주인은 이시노스케를 자신의 친자식처럼 귀여워 한 적이 없었다. 안주인의 「애정」은 「혈연」으로 맺어져 있는 「친딸들」에게 한정[5]되어 있어서 이시노스케에게 주어지는 일은 없었다. 애정을 기대해도 받을 수 없는 시간이 길어짐에 따라서 기다림에 지쳐버린 이시노스케에게 안주인에 대한 원망과 증오가 싹트기 시작한 것은 아니었을까? 그리고 안주인이 이시노스케를 「양자로 보내고 이 집안의 대는 여동생들 중에서 하

---

5) 前田愛「『大つごもり』の構造」(주 4에 전게)

나를 골라 잇게 하자」고 아버지에게 말했을 때, 이시노스케는 안주인에 대한 원망과 증오가 쌓여서 또는 안주인의 관심을 끌려고 「방탕」을 시작했다고 생각된다. 안주인에 대한 증오 때문에 「방탕」의 길로 들어서 헤매기 시작하였지만, 오랜 동안 애정을 기대하고 있었던 이시노스케의 마음속에서 안주인에게 애정을 바라는 마음이 금방 사라지지는 않았을 것이다.

이시노스케가 「방탕」한 생활을 시작하자, 이번에는 안주인이 「결국 이 아이에게 상속하는 것은 기름 창고에 불을 붙이는 것과 마찬가지입니다. 재산이 모두 연기가 되어 없어지면 남은 우리들은 어떻게 해요. 동생들도 불쌍합니다」라고 「아버지에게 끊임없이」 말하고, 「그렇다고 해서 이 방탕아를 양자로 삼으려는 사람도 이 세상에는 없을 꺼예요. 어찌되었건 있는 돈을 얼마정도 나누어주고 분가시켜 호적을 분리시킵시다라고 은밀한 논의를」 끝마쳤다. 이시노스케는 자신을 어떻게든지 내쫓으려고 하는 안주인을 계속 지켜보는 사이에, 안주인에 대해 애정을 기대하는 마음보다도 증오가 점차로 더욱 커져갔던 것은 아닐까? 더욱이, 보이지 않는 곳에서는 자신을 야마무라가에서 내쫓으려고 하면서도 겉으로는 마음에도 없는 친절을 베푸는 안주인에게 이시노스케는 혐오감을 가지게 되었을 것이다. 더 나아가 여성의 친절을 믿을 수 없게 되었고, 언제나 의혹의 눈으로 여성을 바라보게 된 이시노스케는 생모로부터 받은 애정을 마음속에 봉인한 채로, 안주인 이외의 여성에게서 애정을 기대하는 일도 없이 여자를 싫어하게 되고, 모든 여성에게까지 마음을 닫아 버렸다고 생각된다. 다른 여성에게 애정을 기대했다면 시나가와에 자주 다녀도 좋을 테지만, 「시나가와 유곽에도 가기는 하지만 소란은 그 자리에서뿐」이라고 한다. 또, 「남자다운 다부진 용모에 영리해 보이는 눈매, 피부색은 검지만 멋있는 외모라고 이시노스케를 평가하는 주변 아가씨들의 소문」을 들어도 이시노스케는 그 아가씨들에게 전혀 흥미를 보이지 않는다.

이시노스케가 모든 여성에게까지 마음을 닫아 버렸다고 한다면, 「소란은 그 자리에서뿐」이라도 자신의 의지로 유곽에 가는 것은 역시 부자연스럽다고 할 수 있을 것이다. 이시노스케에게 있어서 유곽출입은 일반 남성이 생각하는 것처럼 즐기기 위한 혹은 욕망을 채우기 위한 행위가 아니었을 가능성이 높다고 생각한다. 이시노스케는 유곽출입을 돈으로 여성을 가지고 노는 행위로 생각했던 것은 아니었을까? 생모로부터 받았던 애정을 찾아 헤매는 행위가 아니고 돈으로 여성을 가지고 노는 행위, 즉 유녀를 한사람의 인간으로서 생각하지 않는 정신적인 면에 있어서의 일종의 유녀학대로 유곽출입을 해석할 수 있다면, 여자를 싫어하게 되어 여성에게 마음을 닫은 이시노스케가 유곽에 다니는 것을 부자연스럽다고는 단정지을 수 없을 것이다.

이시노스케가 여자를 싫어하는 모습은 그가 즐기고 있는 「도락」에서도 찾아볼 수 있다. 「구루마마치의 불량배」나 「이사라꼬근처의 가난한 사람」들과 마시고 떠드는 이시노스케의 「도락」에 대해서, 「빈민구제」의 측면이 있다고 보는 논고[6]가 있다. 하지만, 「가난한 사람」들의 생활에 관심을 보이지 않는 이시노스케는 이들의 생활을 도와주는

---

6) 橋本威「『大つごもり』」(『樋口一葉作品研究』, 和泉書院, 1990), 北川秋雄 「『大つごもり』論－孝行ということ」(『一葉という現象－明治と樋口一葉』, 双文社, 1998) 등을 그 예로 들 수 있다.

등, 「빈민구제」에 어울리는 일을 하고 있지 않다. 이시노스케가 만약 이들을 대상으로 「빈민구제」를 해 왔다고 한다면, 구루마마치와 이사라꼬에서 그다지 멀지 않은 시로가네에 위치한 야마무라가에서도 당연히 그 사실을 소문으로 듣고 알고 있을 것이다. 그러나, 야마무라가가 이러한 소문을 알고 있는 모습은 전혀 찾아 볼 수 없다. 이시노스케가 야마무라가의 풍부한 금전을 음식물로 바꾸어서 공유하고 있는 것은 어디까지나 가난한 일가의 가장들로 한정되어 있다.

일가의 가장들과만 마시고 떠드는 이시노스케의 행위는 생계를 책임지고 있는 가장을 게으름뱅이로 만드는 일이며, 예를 들어서 가장이 다음날에 일을 쉬었다고 한다면, 단 하루를 쉬는 것도 크게 영향을 받는 가난한 가정의 생활7)에 데미지를 주는 일이다. 이와 같은 이시노스케의 「도락」으로 인한 최대의 피해자가 가계를 꾸려나가는 그들의 안식구와 아이들인 것은 말할 필요도 없다. 하지만, 이시노스케는 자신의 「도락」으로 인한 피해자를 상상할 때에 여성에 대한 너무나도 강한 혐오감 때문에 아이들의 존재를 잊어버리고 이들의 안식구에게만 의식을 집중시켜버린 것은 아닐까? 이시노스케가 자신의 「도락」으로 피해를 입을 것이라고 상정하고 있었던 가난한 이들의 안식구는 가계를 꾸려나가는 점에 있어서 자신의 새어머니인 안주인과 공통점을 가지고 있는 존재이다. 그 때문에, 이시노스케는 그들의 안식구에게 안주인을 투영하게 되었을 것이다. 그렇다고 한다면, 이시노스케는 유곽

---

7) 집안의 가장이 일을 쉬는 것이 빈곤한 가정에 얼마나 큰 영향을 주는 지는 「9월 말」에 쓰러진 야스베가 「처음 자리에 누웠을 때, 다마치의 고리대금업자로부터 3개월 기한으로 10엔을 빌」린 것에서도 엿볼 수 있다.

에서 돈으로 여성을 가지고 노는 것보다도 「가난한 사람」들의 안식구를 곤란에 빠트리는 것에서 더 큰 쾌감을 얻었을 것이다. 이시노스케가 유곽에서 유녀를 학대하는 쾌감에 깊이 빠지는 일 없이 「그 자리에서뿐」인 유흥으로 끝내 버리는 이유가 여기에 있다고 생각된다.

이시노스케가 안주인의 영향으로 여성에게 마음을 닫고, 여성과 노는 것보다 남성과 노는 것을 좋아하게 되었다고 한다면, 하층사회의 남자들을 상대로 「지갑을 털어서 무리한 요구를 관철하는」 것을 「도락」으로 하고 있는 데에는 어떠한 이유가 있는 것일까?

안주인은 금전에 민감하게 반응하는 인물로 그려지고 있다. 「얼음에 미끄러져」 넘어져서 물통하나가 「밑이 빠지게 되었」던 일로 안주인은 오미네에게 「재산이 이것 때문에 없어질 것처럼,」「아침식사 준비 때부터 흘겨보고 그날 하루 종일 말도」 안하고 「그 다음날부터는 젓가락을 들고 내릴 때마다 이 집의 물건은 그냥 생긴 것이 아니다. 주인 물건이라고 해서 소홀히 다루었다가는 벌을 받을 것이라고 귀에 못이 박히도록 말하고 찾아오는 사람들 모두에게 이야기했」던 일이 있다. 이 에피소드에서 가문의 명예보다 금전을 중요하게 생각하고 금전에 대해서 민감하게 반응하는 안주인의 모습을 엿볼 수 있을 것이다. 한편, 「가문의 명예가 중요하고 자신의 얼굴을 부끄러워 들 수 없게 될까하는 걱정에 아까운 창고도 열게 된다」라고 묘사되고 있는 아버지는 스스로도 「창피함은 나의 대에서 끝나는 일이 아니다. 중요하다고는 해도 재산은 두 번째」라고 말하고 있다. 가문의 명예나 금전에 대해 아버지와 안주인 사이에는 분명한 견해차이가 있다. 이시노스케는 두 사람의 이러한 견해차이를 자신의 「방탕」에 적절히 이용하고

있다. 「이사라꼬근처의 가난한 사람」들에게 「좋은 정월을 만들어 줄
께」라고 약속한 이시노스케는 섣달그믐날에 그 자금을 받으려고 야마
무라가를 방문해서 아버지에게 다음과 같이 말한다.

> 조금 있으면 새해, 설날에는 얼마나 주실 겁니까? (중략) 오늘밤이 기
> 한인 빚이 있습니다. 다른 사람대신 보증을 서서 도장을 찍은 빚도 있고,
> 놀음한 빚도 있습니다. 불량배들한테 갚을 것을 갚지 않으면 가만히 있
> 지 않을 것입니다. 저는 상관없습니다만, 가문의 명예에 흠집을 내는 것
> 이 죄송할 따름입니다.

돈을 준비해 주지 않으면, 「불량배」들이 야마무라가의 사람들을 협
박하고 난폭하게 굴 것이며, 그렇게 되면 「가문의 명예」와 체면을 손
상시키게 된다고 이시노스케는 말하고 있다. 아버지가 재산보다도 「가
문의 명예」를 중요하게 생각하는 것을 「꿰뚫어 보」고 있는 이시노스
케는 야마무라가의 돈을 「이사라꼬근처의 가난한 사람」이나 「구루마
마치의 불량배」와 교류하는 데에 쓰고 있다. 「이 낭비행위는 『정직성
실』을 앞세운 야마무라가의 축적의 논리에 대한 명백한 도전이고 가
난한 사람들과의 교류 그 자체가 가문의 명예와 체면을 손상시키는 중
대한 배신을 의미하고 있다」[8]고 말할 수 있을 것이다. 금전의 낭비는
금전에 특히 민감하게 반응하는 안주인의 화를 돋우는 요인이며 야마
무라가의 장손이라는 신분에 어울리지 않는 사람들과의 교류는 가문
의 「명예」와 「체면」을 손상시키는 면에서 매우 유효했던 것이다. 이
시노스케는 「가문의 명예」나 금전에 대한 부모의 견해의 차이를 냉정

---

8) 前田愛「『大つごもり』の構造」(주 4에 전게)

하게 꿰뚫어보고 하층사회 남자들과의 교류라는 적절한 방법을 선택하여 부모와 야마무라가의 사람들을 화나게 하고 곤란하게 만듬으로써 그들에게 받은 울분을 되갚아 주고 있다고 말할 수 있을 것이다,

이시노스케의 「방탕」이 고민거리였을 야마무라가에서는 이시노스케를 분가시키고 싶은 마음이 점점 강해졌으리라고 생각된다. 하지만, 이시노스케는 「분배금은 1만엔, 생활비를 매달 보내주고 자신의 유흥에 간섭하지 않으며, 아버지가 돌아가시면 부모를 대신할 자신을 오빠로 깍듯이 받들고 부뚜막 신에게 소나무 한그루 올리는 것도 내 지시를 따를 생각이라면 언제든지, 언제든지 분가하겠」다고 「빈정」대고 분가이야기를 받아들이려 하지 않는다. 이시노스케에게 대를 잇지 않게 하고 재산상속을 하지 않기 위해서 야마무라가에서는 폐적절차를 밟아서 이시노스케의 추정상속인의 자격을 박탈하는 것도 가능했다. 마에다 마사하루(前田正治)[9]에 의하면, 「사망(亡没)」「질환(廃篤疾)」을 제외한 장남의 폐적사유에 관해서 사가현(滋賀県)은 1885년 1월 26일에 받은 내무성호적국장의 내보(内報)를 바탕으로 1886년 7월 21일 다음과 같이 폐적사유를 문의하였다고 한다.

그 외의 아래와 같은 사정으로 폐적신청을 하고자 하는 어쩔 수 없는 사정이 있는 자 또한 허가해야 하는지요? (중략)

一 상가에서 그 가업에 적합하지 않거나 본인이 그 가업을 싫어하고 다른 상업, 혹은 공업을 좋아하여 다른 집의 대를 이를 것을 원하는 자.

一 학예 등의 제자가 스승의 은혜를 소중히 여겨 그 스승의 대를 이을

---

9) 前田正治「明治初年の相続法」(〈家族問題と家族法Ⅳ〉『相続』, 酒井書店, 1974)

것을 원하거나, 혹은 기예와 관련하여 선조의 일을 계승하지 않으면
안 되는 자.
 ― 방탕하고 게으르며 품행이 단정치 않아서 앞으로 상속의 희망이 없
는 자.

이에 관해서 내무성은「대체로 문의하신대로 입니다만, 각 조건에
있어서는 어쩔 수 없는 사정이라고 해도 그 사안의 경중, 부박의 차이
는 있을 것입니다. 이것을 일률적으로 예규로 하여 허락하기는 쉽지
않습니다. 허락하기 어려운 자에 대해서는 폐적신청을 제출할 때마다
주의를 기울여서 취조하여 허가여부를 결정하여야 할 것으로 사료됩
니다」라고 조금 신중한 태도를 취한 회답을 했다고 한다. 앞에서 예로
들은 메이지민법시행 이전의 폐적사유를 보면,「방탕」「품행이 단정치
않음」이 폐적사유에 해당함을 알 수 있다. 그러나 야마무라가에서 이
시노스케를 폐적하려고 하는 움직임은 보이지 않는다.

섣달그믐날「밤은 의젓」했다고 하는 이시노스케는「동생들도 무서
워하여 종기처럼 닿으려고 하는 아이도 없」는 데에서도 추측할 수 있
듯이, 평소에「난폭하게」행동해 온 듯하다. 이러한 이시노스케가 부
모로부터 일방적으로 폐적했다는 통보를 받고 순순히 받아들일 것이
라고는 도저히 생각되지 않는다. 폐적이 추정상속인의 지위를 박탈하
는 절차로 부자의 인연을 끊는「절연」이 아닌 이상, 폐적당한 것에 앙
심을 품고 이시노스케가 더욱 심한「방탕」을 일삼는다면 가문의 명예
는 그만큼 더 실추된다. 무엇보다도「가문의 명예」를 중요시하는 아
버지는 이시노스케의「난폭」함을 알고 폐적절차를 밟을 수 없었던 것
은 아니었을까?「어렸을 때에는 책도 좀 읽었던」이시노스케는 이러

한 아버지의 마음까지도 꿰뚫어보고 「세상 사람들로부터 나쁜 평가」
를 받아도 신경 쓰지 않고 자기 마음대로 행동하고 있다고 생각된다.

③ 섣달그믐날

오미네가 외삼촌일가의 사정을 말하고 돈을 부탁했을 때, 안주인은
「우물쭈물하면서 결국은 좋다」고 승낙했다고 한다. 하지만, 오미네는
섣달그믐날 집에 돌아온 이시노스케 때문에 기분이 상한 안주인으로
부터 「너의 외삼촌의 병환, 그리고 빚 이야기도 들었지만, 때가 때이
니 만큼 우리 집에서 빌려주겠다고는 말하지 않았을 것」이라며 부탁
을 거절당했다. 어떻게든 2엔을 구하고 싶었던 오미네는 딸의 초산 소
식을 듣고 외출하는 안주인과 엇갈려서 찾아온 산노스케에게 「서예상
자 서랍에서 돈뭉치 중 단 2장」을 꺼내서 건넨다. 그러나 그 날 밤 「총
결산」을 할 때, 서랍에서 이시노스케가 남긴 「차용증」이 발견되어 오
미네가 「취조」당하는 일은 없었다. 오미네의 절도를 감추어 준 이시
노스케의 행동에 대해서 화자는 「효의 여덕은 나도 모르게 이시노스
케의 죄가 된 것인가? 아니, 아니 미리 알고 죄를 뒤집어 써 준 것일지
도 모른다. 그렇다면 이시노스케는 오미네를 지켜주는 본존불상일 것
이다. 나중의 일이 알고 싶구나」라고 평하고 있다.

오미네의 절도를 알고 한 행동인지, 우연의 결과인지를 둘러싸고 해
석이 나뉘었던 이시노스케의 행동에 대해 마츠자카 도시오(松板俊夫)[10]
는 자고 있었다고 생각한 이시노스케야말로 오미네의 절도를 목격한

목격자이고 선의를 가지고 그녀를 구한 구제자임을 논증하였다. 마츠자카논문 이후, 『大つごもり』의 결말부분은 「나중의 일 알고 싶구나」라는 맺음말까지 시야에 넣어 이시노스케가 오미네의 구제자인지 아닌지에 대해서 주로 논의되어 왔다.11) 이시노스케를 구제자로 보고 있는 논고는 물론이며, 구제자로 보고 있지 않은 다수의 논고도 마츠자카논문에 동의의 뜻을 표하면서, 「차용증」을 남기고 돈을 가지고 간 이시노스케의 행동에 그의 선의를 인정하고 있다. 이시노스케의 행동은 선의에 바탕을 둔 것이 분명하다고 생각되지만, 이시노스케가 「빈민구제」에 관심이 없는 점, 더욱이 여자를 싫어하는 점을 고려한다면, 왜 오미네를 도와주려 했었는지 의문스럽게 생각하지 않을 수 없다.

집에 돌아와서 거실의 「코다츠에 두 다리」를 넣고 「술 깨는 물을, 물을」하고 소란을 피운 이시노스케를 위해서 「감기 걸리지 않도록 담

---

10) 松坂俊夫「『大つごもり』論」(『樋口一葉研究』, 教育出版センター, 1970)

11) 이시노스케를 오미네의 구제자로 보고 있는 논고에 和田芳恵「『大つごもり』作品解説」(〈近代文学鑑賞講座3〉『樋口一葉』, 角川書店, 1958), 前田愛「『大つごもり』の構造」(주4에 전게), 関礼子「贈与と主体化－『大つごもり』論」(『論集樋口一葉』Ⅱ, おうふう, 1998), 松坂俊夫「『大つごもり』論」(주10에 전게), 植田一夫 「『大つごもり』の世界」(「解釈」, 1975・10), 橋本威「『大つごもり』」(주6에 전게), 浅野洋「『大つごもり』の遠近法」(「国文学 解釈と鑑賞」, 1995・6), 北田幸恵「『大つごもり』論－もう一つの〈暗夜〉－」(「国文学 解釈と鑑賞」, 1995・6), 滝藤満義「『大つごもり』－『はなし』の方法－」(「国語と国文学」, 1996・2) 등이 있다. 한편, 이시노스케를 오미네의 구제자로 볼 수 없다는 논고로는 木村真佐幸 「『大つごもり』成立の背景－『後の事しりたや』一視点－」(「札幌大学教養部・女子短期大学部紀要」, 1975・3), 高田知波 「距離の物語－『大つごもり』への一視点」(주1에 전게), 後藤積「『大つごもり』にみる金銭感覚」(『商人としての樋口一葉』, 中央公論事業出版, 1979), 谷川恵一 「うつろな物語－一葉『大つごもり』」(『言葉のゆくえ－明治二〇年代の文学－』, 平凡社, 1993) 등이 있다.

요를, 무엇을 줘라하며 베개까지 받혀」 준 안주인은 「내일 쓸 무시리 덴사꾸, 다른 사람 손을 빌리면 소홀해 진다고 하는 듣기 좋은 소리를 베개 맡에서 일부러 내비친」다. 방문 목적이 금전요구인 것을 알고 있는 안주인이 일부러 한 이러한 말과 행동 때문에라도, 이시노스케가 편히 잠을 잘 수는 없었을 것이다. 자지 않고 있었던 이시노스케의 베개 맡에서 오미네는 안주인에게 부탁한 돈 이야기를 꺼내어 거절당했다. 두 사람의 대화를 모두 듣고 오미네가 2엔을 부탁한 이유를 알게 된 이시노스케는 그녀가 2엔을 훔쳐서 산노스케에게 건네는 장면을 목격하고 큰 충격을 받은 것은 아닐까? 혈연관계에 있다고 해도 직계 친족도 아닌 백부가족을 절도까지 해서 도와주려고 한 오미네의 모습을 보고 이시노스케는 안주인과 달리 오미네가 큰 가족애의 소유자인 것을 알게 되었을 것이다. 모든 여성을 안주인과 동일시하여 마음을 닫아 온 이시노스케는 오미네의 큰 가족애에 충격을 받고, 또 감동했기 때문에 그녀의 절도를 감추어 주었다고 생각된다.

『大つごもり』는 이시노스케가 오미네의 죄를 덮어준 섣달그믐날이후를 환기시키는 「나중의 일 알고 싶구나」라는 화자의 말로 대단원의 막을 내린다. 「나중의 일」에 대해서 오미네와 이시노스케의 관계성이나, 백부일가의 경제상황을 중심으로 고찰하는 논고[12]도 있다. 하지

---

12) 우선 오미네와 이시노스케의 관계성에 대해서 살펴보면, 笹淵友一『文学界とその時代下 -「文学界」を焦点とする浪漫主義文学の研究 -』(明治書院, 1960)는 「이시노스케, 오미네의 미래에 대한 낭만적 상상」이라고, 山田有策 『大つごもり』의 扉裏「鑑賞」(『全集樋口一葉』第一巻, 小学館, 1979)은 「오미네와 이시노스케의 로망스를 암시한 해피엔드」라고 적고 두 사람의 낭만적인 관계를 「나중의 일」로 예상하고 있다. 이러한 견해에 대해서 高田知波「距離の物語 -『大つごもり』への一視点」(주1에 전게)와 小林裕子「反転す

만, 본 논문에서는 오미네와 이시노스케의 정신적인 측면에 주목해 보고자 한다.

기무라 마사유키(木村真佐幸)[13]는「죄의식」과「양심」이라고 하는「마음의 갈등」이 오미네를 기다리고 있을 것이라고 지적하고 있다. 또, 다카다 치나미(高田知波)[14]는 절도로 인해「"충실한 근무"에 대한 자부」를 잃었으며,「『정직은 나를 지켜주는 것』이라는 철학」을 지키지 못하고「부정직」으로「전락」하는 등,「첫 하녀살이」에「다른 마음가짐으로는 결코 커버할 수 없는 흠집을 내 버렸다는 의식에서 오미네는 벗어날 수 없을 것」이라고 논하고 있다.「차용증」을 남긴 이시노스케의 행동은 분명 오미네를 도와주려 한 것이지만, 그와 동시에「정직은 나의 수호신, 도망치지도 말고, 숨기지도 말고 욕심이었는지 모르겠지만 훔쳤다고 고백은 하자」라고 각오한 오미네에게서 결과적으로 죄를 고백할 기회를 빼앗아 버렸다. 그 때문에 오미네는 절도죄를 저지른「죄의식」,「충실한 근무」라는「자부」와「정직」이라는「철학」의 상실, 또「첫 하녀살이」에「커버할 수 없는 흠집을 내 버렸다는 의식」을 가지고 이제부터 어떻게 하면 좋을지 고민하지 않으면 안 되었던 것이다.

한편, 이시노스케는 절도까지 하면서 외삼촌일가를 도우려고 한 오

るモラルー『大つごもり』論」(『樋口一葉を読みなおす』, 学芸書林, 1994)은 두 사람사이에 낭만적인 관계가 성립할 가능성이 적다고 보고 반론을 제기하고 있다. 다카다논문은 백부일가의 경제 상태와 관련해서 백부로부터 3개월 후에 다시 돈을 부탁받을 가능성이 높으며, 그렇게 되면 금전조달이 곤란한 오미네는 곤경에 빠질 것이라고 논하고 있다.

13) 木村真佐幸「『大つごもり』成立の背景ー『後の事しりたや』一視点ー」(주 11에 전게)

14) 高田知波「距離の物語ー『大つごもり』への一視点」(주1에 전게)

미네를 보고 감동하여 그녀의 죄를 덮어주었다. 그러나 이시노스케를 감동시킨 오미네의 존재는 섣달그믐날 이후에 그에게 고민거리를 제공하게 되었을 것이다. 친자식에게만 애정을 쏟는 안주인을 보고 모든 여성을 안주인과 동일시해 왔던 이시노스케는 오미네가 큰 가족애를 지닌 여성이라고 알게 됨으로써 여성에 관한 자신의 견해에 의문을 가지지 않을 수 없었다고 생각한다. 약 10년이라는 긴 기간에 걸쳐 안주인과 모든 여성을 동일시하여 마음을 닫아 온 이시노스케는 안주인과 오미네를 포함한 여성이라는 존재에 대해서 다시 생각해 보아야만 했을 것이다.

섣달그믐날, 이시노스케와 오미네는 의식하고 있다·없다의 차이는 있지만, 서로 상대방의 존재, 행동에 영향을 받음으로써 자신의 견해, 가치관에 대해서 어떻게 하면 좋을지 모르게 된 것이다. 지금까지 의심도 해 보지 않았던 자신의 견해에 의문을 가지게 된 이시노스케, 지키고 따라온 자신의 가치관을 잃어버린 오미네가 지금부터 그 견해와 가치관을 어떻게 수정하고 확립해 나아가는지를 「나중의 일」로 볼 수 있을 것이다.

나가는 말

「정직」하게 장사해서 생계를 유지해 온 외삼촌 야스베에게 첫 하녀살이의 중요함과 「정직」하게 일하는 것을 하녀살이의 마음가짐으로 배웠다고 생각되는 오미네는 외삼촌의 말을 따라서 야마무라가에서 성실히 일했다. 외삼촌의 말을 거역하지 않는 효녀 오미네는 병문안을 하러 갔을 때, 외삼촌으로부터 섣달그믐날까지 2엔을 조달해 줄 것을 부탁받는다. 오미네는 어려움에 처한 외삼촌일가를 돕고 싶은 마음도 있었을 테지만, 산노스케에 대한 「떳떳치 못한」 마음에서 「벗어나」기 위해서, 또 하녀살이하는 동안의 효행을 증명하기 위해서 2엔을 조달하지 않으면 안 되었다.

야마무라가에서 「방탕아」라고 불리고 있는 이시노스케는 「시나가와 유곽에도 가기는 하지만 소란은 그 자리에서뿐」으로 「불량배」나 「가난한 사람」들과 마시고 떠들면서 자기 「지갑을 털어 무리한 요구를 관철하는」 기묘한 「도락」을 즐기고 있다. 이시노스케가 기묘한 「도락」을 즐기는 「방탕아」가 된 것은 안주인과 깊은 관계가 있다. 생모와 같이 자신에게 애정을 쏟아주지 않는 안주인에게 원망과 증오를 가지고 있는 이시노스케는 자신을 「양자」로 보내자고 한 안주인의 이야기를 듣고 원한과 증오가 쌓여서 「방탕」한 생활을 시작했다. 「방탕」한 생활을 시작해도 걱정은 고사하고 겉으로는 친절하게 대하면서 보이지 않는 곳에서는 자신을 내쫓으려고 하는 안주인을 계속 보고 있는 동안에 안주인에게 원망과 증오가 증폭되어 혐오감을 가지게 된 이시노스케는 여자를 싫어하게 되어 여성에게 마음을 닫았기 때문에 여성보다도 남성과의 유흥을 좋아하게 되었다고 판단된다. 또, 이시노스케가 하층사회의 남성을 상대로 금전을 낭비하는 것은 아버지가 무엇보다도 중요하게 생각하는 야마무라가의 「명예」와 「체면」을 더럽히고, 안주인이 중요하게 생각하는 금전을 낭비할 수 있는 등, 야마무라가의 사람들을 곤란에 빠뜨리고 화를 돋우는 데에 유효했기 때문이다.

섣달그믐날 「가난한 사람」들에게 「좋은 정월을 만들어주기」 위한 자금을 받으러 집에 돌아온 이시노스케는 오미네의 절도를 목격하게 된다. 절도까지 하면서 외삼촌가족을 도와주려고 하는 오미네의 큰 가족애에 충격을 받고 한편으로 감동한 이시노스케는 「차용증」을 남기고 서랍에 남은 돈을 가지고 감으로써 오미네의 절도를 덮어준다. 「차용증」을 남긴 이시노스케의 행동은 오미네의 죄를 덮어주었지만, 그와 동시에 오미네로부터 결과적으로 죄를 고백할 기회를 빼앗아 버렸다. 그 때문에 오미네는 「죄의식」, 「충실한 근무」라는 「자부」와 「정직」이라는 「철학」의 상실, 더욱이 「첫 하녀살이」에 「커버할 수 없는 흠집을 내 버렸다는 의식」 속에서 이제부터 어떻게 하면 좋은지 고민하지 않으면 안 되었다. 한편, 안주인과 모든 여성을 동실시하여 여성에게 마음을 닫아 온 이시노스케는 오미네가 큰 가족애를 가진 여성이라고 알게 되어 지금까지 여성에 대해서 가기고 있었던 자신의 견해에 의문을 가지게 되었다고 생각한다. 따라서, 이시노스케는 이제부터 안주인과 오미네를 포함한 여성이라는 존재에 대해서 다시 생각해 보지 않으면 안 되었다.

자신을 야마무라가의 호적에서 빼내려고 하는 안주인과 야마무라가의 사람들에게 기묘한 「도락」으로 울분을 되갚아 주고 있는 불효자 이시노스케. 다른 호적의 방계친족인 자신을 친자식처럼 길러준 외삼촌 야스베에게 은혜를 보답하려고 하는 효녀 오미네. 『大つごもり』에는 이처럼 대조적인 두 사람이 서로 상대의 존재와 행동의 영향을 받아서 자신의 견해에 의문을 가지거나 자신의 가치관을 상실하게 됨으로써 이제부터 자신의 견해나 가치관 등에 대해서 어떻게 하면 좋을지

모르게 된 모습이 섣달그믐날을 중심으로 그려져 있다고 할 수 있을
것이다.

제3장

편지를 읽는 여성들
:『軒もる月』와『ゆく雲』

들어가는 말

『軒もる月』는 1895년 4월 3일과 5일에「마이니치신문(毎日新聞)」에, 『ゆく雲』는 1895년 5월『태양(太陽)』에 게재된 작품이다.『ゆく雲』는 『軒もる月』보다 1달 늦게 발표되었으나, 집필시기는 1달도 차이가 나지 않았던 것 같다.

『軒もる月』의 경우, 집필에서 게재까지의 경위에 대해서「『しのふくさ』1월 20일 기재에『(중략) 또한 마이니치신문의 일요부록에도 싣자고 부탁한 원고는 26일까지라고 한다』라고 있을 뿐으로 상세한 것은 명확하지 않지」만,『たけくらべ』의「(1)부터 (8)까지의 제작과정과 중복되었」기 때문에「집필이 늦어져서」,「탈고는 3월말로 생각된다」고 한다1). 한편,『ゆく雲』의 성립과정에 관해서는 오하시 오토하(大橋

---

1)『軒もる月』〔補注〕(『樋口一葉論集』第一巻, 筑摩書房, 1974・3)

乙羽)에게 「3월 29일자 서간」에서 기고를 의뢰받은 「그 후 얼마 되지 않아 입안되어 4월 11일 혹은 12일경에 완성」되었다고 추정되고 있다.[2]

편지는 이치요의 소설에서 중요한 소도구로 종종 사용되고 있는데, 이야기 전개에 있어서 여러 가지 기능을 담당하고 있다.[3] 편지가 소도구로서 사용되고 있는 이치요 작품 중에서도 제작시기가 그다지 차이가 나지 않는 『軒もる月』와 『ゆく雲』는 근대우편제도 하에서 남성이 여성에게 러브레터를 보낸다는 설정에 있어서 공통점을 가지고 있다[4]. 여기에서는 작품 내에서 중요한 역할을 담당하는 편지에 주목하여 러브레터를 읽는 히로인을 중심으로 『軒もる月』와 『ゆく雲』를 고찰해 보고자 한다.

---

2) 『ゆく雲』〔補注〕(『樋口一葉論集』第一巻, 筑摩書房, 1974·3)

3) 이치요작품에 있어서의 편지 기능에 대해 고찰한 논고로 山本芳明「一葉作品にみる書簡の機能―『通俗書簡文』と小説と」(『国文学 解釈と教材の研究』, 1994·10)가 있다. 야마모토논문은 이치요의 작품에서 보이는 「서간의 기능」을 〈전달〉〈단절〉〈연기〉〈조작〉으로 분류하고 있다.

4) 근대우편제도를 이용하여 남성이 여성에게 편지를 보내는 설정은 『裏紫』(『新文壇』, 1896·5)에서도 보인다. 애인인 요시오카(吉岡)는 밀회를 목적으로 한 「여자글씨의 편지」를 다른 사람의 부인인 오리츠(お律)에게 보낸다. 하지만, 이 「여자글씨의 편지」가 러브레터라기 보다 간단한 연락편지로서의 성격이 강하기 때문에 여기에서는 다루지 않는 것으로 한다.

『軒もる月』

1 「평소의 결심」과 편지개봉의 의미

「공장에 다니는 사람」과 결혼하여 한 아이의 엄마가 된 오소데(お袖)는 처녀시절에 사쿠라마치(桜町)가에서 「하녀」로 일하고 있었다. 사쿠라마치가의 바깥주인에게 「총애」를 받고 있었던 오소데는 「휴가를 받아 집에 돌아갔을 때, 직공으로 공장에 다니는 사람이 사위로 정해졌음」 부모님을 통해 알게 된다. 결혼상대에 대해 듣고 이 사람과 「바깥주인의 지위와 비교하여 선녀가 날개옷을 잃어버린 마음도 들었던」 오소데는 이 결혼을 수락한 이유에 대해서 다음과 같이 회상하고 있다.

> 설령 이 인연을 거절했다고 해도 들녘의 풀꽃은 서원의 꽃병에 꽂힐 것인가? 사랑과 은혜가 각별한 부모님에게 고생을 증가시키고 나는 지상에서 헤매는 몸, 실수를 한다고 해도 천상에 다다르기는 어렵다. 만약, 이루어졌다고 해도 그것은 정도를 벗어난 일로 보통사람들 눈에는 얼마나 더럽고 천박하게 보일까? 나는 둘째 치고 바깥주인님께서 세상의 비난을 받는 것은 억울하다. 보아라. 안주인의 눈에 나를 미워하고 바깥주인님을 조소하는 기색이 역력한 것을.

오소데가 결혼을 받아들인 이유는 크게 세 가지로 나눌 수가 있다. 첫 번째는 오소데의 신분의식이라고 할 수 있다. 「비천하게 자란 나」라고 말하는 오소데는 「이 인연을 거절했다고 해도 들녘의 풀꽃」이 「서원 꽃병에 꽂히기」 어렵고, 「만약 그렇게 된다고 해도 그것은 정도를 벗어난 일」이라고 인식하고 있었던 것이다. 그리고 두 번째는 양친을 걱정하는 마음이다. 다카다 치나미(高田知波)[5]는 「아마도 오소데가 결혼하기 전에 이미 두 사람 모두 병이 들었을 가능성이 높고, 따라서 외동딸 밖에 없는 병약한 부부가 재산도 없는 자신들의 장래를 돌봐줄 사위를 절실하게 찾고 있었」다고 서술한 후에 「이 혼인의 주요목적」이 「양친의 노후보장」에 있었다고 논하고 있다. 오소데는 「사랑과 은혜가 각별한 부모님에게 고생을 증가시키지」않기 위해서 이 혼담을 받아 들였던 것이다. 또, 세 번째 이유로서 바깥주인을 생각하는 마음을 들 수 있을 것이다. 자신을 첩으로 맞이하는 것으로 인해 바깥주인이 「안주인」은 물론이고 세상으로부터 비난받을 일이 억울했기 때문이다.

오소데가 이 결혼을 받아들인 후에 어느 정도의 세월이 흘렀을까? 「아버지가 재작년에 돌아가셨을 때에도」 남편이 간호를 하고 있었다는 사실로부터 거꾸로 계산하면, 적어도 3년은 지났다고 보인다. 「언제나 9시에 울리는 종소리는 식사 중에 들」었지만, 오늘은 「우에노의 종」이 9시를 알려도 남편이 돌아오지 않았다. 「오늘 밤부터는 한 시간씩 일을 연장해서」 하기로 했다고 한 남편의 말을 생각해 내고 남편을 걱정하고 있었던 오소데는 「찢어진 장지문으로 된 창을 열」어 달을 바라보면서 「휴하고 길게」 한숨을 쉬고 사쿠라마치가의 바깥주인을 생각하기 시작한다.

사쿠라마치가의 바깥주인은 오소데에게 「몇 번인가 몇 통의 편지」를 계속해서 보내고 있다. 다카다논문에서도 지적되고 있듯이 「결혼 때문에 『휴가를 받았』던 것이 아니라 고향에 돌아가서 혼담을 알」고

---

5) 高田知波「『其の上人がためしにも同じく』─『軒もる月』を読む─」(『論集
樋口一葉』Ⅲ, おうふう, 2002・9)

「데릴사위혼」을 승낙했다고 생각되는 오소데의 경우, 결혼 후에도 「성은 바뀌지 않고 주소도 하녀살이하기 전과 동일」한 점, 편지의 발송인이 「바깥주인의 이름」인 점을 생각하면, 사쿠라마치의 바깥주인은 「오소데가 결혼한 사실도 출산한 사실도 모른채 러브레터를 계속 보냈을 가능성이 있다」고 말할 수 있을 것이다.

「오소데가 결혼한 사실도 출산한 사실도 모른」채 사쿠라마치의 바깥주인이 그녀에게 보내고 있었던 편지는 그녀의 마음을 동요시키고 있었던 것 같다. 오소데는 지금까지 바깥주인이 보낸 「몇 통의 편지를 읽어보지도」 않았다. 오소데는 「읽어보면 이 가슴이 토막이 나서 평소의 결심이 사라질 것 같은 불안함」에서 바깥주인의 편지를 읽지 않고 있었던 것 같다. 「평소의 결심」이 구체적으로 어떠한 것인지 작품 안에서는 제시되어 있지 않다. 그러나 바깥주인의 편지를 읽으면 그 「결심이 사라질 것 같다」고 한 점에서 추측해 보면, 「평소의 결심」이란 부인의 윤리를 지켜서 남편과 충실한 결혼생활을 영위하는 것이 아니었을까? 바깥주인이 보낸 12통의 편지가 3년간 어느 정도의 간격을 두고 보내졌는지는 확실하지 않다. 그러나 만약 약 3개월마다 편지가 왔다고 한다면 그 편지는 부인의 윤리를 지키며 결혼생활에 전념한다는 「평소의 결심」하에서 살아가려 하는 오소데에게 정기적으로 바깥주인을 생각나게 하고 그녀의 마음을 동요시켰을 것이다. 오소데는 바깥주인이 보낸 편지를 일부러 읽지 않는 것으로 마음의 동요를 억제하면서 「평소의 결심」하에서 살아가려고 노력을 해 왔던 것이다.

그런데, 이 날 밤 오소데는 「평소의 결심」하에서 살아가기 위해 지금까지 일부러 읽지 않았던 바깥주인의 편지를 개봉하기로 결심한다.

갑자기 편지를 읽기로 한 이유를 생각하기에 앞서, 오소데에게 있어서 남편은 어떠한 존재인가를 우선 확인해 두고 싶다. 자신과 아이에게 지금보다 더 편안한 생활을 할 수 있도록 열심히 일하는 남편[6]을 오소데는 「큰 은혜를 입은 남편」이라고 생각하고 있다. 또, 부모님을 정성스럽게 간호해 준 것에 대해서 「평생 소중히 하지 않으면 안 될 사람」이라고 생각하고 있다. 그러나 한편으로 오소데는 「기술과 직업이 있고 몸이 건강하니 언제까지 이렇게는 살지 않을 것」이라고 하는 남편의 「말버릇」을 신경쓰고, 「어딘지 모르게 내 마음이 얼굴에 나타나 비천하게 생각하는 것이 보이면 어쩌지, 무섭다. 큰 은혜를 입은 남편에게 그러한 마음을 가져서는 안 되는데, 만약이라도 그러한 기색을 나타내서는 안 되는데」하고, 또 「부족한 듯한 태도를 보였나? 나는 알지 못하지만 그렇다면 뭐라고 하지?」라고 걱정하고 있다. 오소데는 「큰 은혜를 입은 남편」에게 비천함과 부족함을 표현하는 것은 물론 그러한 감정을 가지는 것조차 두렵게 생각하고 있다.

「공중에 덧없는 사쿠라마치의 누각을 그릴 때, 시끄럽구나 나의 이름을 부르는 소리, 오소데, 이렇게 해 저렇게 해 하는 말 때문에 생각은 여기에서 끊어졌어도 주위에 화풀이를 했던」 일이 있었음을 생각해 낸 오소데는 자신이 남편의 「말」보다 공중에 그린 덧없는 사쿠라

---

6) 滝藤満義「『軒もる月』—悟道を急ぐ女」(『国文学 解釈と鑑賞』, 2003・5)는 横山源之助『日本之下層社会』의 기술을 참고로 하여 오소데 남편의 수입에 대해서 다음과 같이 지적하고 있다. 「일당 50전이라고 하면 당시 목수 등 기술자의 일당에 필적하지만, 공장노동은 안정적이며 휴일도 한 달에 2일이었다고 하며 잔업수당도 가산되는 점에서 보면, 남편의 월급은 15엔에서 20엔 정도로 안정되어 있었던 것은 아닐까? 이것은 당시 소학교 교원보다도 고수입으로 (중략) 오소데는 (중략) 부업을 하지 않아도 되었던 것이다」

마치의 누각을 중요시했음을 깨닫는다. 그리고 오소데는 「나는 두 마음을 가져서는 안 될꺼야. (중략) 덧없구나, 덧없구나, 사쿠라마치라는 이름을 잊지 않는 한 나는 두 마음을 가진 부정한 여자야」라고 생각하고 「바구니 밑에 담아둔 (중략) 12통의 편지」를 꺼낸다. 오소데는 「오늘까지 봉인을 뜯지 않았던 것은 내 마음이 흔들리지 않는다고 자부했기 때문이다. 그러나 이 자부가 얼마나 어리석은 것이었던가. 마음 속 고민을 꿰뚫는 화살이 두려워서, 생각해보면 비겁한 짓이었다」라고 반성하고 「몸은 깨끗하여도 마음이 썩어서 버리기 어려우면 똑같이 부정한 몸인 것을. 그렇다면 마음에 대한 시험으로」라는 생각에서 바깥주인의 편지를 읽기로 한 것이다.

오소데는 바깥주인이 보낸 편지를 읽는 것에 대해서 「나의 마음은 깨끗해질까, 더러워질까?」를 알아보기 위한 「마음에 대한 시험」이라고 생각하고 있다. 그러나 오소데는 자신이 사쿠라마치의 바깥주인을 계속 생각하고 있었던 것을 이미 알고 있었을 것이다. 왜냐하면 오소데는 남편의 말보다 공중에 그린 덧없는 사쿠라마치의 누각을 중요시했던 사실을 떠올리고 있으며 또 「사쿠라마치의 이름을 잊지 않는 한 나는 두 마음을 가진 부정한 여자이다」라고 자각하고 있었기 때문이다. 자신의 마음을 조사해 보기 전에 이미 「더러워」져 있는 것을 알고 있었을 오소데는 어떠한 점에서 「시험」을 한다고 하는 것일까?

오소데에게 있어서 바깥주인이 보낸 편지를 읽는다는 행위는 다카다의 전게논문도 「윤리가 감정을 억제할 수 있는가라는 시련에 대한 도전」이라고 지적한 것과 같이, 「두 마음」을 가지고 있는지 아닌지를 확인하는 것에 머무르지 않고 과연 바깥주인에 대한 마음을 이성으로 억제할 수 있는가를 둘러싼 「시험」이지 않았을까? 「큰 은혜를 입은 남편」에게 비천함과 부족함이라는 감정을 가지는 것조차 두렵게 생각할 정도로 윤리의식이 강한 오소데가 「바깥주인」도 「나의 남편」도 「신」도 「부처님」도 「나의 마음을 보세요. (중략) 봐 주세요」라고 마음속으로 말한 것은 이성으로 바깥주인에 대한 마음을 억제한다는 목표가 정해져 있었기 때문에 가능했다고 생각된다. 그렇다고 한다면, 「평소의 결심」대로 살아가고자 노력해 왔던 오소데에게 있어서 이날 밤 바깥주인이 보낸 편지를 개봉하는 행위도 「평소의 결심」대로 살아가기 위한 노력이었다고 말할 수 있을 것이다.

2 「글에 기교도 없」는 편지

오소데는 12통의 편지를 한통씩 읽어간다. 편지에는 「약 2미터 남짓 글에 기교도 없고, 여러 가지 고마운 일, 감사한 많은 일, 생각한다, 그리워한다, 잊기 어렵다, 피눈물, 가슴의 불꽃, 이와 같은 글자」가 쓰여져 있다. 오소데는 이러한 말에 마음이 동요된 것인지 「손이 떨려서 편지를 말아 넣을」 수가 없다. 「두 통째도 마찬가지」이다. 또 「세 통, 네 통, 다섯, 여섯 통부터 조금 얼굴색이 달라 보인」다. 「여덟, 아홉, 열 통, 열두 통, 열어서 읽고, 읽은 뒤에 다시 편지를 뜯는다. 글자는 눈에 들어오지 않는지, 들어와도 읽을 수 없는지」라고 묘사되고 있는 오소데는 점차 혼돈상태에 빠져드는 것 같다. 편지를 어느 정도 읽은 시점인지는 알 수 없지만, 오소데는 다음과 같이 마음속으로 말하고

「미소를 머금고」 편지를 「읽어내려 간다」.

> 슬프고 덧없는 쓰레기 더미 속에 운명을 가졌다고 해도 더러운 때는
> 뒤집어쓰지 말아야지하고 생각하는 자신의 또 어딘가에 악마가 숨어서
> 도리에 어긋나는 것을 생각하게 한다. 자, 눈이 내리려면 내려라. 바람이
> 불려면 불어라. 내 마음을 동요시키고 혼란스럽게 할까? 마음이 평온해
> 질까? 사쿠라마치 바깥주인의 용모도 지금은 어디까지나 마음에 떠올리
> 자. 내 남편의 행동이 아이같은 것도 억지로 감추지 않겠다. 백팔번뇌가
> 자연스럽게 사라진다면, 그것은 그것. 어찌하여 일부러 무엇인가를 잊으
> 려고 하겠는가. 피가 끓으려면 끓어라. 불꽃도 타려면 타라.

적극적으로 「도리에 어긋나는 것」이라는 「백팔번뇌」를 제거하려고
하는 오소데의 모습이 잘 엿보이는 마음 속 독백이라고 말할 수 있을
것이다. 편지를 읽는 것으로 자신의 마음이 「혼란」스러워질까, 「평온
해질」까, 한순간 의문으로 생각했지만, 그 직후 오소데는 「百八煩悩
おのづから消えばこそ、殊更に何かは消さん」이라며 바깥주인에 대
한 마음을 억제하려고 하는 의지를 표명하고 있다. 이 문구의 의미에
대해서 〈新日本古典文学大系 明治編24〉『樋口一葉集』주석7)에는
백팔번뇌가 「자연스럽게 사라진다면 그것은 그것, 어찌하여 일부러
지우려고 하는 것일까」라고 되어 있지만, 〈백팔번뇌가 스스로 사라진
다면 어찌하여 일부러 무엇인가를 잊으려고 하겠는가〉, 즉 〈백팔번뇌
가 스스로 사라지지 않기 때문에 일부러 무엇인가를 잊으려고 한다〉
라는 의사표명으로 해석하는 것이 자연스럽지 않을까?

---

7) 菅聡子校注『軒もる月』(〈新日本古典文学大系 明治編24〉『樋口一葉集』,
　　岩波書店, 2001・10)

「눈이 내리려면 내려라. 바람이 불려면 불어라」「피도 끓으려면 끓어라. 불꽃도 타려면 타라」라는 말에 대해서 도마츠 이즈미(戶松泉)[8]는 「욕망대로 돌진하려고 하는」 오소데의 자세인 동시에 그녀의 「강한 의지」라고 해석하고 있다. 한편, 다카다는 「마음」의 「눈」과 「바람」을 억누르려고 노력하고 있었던, 편지를 읽기 이전에는 생각할 수도 없었던 「방임 (혹은 도발)의 자세」라고 서술하고 있다. 백팔번뇌가 자연스럽게 사라지지 않기 때문에 일부러 무엇인가를 지우려고 한다는 오소데의 의사표명을 중시한다면, 도마츠논문과 다카다논문에서도 지적되고 있듯이 바깥주인에 대한 마음을 억누르기 위해서 정면에서 바깥주인의 편지와 마주하려고 하는 적극적인 자세로 이 말을 해석할 수 있다. 또 이 때 오소데의 얼굴에 떠오른 「미소」도 그녀의 적극적인 자세의 표현으로 읽을 수 있을 것이다.

바깥주인에 대한 마음을 억누르려고 하는 의지를 표명하고 적극적인 자세로 바깥주인이 보낸 편지를 읽어가는 오소데의 자세는 「마음은 큰 폭포에 부딪혀서 더러운 세상의 때를 씻으려고 하고, 저 상인(上人)의 시험처럼 연인의 눈물이 가득찬 글은 몇 줄기 폭포의 용솟음과도 비슷하니, 정신을 잃을 것이다. 마음약한 여자라면」이라고 「저 상인의 시험」에 비유되고 있다. 「저 상인의 시험」이 나치(那智)의 폭포에서 이루어진 문각상인(文覚上人)의 수행(『平家物語』卷五「文覚荒行」)을 지칭하는 것은 새삼스럽게 언급할 필요도 없다.

이 비유는 나치의 거대한 폭포에 부딪혀 참는 것으로 「더러운 세상

---

8) 戶松泉「『軒もる月』の生成─小説家一葉の誕生─」(『相模女子大学紀要』 1992・3)

의 때」라고 하는 인간의 번뇌가 사라지듯이, 「폭포의 용솟음과도 비슷」한 「연인의 눈물이 가득찬 글」을 읽고 참아내는 것으로 오소데의 번뇌가 사라질 것을 의미하는 것이다. 그렇지 않다면 이 비유는 성립할 수가 없다. 그럼, 오소데가 자신을 유혹하는 「연인의 눈물에 가득찬 글」을 읽고 참아낸다면 어떠한 과정을 거쳐 그녀의 번뇌가 사라지는 것일까?

앞에서 인용한 오소데의 독백 중에서 그녀가 「사쿠라마치의 바깥주인의 용모도 지금은 어디까지나 마음속에 떠올리자. 내 남편의 행동이 아이 같은 것도 억지로 감추지 않겠다」고 자신의 감정을 표현하고 있는 것에 주목해 보자. 「사쿠라마치의 이름을 잊지 않는 한 나는 두 마음을 가진 부정한 여자」라고 생각하고 있었던 오소데가 스스로 바깥주인의 「용모」를 「마음속에 떠올리자」고 말한다. 또 「큰 은혜를 입은 남편」에게 「천하게 생각하는 기색을 보였는」지, 「부족한 듯한 태도를 보였는지」하고 신경쓰고 있던 오소데가 「내 남편의 행동이 아이 같은 것도 억지로 감추지 않겠다」고 했다. 오소데는 결혼전, 남편과 바깥주인의 지위를 비교하고 남편을 비천하게 생각한 일이 있었지만, 남편에 관한 자신의 감정을 직접 표현한 것은 이 독백이 처음이다. 바깥주인에 대한 마음 그리고 남편에 대한 불만 등의 감정을 느끼는 것조차도 두려워하고 있었던 오소데가 바깥주인이 보낸 편지를 읽고 「사쿠라마치의 바깥주인의 용모도 지금은 어디까지나 마음속에 떠올리자. 내 남편의 행동이 아이 같은 것도 억지로 감추지 않겠다」며 자신의 마음을 열어 둔 것을 확인해 두고 싶다.

그럼, 오소데가 떠올리고 있는 「바깥주인의 용모」는 어떠한 것일까?

오소데가 달을 바라보면서 바깥주인을 떠올리고 있는 대목을 보면,

사쿠라마치의 바깥주인은 벌써 잠자리에 드셨을 시각인가? 그렇지 않으면 등불 아래에서 책을 읽으실까? 아니면, 책상 위에 종이를 펼치고 조용히 붓을 움직이고 계실까? 쓰고 계신 것은 무엇일까? 친구 분에게 보내는 무엇을 상의하는 내용일까? 아니면 어머니에게 보내는 안부편지인가? 그것도 아니면 머릿속에 떠오르는 망상을 버리는 곳, 시인지 노래인지. 아니면, 아니면, 나에게 보내시겠다고 덧없는 편지를 쓰고 계실까?

라고 한다. 오소데는 구체적인 바깥주인의 행동과 말을 떠올리고 있다. 「하녀」시절, 바깥주인은 오소데에게 그의 행동을 자주 설명해 준 것 같다. 바깥주인이 쓰는 행위에 대해서 「상의」, 「안부편지」, 「망상을 버리는 곳, 시인지 노래인지」라고 오소데가 그 내용을 구체적으로 몇 개인가 상상하는 것이 가능했던 것은 바깥주인의 설명을 들은 적이 있었기 때문이라고 생각된다. 오소데가 떠올리고 있는 이러한 바깥주인의 행동과 말을 들어서 다카다의 전게논문은 「바깥주인의 용모」에 대해서 「이 『용모』라는 표현은 『오모카게(おもかげ)』라고 읽도록 첨자되어 있는 것도 포함하여 단순한 얼굴생김만을 지칭하는 것이 아니라 태도, 말의 문화성 전체까지 포함하고 있는 것일 것이다」라고 지적하고 있다.

바깥주인이 보낸 편지에 「글에 기교도 없고 여러 가지 고마운 일, 감사한 많은 일, 생각한다, 그리워한다, 잊기 어렵다, 피눈물, 가슴의 불꽃, 이와 같은 글자」가 「종횡으로 어지럽」게 적혀있고 「글자는 결국 귓전에 무서운 소리로 속삭인다」라는 부분에 주목하고자 한다. 「시

인지 노래인지」를 오소데에게 읽어준다거나, 해석해 준다거나 한 일은 상상하기 어렵지 않다. 그러나 「시인지 노래인지」에 접할 수 있었다고 해도 「시」와 「노래」에 관한 오소데의 교양은 그 레벨이 상당히 낮았을 것이다. 오소데를 사랑하는 마음을 전하는 것이 최대의 목적이었던 바깥주인은 오소데가 이해할 수 있도록 일부러 직접적인 표현으로 러브레터를 적은 것은 아닐까?

오소데에 대한 바깥주인의 마음이 직접적으로 표현되어 있는 편지의 글자는 「결국 귓전에 무서운 소리」가 되어 속삭이는 등, 확실히 오소데의 마음을 뒤흔들 정도의 강렬한 힘을 가지고 있었다. 하지만 오소데에게 있어서 바깥주인의 「목소리」라는 사운드는 「바깥주인의 용모」라는 비주얼에 부합하지 않는 것이었다고 생각된다. 직접적으로 사랑하는 마음을 표현한 바깥주인의 「목소리」는 오소데에 대한 마음을 담아 은유·비유적 표현이 사용된 「시」 혹은 「노래」를 읊어준 문화인으로서의 「바깥주인의 용모」와 이질적인 것이었음에 틀림없다. 오소데는 「바깥주인의 용모」를 떠올리고 편지를 읽어나감으로써 자신이 그리고 있었던 바깥주인에 대한 이미지에 부합하지 않는 면모를 발견한 것이다.

「바깥주인의 용모」에 부합하지 않는 면모를 발견한 오소데는 바깥주인의 편지를 어떻게 받아들인 것일까? 그렇게 길지 않은 한 때였다고는 하지만, 바깥주인을 통해서 「시」「노래」에 접하게 된 오소데는 바깥주인과 같은 문화권을 공유했다고 생각하고 있었을 것이다. 그러나 바깥주인과의 사이에서 화제가 된 「시」 또는 「노래」의 한구절도 보이지 않는 것은 물론, 「기교도 없」는 바깥주인의 편지를 읽은 오소데는 바깥주인이 더 이상 자신을 같은 문화권의 공유자로 생각하고 있지 않다고 해석한 것은 아닐까?

편지를 다 읽은 오소데에게 아직 「무정한 그대여 나를 버리는가하고 바깥주인의 목소리가 생생히 들려」온다. 그러나 이 때의 「바깥주인의 목소리」는 더 이상 「무서운 목소리」가 아니다. 바깥주인이 보낸 편지를 다 읽은 오소데는 마음 속으로 「바깥주인님, 지금 혹시 여기에 계셔서 이러한 황공한 말씀, 또 원망에 미움을 더해 그 목소리 거칠어질 뿐만 아니라 소중한 목숨을 끊겠다고 말씀하셔도 나는 눈을 깜짝이나 할까요? 이 가슴이 두근거릴까요?」라고 말하고 있다. 「바깥주인님」이라는 호칭으로부터 시작된 오소데의 이 독백은 바깥주인이 보낸 편지에 대한 답장이라고도 할 수 있다. 「기교도 없」는 편지를 자신에 관한 바깥주인의 의식변화로 해석한 오소데는 바깥주인의 어떠한 말에도 동요하지 않을 것을 분명하게 밝힌 메시지를 바깥주인에게 보낸 것이다.

바깥주인이 자신의 오소데에 대한 마음을 정확히 전달하려고 일부러 직접적인 표현으로 적은 러브레터는 오소데에게 「바깥주인의 용모」에 부합하지 않는 면모의 발견으로 이어져 버렸다. 또 이 러브레터는 자신에 대한 바깥주인의 의식변화로서 오소데에게 해석되어져 버린다. 「연인의 눈물이 가득찬 글」을 접하고 견디는 것으로 오소데가 가지고 있었던 인간의 번뇌는 사라진 것이다. 오소데는 더 이상 바깥주인에 대한 마음을 억제하는 것을 시험할 필요가 없어져 버렸다.

3 큰 웃음(홍소)

바깥주인에게 메시지를 보내고「잠시 멍해 있」던 오소데는

> 과거와 미래를 잊어버리고 꿈길을 해매이게 되었지만, 무엇인가 갑자기 그 공허한 마음에 울렸다고 생각되어, 여자는 주변을 둘러보고 크게 웃었다. 그 자신의 그림자를 돌아보고 크게 웃었다. 바깥주인, 내 남편, 내 아이, 이것은 누구인가 라고 크게 웃었다.

라며 세 번 크게 웃는다. 기분 나쁘다고 해도 좋을 오소데의 큰 웃음은 무엇을 의미하는 것일까[9]? 우선 바깥주인을 계속 생각했던 덧없음을 생각할 수 있다. 자신에 대한 바깥주인의 의식변화를 알지 못한 채 바깥주인을 계속 생각했던 오소데의 덧없음이 큰 웃음으로 나타났다

---

9) 종래의 연구에서는 오소데의 큰 웃음에 대해서 다양한 견해가 제시되었다. 関礼子「『読む』ことによる覚醒―『軒もる月』」(『語る女たちの時代――一葉と明治女性表現』, 新曜社, 1997・4)는 오소데의 큰 웃음을「직접적으로는 사쿠라마치의 바깥 주인에 대한 이별의 메시지, 있는 그대로 이야기하자면 정나미가 떨어진 것을 나타내는 웃음」이라고 읽었으며「텍스트는 여자의 큰 웃음에 의해서 시대의 규범과 윤리를 상대화해 가는 기폭력을 가진 두 세 개의 방향을 확실히 내포하고 있다」고 서술하고 있다. 또, 戸松泉「『軒もる月』の生成―小説家一葉の誕生―」(주8에 전게)은「이〈큰 웃음〉은 오소데 자신의 생(生)자체를 향한 것이고〈표현〉을 초월한 곳에서의 일종의 허무적인 냄새가 나는 웃음이었다」고 논하고 있다. 早矢仕智子「『軒もる月』における一葉の語りの方法」(『宮城学院女子大学大学院人文学会誌』, 2002)는 오소데의 큰 웃음에 대해서「여자의 웃음의 대상은 사쿠라마치의 바깥주인만이 아니다. 남편과 아이도 동등하게 누구인가 라는 질문이고, 이것을 뒤집어 보면 자기 존재에 대한 의문으로 이어지는 것은 아닐까」라고 적고 있다. 한편, 滝藤満義「『軒もる月』―悟道を急ぐ女」(주6에 전게)는「그녀는 지금까지 자신을 계속 망설이게 한 세 사람의 인연을 결국 해탈하는 경지에 이르렀던 것이고 웃음은 활연(豁然)히 깨달은 표식이었다」라는 견해를 제시하고 있다.

고 볼 수 있을 것이다. 그런데, 오소데의 큰 웃음이 바깥주인을 계속 생각한 덧없음의 표현이라고 잘라 말해 버리면 「주변을 돌아보고」,「그 자신의 그림자를 돌아보고」라는 행위와 「바깥주인, 내 남편, 내 아이 이것은 누구」인가하는 말의 해석이 곤란해진다. 오소데는 자신을 사랑의 번뇌에 빠트린 바깥주인에 대해서 「이것은 누구」라고 생각하게 되었다고 추측되지만, 왜 「내 남편, 내 아이」까지 「누구」라고 생각하게 된 것일까?

화자가 편지를 읽고 난 직후의 오소데를 「옆에는 귀여운 아이의 잠자는 모습이 보이고, 무릎 위에는 무정한 당신이여, 나를 버리는 것인가라는 바깥주인의 목소리가 생생히 들리고 밖에는 남편이 돌아오지 않았다」라고 세 명과 관련지어서 이야기 하고 있는 것에도 주의를 기울일 필요가 있을 것이다. 오소데는 편지를 읽을 때에 「바깥주인의 용모」를 떠올리고 또 「남편의 아이같은 행동」도 감추지 않고 표현해 버렸다. 남편에게 천박함, 부족이란 감정을 가지는 것조차 두렵게 생각했던 오소데는 「연인의 눈물이 가득찬 글」을 접함으로써 인간의 번뇌가 사라져서 한숨 돌리고 있었을 것이다. 그렇지만 그 한편으로 오소데는 「내 남편, 내 아이 이것은 누구」라는 의문을 갖기 시작한다. 이 의문이 부인의 윤리로부터 일탈한 것이고 자신이 또 부인의 윤리에서 일탈한 것을 생각하게 되었다고 오소데가 깨달았을 때, 그녀의 놀라움은 덧없음으로 바뀌어 갔을 것이다. 그 덧없음이 큰 웃음으로 표현된 것은 아닐까?

오소데는 「남편의 행동이 아이같」다고 생각했지만, 남편의 어떠한 행동이 아이같은지 작품 안에서 구체적인 예를 찾을 수는 없다. 「바깥

주인의 용모」와 비교되는 형태로 제시되고 있는 것에서 「남편의 행동
이 아이같」은 것은 바깥주인의 「태도와 말의 문화성」이 결여되어 있
다는 것을 의미할 가능성이 높다. 그렇다고 한다면, 사랑하는 마음을
직접적으로 표현한 「바깥주인의 용모」에 부합하지 않는 바깥주인의
면모는 「남편의 행동이 아이같」은 것과 상반되는 것이 아니라고 할
수 있다. 「남편의 행동이 아이같」은 것과 「바깥주인의 용모」에 부합
하지 않는 바깥주인의 면모가 동일한 것임을 깨달은 오소데는 「바깥
주인님, 지금이야말로 헤어지겠습니다라고 말하고 눈가에 맺히는 이
슬도 없고, 단념한 결심의 기색도 없고, 미소를 띤 얼굴에 손도 떨지
않」고 편지를 「남김없이 조각내어 버리고 활활 타오르는 숯불 속으로
집어 넣」었다. 이렇게 보면 여기에서 보이는 「미소」는 사랑의 번뇌에
서 해방된 기쁨을 나타내고 있다고 말할 수 있다.

　「기쁘구나! 나의 집착도 남지 않았다」라는 말에서도 알 수 있듯이,
오소데는 바깥주인에 대한 「집착」을 편지와 함께 태워버렸다. 바깥주
인을 생각했던 오소데의 「집착」이 없어진 것은 「달빛이 스며드는 처
마에 바람 소리 청량하다」라는 상쾌한 풍경묘사에도 나타나 있다. 텍
스트는 사랑의 번뇌에서 해방된 것을 정경묘사에 나타내면서 끝나고
있다. 그러나 이것으로 번뇌에 괴로워했던 오소데의 이야기도 완결된
것일까? 오소데는 사랑의 번뇌로부터는 해방되었지만, 지금부터 다른
번뇌로 고민하게 될 것이다. 편지를 읽어가는 과정에서 「남편의 행동
이 아이같」다는 자신의 감정을 표현하고 그 아이같음이 「바깥주인의
용모」에 부합하지 않는 면모와 동일한 것임을 발견한 오소데는 「남편
의 행동이 아이같」음을 어떻게 받아들여야 하는지, 또 「내 남편, 내

아이 이것은 누구」인지, 지금부터 고민하지 않으면 안 될 것이다. 바깥주인이 보낸 편지에 의해 오소데는 「평소의 결심」대로 살아갈 수 없게 되었고 지금부터 생의 방향을 검토・수정하지 않으면 안 되게 되었다.

『ゆく雲』

4 오누이(お縫)의 결심

동경의 상경유학생인 노자와 케지(野沢桂次)는 친척인 우에스기(上杉)가에서 「반쯤은 하숙생활로 생각하고 출입한지 3년」동안은 분명 신세를 지고 있었다. 「백부인 가츠노리(勝義)」는 「언변만 좋아서 누구에게도 마음에서 우러난 친절함이 없」는 「허세꾼」으로 「거만」한 사람이다. 백모에게 「자기 집의 서생이라고 가벼운 대접을 받」음에도 불구하고 케지가 「2주일에 한번은 방문하는 것」은 우에스기가의 딸인 오누이(お縫)에게 각별한 마음이 있었기 때문이다.

「케지가 열을 올리」고 있었던 오누이는 「10년 전에 이 세상을 뜬 전처」의 자식으로 「무슨 일이든지 어머니를 어려워해 아버지에게까지 다가가지 않으니 자연스레 말수도 많지 않고 한눈에 내려다본 것으로는 부드럽고 온순한 아가씨」라고 케지의 시점에서 치우쳐 소개되고 있다. 「10살 즈음부터는 그 나이에 맞게 좋지 않은 행동도 잦아져서 여자애가 그러면 어쩌니 하고 죽은 어머니의 눈살을 찌푸리게 하고 잔소리도 충분히 들었던」 오누이가 양친의 기분을 살피는 등 어른스럽게 된 것은 계모와 관련이 있는 듯하다.

「말을 하면 흘겨보고 웃으면 화를 내고 배려를 하면 잔망스럽다고 하고 가만히 있으면 둔한 아이라고 혼이 난」 어린 오누이는 어떻게 해도 계모의 기분을 맞출 수가 없어서 울기만 한다. 「지금의 어머니」의 「세력이 대단하여 부인천하라고 말할 정도의 풍경이니 계모자식인 오누이가 이러한 처지에 우는 것은 당연한 일」이었다. 오누이는 계모와 관련된 일들을 「호소하고 싶어도 아버지 마음」이 「철과 같이 차서 미지근한 물 한잔 주실 만한 정(情)도 없으니, 다른 사람 누구에게」도 호소할 수 없다. 그저 「매달 10일에 어머니 묘에 성묘」할 때, 「어머니, 어머니 저를 데리고 가 주세요라며 석탑을 끌어안고 한없이」 울 수밖에 없었던 것이다. 이러한 괴로운 상황에서 오누이는 다음과 같은 결심을 하게 된다.

> 우물가에서 우물 속을 들여다 본 적이 서너 번 있지만, 곰곰이 생각해 보니 무정하다고 해도 아버지는 친아버지이니 내가 죽어서 딸이 자살했다는 말을 들으면, 그 창피함은 아버지에게 돌아갈꺼야. 자살하려고 했던 각오를 마음속으로 사죄하고 어떻게 해도 죽을 수 없는 세상에서 억지로 눈을 뜨고 살려면, 보통사람들이 겪는 슬픈 일, 괴로운 일, 이것 또한 참기 어렵다. 평생 50년간 보고도 보지 않은 척 지내면, 아무 일 없을 것이라고 생각하고 그 때부터는 오로지 어머니의 기분, 아버지의 마음에 들도록 일체 이 몸을 없는 것으로 하면, 집안에 풍파가 일어나지 않고 처마 밑 소나무에 학이 찾아오듯 좋은 일이 생기지 않을까?

오누이는 서너 번 우물에 몸을 던지려고 했지만, 아버지 이름을 더럽힐 것이라고 생각하고 자살할 것을 포기하였다. 「죽을 수 없는 세상에 눈을 뜨고」 살아갈 수 밖에 없는 오누이는 「보통 사람이 겪는 슬픈 일, 괴로운 일」조차도 「참기 어렵」다. 그래서 「장님이 되어 버리면 아무 일도 없을 것」이라고 생각한 오누이는 「오로지 어머니의 기분, 아버지의 마음에 들도록 일체 이 몸을 없는 것으로 하」고 「집안에 풍파가 일어나지」 않도록 할 것을 결심한다. 오누이는 사전에 「슬픈 일, 괴로운 일」이 생기지 않도록 하려 한 것이다.

케지와 오누이가 처음 만난 것은 오누이가 「14살인가 13살인가」의 때이다. 오누이를 「처음 보았을 때」, 케지는 「모습은 어리지만 어머니가 다른 아이는 어딘지 모르게 어른스럽게 보이는 것도 안쓰럽게 생각」한다. 오누이를 「안쓰럽게 생각」하는 이유로 케지는 「나도 다른 사람 손에서 자란 동정」을 들고 있다. 소작농의 아들이었던 케지는 7살 때에 「눈과 코의 생김이 어딘지 죽은 첫째아들과 너무 닮았다며 지금은 돌아가신 지주의 안주인에게 귀여움을 받아」, 노자와가의 양자가 되었던 것이다. 그리고 나중에는 이 집안의 외동딸인 오사쿠(お作)와 결혼하여 대를 이를 몸이기도 했다.

「처음 보았을 때」부터 3, 4년이 지난 현재, 케지는 오누이에게 빠져 있다. 「하루라도 빨리 호주승계」를 하여 뒷전으로 물러나고 싶다는 양부의 「바람」 때문에 유학생활을 정리하고 고향으로 돌아가게 된 케지는 「오누이의 일이라면 나의 일같이 기뻐도 하고 화도 내며 지냈는데 오누이를 버리고 내가 고향으로 돌아가면 남는 사람의 마음은 얼마나 외로울까」라고 오누이를 걱정하고 있다. 또 「우에스기가의 옆」에 있는 「어떤 종파의 사원」에 들려서 「관음보살에게 합장하고 내 연인의 앞날을 지켜주세요」라고 비는 것에서도 오누이에 대한 케지의 뜨거운 마음을 읽을 수 있을 것이다.

한편, 케지에 대한 오누이의 마음은 케지의 「배려에 비」하면, 「훨씬 차분하고 차가운 것」이라고 말할 수 있다. 케지에 대한 오누이의 마음은 「아직 어린 사람에게 케지의 친절은 기쁘지 않은 것은 아니지만, 부모에게 조차 버림받은 것과 마찬가지인 나 같은 것을 마음 쓰고 귀여워해 주는 것은 고마운 일이라고 생각」하는 정도였다. 「나만 혼자 빠져서 귀가 울릴법한 케지의 열은 대단하지만」, 오누이가 무반응이었기 때문에 「우에스키가에 번거로운 사태도 일어나지 않」고 끝났다고 한다.

이렇게 케지의 「열」과는 비교가 되지 않을 정도로 오누이가 침착한 것은 왜일까? 이 문제를 생각함에 있어 오누이의 결심에 다시 한 번 주목해 보자. 오누이가 「이 몸을 없는 것으로 하」고 「집안의 풍파를 일으키지 않」도록 할 것을 결심한 것은 「평생 50년」간의 일이었다. 다른 집에 시집을 가게 되면, 오누이는 기분을 맞추기 어려운 계모와 함께 살지 않아도 된다. 독신을 희망하는 것도 아닌데, 왜 오누이는 「평생 50년」이나 「이 몸을 없는 것으로 하」고 「집안의 풍파가 일어나지 않」도록 하면서 살려고 하는 것일까?

케지와 처음 만난 「14살인가 13살인가」부터 3, 4년이 지난 현재, 오누이는 17세 전후라고 추정된다. 결혼적령기라고 생각되는 연령이지만 오누이의 결혼에 관한 정보는 작품 안에서 그다지 보이지 않는다. 외동딸인 오누이의 결혼은 우에스기가의 호주상속과 관련이 있다고 말하지 않을 수 없다. 우에스기가의 호주상속에는 크게 나누어 오누이를 다른 집에 시집보내고 누군가를 양자로 들이는 방법과 오누이가 데릴사위를 맞는 방법의 두 가지 선택사항이 있다. 오누이를 귀여워하지 않는 어머니는 자신의 노후를 생각하여 오누이를 다른 집에 시집보내고 자신의 마음에 드는 사람을 양자로 들이는 것을 바라고 있었는지도 모른다. 아버지도 오누이에게 차갑게 대하는 점, 우에스기가의 「부인 천하라고 말할 수 있는 풍경」을 고려한다면 오누이를 다른 집에 시집보내고 누군가를 양자로 들이는 방법을 선택할 가능성은 대단히 높다고 생각된다. 그런데, 만약 우에스기가에서 오누이를 다른 집에 시집보내는 것으로 정했다면 케지의 다음과 같은 발언과 모순이 생기게 된다.

　너는 몸소 너의 의지할 곳 있으니, 그 시마다를 마루마게로 바꾸어 묶을 때가 올 것이다. 아름다운 젖가슴을 귀여운 아이에게 물리는 일도 있을 것이다. 나는 그저 네가 행복할 지어다, 건강할 지어다라고 기도할 것이다. 이 긴 세상을 보내는 데에는 아무쪼록 효도하며 살아라. 어머니의 심술궂은 성격에 어긋나는 일은 너는 하지 않을 것이 분명하지만 이것을 첫째로 유념하거라.

우에스기가의 사정을 잘 알고 있는 케지는 고향으로 돌아가기 전날 오누이에게 그녀의 결혼에 관해 이야기하면서도 「이 긴 세상」을 보내기 위해서 부모님께 효도, 특히 어머님에 대한 마음가짐을 어드바이스하고 있다. 케지의 이 말은 오누이가 우에스기가의 호주로 정해졌던지 아니면 우에스기가에서 호주상속에 관한 구체적인 의논이 이루어지지 않았음에도 불구하고 적어도 오누이와 케지는 오누이를 우에스기가의 호주로 생각하고 있었다고 판단된다.

한편, 케지는 호주상속을 해야 하는 입장이다. 오누이의 양친과 케지는 「입양된 집의 인연으로 백부백모라고 말하는 사이」로 케지의 약혼자인 오사쿠와 오누이는 사촌지간이다. 케지가 자신과 이루어질 수 없는 집안의 계승자로, 더군다나 친척인 노자와가의 계승자라고 알고 있었기 때문에 오누이는 그와 일정한 거리를 유지하고 있었던 것은 아닐까? 만약 「번거로운 사태」라도 일어난다면, 우에스기가 뿐만 아니라 노자와가라는 친척집까지 그 여파가 미칠 것은 분명하였다. 케지와 일정한 거리를 유지하고 그의 고백에도 반응을 보이지 않은 오누이의 태도는 「이 몸을 없는 것으로 하」고 「집안의 풍파가 일어나지 않」도록 해 온 것과 상반되지 않는다. 오누이는 자신의 결심대로 살고 있는 것이다.

5 케지에게 온 편지

짐을 「운송업자에게 맡겨 먼저 보」낸 케지는 귀국하기 전날, 「얼마 되지 않는 사람들의 눈을 피해 오누이의 소매를 끌어당겨」, 「효도하며 살아라, 어머니의 심술궂은 성격에 어긋나는 일은 너는 하지 않을 것이 분명하지만, 이것을 첫 번째로 유념하거라」라는 어드바이스와 「세상이 끝날 때까지 너에게 편지연락을 끊지 않을 것이다」라는 약속을 남기고 있다. 또 케지는 「너도 10통에 한번은 답장을 주거라」라고 오누이에게 부탁하면서 눈물을 흘렸다.

케지의 말을 듣고 있었던 오누이는 「어떻게 생각했는지는 몰라도 눈물을 뚝뚝 떨어뜨리고 한 마디도」하지 않고 있었다. 오누이는 아버지에게 조차 말하지 못했던 자신의 괴로움을 꽤뚫어 본 듯한 케지의 어드바이스에 「덧없는 여심을 끌어들여, 평생 지워지지 않을 그림자를 마음속에 새겨」버린 것은 아닐까? 그 때문에 케지로부터 고백을 받아도 특별히 반응을 보이지 않았던 오누이가 케지의 어드바이스에 눈물을 흘렸다고 생각된다.

케지에 대한 오누이의 마음은 그의 어드바이스로 한번 크게 흔들린 후, 고향으로 돌아간 그에게서 온 편지를 접함으로써 변해 간다. 케지의 편지에 대한 오누이의 심경이 「처마에 장맛비로 게이는 날이 없어서 사람이 그리운 때, 상대편이 보내온 수많은 추억의 말들, 기쁘게 바라본다. 그것도 지나서는 한 달에 한 두 번의 연락, 처음에는 서너번도 있었지만 나중에는 한 달에 한 번 있는 것을 원망했다」고 그려지고 있다. 케지가 보낸 편지를 접하고 있었던 오누이는 「저쪽보다도 (중략) 기쁘게 바라본다」,「원망했다」와 같은 마음을 갖는 등, 케지에 대한 마음이 점차로 뜨거워져 갔다고 말할 수 있을 것이다.

케지에 대한 마음이 점차로 뜨거워져 간 오누이는 그에게 부탁받은 「10통에 한 번의 답장」을 보내고 있었던 것일까? 시간이 지남에 따라서 케지가 보내는 편지의 수는 적어지고, 결국 「연하장과 복중문안만 보내는 정도」가 되어 버린다. 케지로부터 편지가 끊어졌을 때, 화자는 오누이에 대해서 다음과 같이 말하고 있다.

아, 이상하다하고 처마 밑 벚꽃이 다음해에도 웃고, 옆 사원의 관음보살이 손을 무릎 위에 두고 온화한 표정으로 웃으시는 것과 같이 젊을 때의 정열이라는 것을 불쌍히 여기시니 여기에 있는 차가운 오누이도 웃음을 띠고 세상을 살아가는 일이 없을까? 변함없이 아버지의 기분, 어머니의 마음을 헤아리고, 나를 없는 몸으로 하여 우에스기가의 안온을 꾀하지만 터진 것이 끊어져서는 안 된다.

위의 평가 중에서「여기에 있는 차가운 오누이」라는 표현에 대해서 생각해 보자. 화자는 케지로부터 편지가 끊어졌을 때의 오누이에 대해 언급하기 이전, 차가운 이미지를 상기시키는 물건에 오누이를 비유한 적이 있다.「나만 혼자 빠져서 귀가 울릴 만큼 케지의 열은 뜨겁지만, 오누이라고 하는 사람은 나무로 만들어진 사람 같으니 우선은 우에스키가에 번거로운 사태도 일어나지 않고 오후지(大藤)마을에서 오사쿠의 꿈도 편안하였」다고 했던 비유가 그것이다.[10] 이 화자의 말은 케지로부터의 고백에 대해 오누이가 무반응이었던 것을 지칭하고 있다. 화자는 케지의 뜨거운 마음이 담긴 말에 대해서 답장을 하지 않는 오누이를 차가운 이미지를 가지는「나무」에 비유하고 있는 것이다. 그렇다고 하면 수사법을 사용한 표현인지 아닌지의 차이는 있지만, 화자의「여기에 있는 차가운 오누이」라는 표현도 역시 케지의 말에 대답하지 않은 오누이라고 해석해야 하는 것은 아닐까? 화자는 케지가 부탁한

---

10) 차가운 이미지를 상기시키는 물건에 오누이를 비유하고 있는 화자의 표현에「바위, 나무와 같은 오누이이니 어떻게 생각했는지 알 수 없지만, 눈물을 뚝뚝 흘리고 한 마디도 없었다」도 있다. 이것은 케지가 고향으로 돌아가기 전에 오누이에게 충고와 평생 편지를 보내겠다는 약속을 하는 장면에서의 표현이다. 이 대목에서는 오누이가「바위, 나무」에 비유되고 있지만, 이 비유는「눈물을 뚝뚝 흘리고 한마디도 없었」던 것을 지칭하는 것이 아니라 오누이가 케지와 일정한 거리를 유지하고 또 이전에 그의 고백에도 반응을 보이지 않았던 것을 지칭하는 것으로 생각된다.

「10통에 한 통의 답장」을 오누이가 보내고 있지 않았던 것을 「여기에 있는 차가운 오누이」라는 표현으로 나타내고 있다고 생각된다.

또, 오누이가 「집안에 풍파를 일으키지」 않도록 해서 「우에스기가의 안온을 꾀하」고 있었던 것을 보아도 케지에게 답장을 보냈다고는 생각하기 어렵다. 『通俗書簡文』[11]에 있는 「젊은 남자에게 용무가 있을 때의 편지는 더욱 조심하지 않으면 안 된다」라든가 「젊은 남자에게 편지를 보낼 때에는 다른 사람 것도 나의 것도 이름만 적어서는 안 된다」라는 문장을 들어서 「남녀사이에서 주고받는 편지」에 「주의」가 요구된 메이지시대의 상황을 밝힌 미네무라 치즈코(峯村至津子)[12]는 오누이가 케지에게 답장을 보내는 것에 대해서,

> 결혼한 남자에게 (그리고 그 집에는 남자의 부인이 항상 있을 것이다) 자신의 마음을 고백하는 것과 같은 편지를 보낸다고 한다면, 앞으로 어떤 「번거로운 사태」(중략)가 생길 것을 각오한 후에 행동하지 않으면 안 되었을 것이다.

라고 지적하고 있다. 케지에게 답장을 보내는 것으로 「번거로운 사태」가 일어날 가능성을 오누이가 세상의 일반상식으로 알고 있었다고 한다면, 「집안에 풍파가 일어나지」 않도록 해 온 그녀가 케지에게 답장을 보내는 일은 없었을 것이다.

그런데, 왜 화자는 갑자기 「터진 것이 끊어져서는 안 된다」고 말하

---

11) 樋口一葉〈日用百科全書第十二編〉『通俗書簡文』(博文館, 1896・5)
12) 峯村至津子「〈安全な場所〉の崩壊─『ゆく雲』に於ける手紙の意味─」(『女子大国文』, 2004・6)

는 것일까? 우선, 「터진 것이 끊어」진다는 것은 어떠한 의미인지에 대해 살펴보자[13]. 「죽을 수 없는 세상」을 살고 있어서 「보통 사람이 겪는 슬픈 일, 괴로운 일」도 「참기 어려웠」던 오누이는 「오로지 (중략)이 몸을 없는 것으로 하」고, 「집안에 풍파가 일어나지」 않도록 하는 것으로 사전에 「슬픈 일, 괴로운 일」이 없도록 해 왔다. 오누이는 현재도 변함없이 「우에스기가의 안온을 꾀하」고 있다고 한다. 그렇다고 한다면, 「터진 것이 끊어」진다는 것은 「우에스기가의 안온을 꾀하」는 것과 관계가 없는 어떤 이유로 오누이에게 「슬픈 일, 괴로운 일」이 생기는 것을 의미하는 것은 아닐까?

케지에 대한 오누이의 마음은 케지의 어드바이스에 흔들린 후 그의 편지를 대하면서 「저 쪽보다도 (중략) 기쁘게 바라본다」 「원망했다」라

---

13) 「터진 것이 끊어져서는 안 된다」의 의미에 대해서 선행연구에서는 다음과 같이 논의되어 왔다. 橋口晋作「『ゆく雲』をめぐって」(『解釈』, 1983・1)는 오누이가 「케지의 『마음정도』만으로 만족하고 『맹인』의 생활을 계속할」 것, 즉 「오사쿠와의 공존」을 각오했다는 가설을 세운 후, 「터진 것이 끊어져서는」을 케지의 편지가 줄어든 것으로 인한 오누이의 「『맹인』생활의 위기를 예상하도록 한」 표현으로 보고 있다. 메이지 여성에게 있어서의 편지의 의미에 주목한 菅聡子「樋口一葉『ゆく雲』試論—心のゆくえ—」(『淵叢』, 1992・3)는 「케지에게 편지를 〈쓰는〉」 것이 오누이에게 「자신과 마주하고 자신을 확인하고 자기를 이야기하는」 행위라고 서술했다. 그런 다음에 「터진 것이 끊어져서는」은 케지의 편지가 끊어지고 오누이가 말하려고 한 「자신의 이야기의 가능성을 잃어버린」 것을 의미한다고 논하고 있다. 한편, 죽을 수 없는 세상을 살아가기 위해서 본래의 자신을 억압하고 「차갑」고 「바위 나무와 같」은 「제 2의 자신」을 만들어 내었다고 오누이상을 분석한 峯村至津子「縫うこと、綻びること——葉作『ゆく雲』の基層にあるイメージについて—」(『女子大国文』, 2001・12)는 「케지의 편지가 줄어들어 갈 때 오누이의 심정」이 「원망스럽다」고 서술되고 있는 것을 들어 「이전의 오누이가 『나에게는 참기 어렵다』고 하여 한 번 봉인한 『다른 사람만큼의 슬픈 일, 괴로운 일』을 느끼는 마음이 다시 깨어나기 시작하여 『차가운』오누이의 마음에 변화가 생긴 것을 『터진 것이 끊어』진 것의 의미라고 생각한다」고 적고 있다.

는 마음을 가질 정도로 뜨겁게 변화해 갔다. 그러나 오누이의 마음이 뜨거워진 한편으로 오누이에게 도착한 편지의 수와 분량이 적어져 간 것에서도 알 수 있듯이 케지의 「열」은 식어간다. 「슬픈 일, 괴로운 일」이란 이러한 케지의 마음변화를 지칭하는 것은 아닐까? 케지에 대한 오누이의 마음이 이전과 같이 「부모님에게조차 버려진 것 같은 나같은 것을 마음 써서 귀여워 해 준 것은 고마운 일」이라고 생각할 정도라면 케지의 마음변화는 그녀에게 있어 「슬픈 일, 괴로운 일」도 아닐 것이다. 그러나 오누이의 마음이 뜨거워져 버린 이상, 케지의 마음변화는 그녀에게 있어 「슬픈 일, 괴로운 일」이라고 말하지 않을 수 없다.

여기에서 케지의 편지를 읽어 온 오누이에 대해서 서술하고 있는 미네무라의 전게논문을 참고하고 싶다. 「계모의 공격을 계속 받고 있는 것, 『슬픈 일, 괴로운 일』을 계속 느끼고 있는 것에서 가능한 한 몸을 멀리하려고」 하여 「자신의 감정을 억압」해 왔지만, 케지에게 받은 어드바이스를 들은 후 눈물을 흘리고 「자신의 감정을 억압」하는 것에 실패한 오누이는 케지의 편지를 「기쁘게 보」고 편지 수가 줄어드는 것을 「원망」하는 등 그녀의 내부에서 일어나기 시작한 변화를 보아도 알 수 있듯이 「케지의 편지를 읽는다는 행위 중에서 (중략) 지금까지 봉인해왔던 자신의 감정의 움직임을 다시 느낄 수 있는 시간을 가지기 시작하고 있었다」고 한다. 게다가 케지의 「편지를 읽는 것에 대」하여 「양심의 가책과 갈등」을 느낀다거나, 「집안에서 비난을 당한」다거나 하는 일이 없었기 때문에 「규범에서 일탈하고 있다는 의식에 그다지 죄책감을 느끼고」 있지 않았고, 케지와의 사이에서 「번거로운 사태」가 생기지 않을 것이라는 「안도감」을 가지고 있었던 오누이는

「〈옛날부터 잘 알고 지내던 사람의 편지를 읽는다〉라는 〈안전한 장소〉에 틀어박히려고 했었다」고 서술하고 있다. 그러나 케지의 편지가 끊어지고 「〈안전한 장소〉가 붕괴했」을 때 처음으로 「『터진 것이 끊어』진 마음과 자신의 감정을 억압하는 데에 실패한 경험을 가지고 자신은 이제부터 어떻게 살아가야 하는가라는 질문에 오누이가 혼자서 대면할 가능성이 생겼다고 말할 수 있는 것은 아닌가」라고 미네무라 전게 논문은 적고 있다.

미네무라논문은 「사사로운 기쁨을 발견하」고 있었던 케지의 편지가 끊어진 것, 즉 「〈안전한 장소〉가 붕괴」한 것으로 오누이가 「자신은 지금부터 어떻게 살아가야 하는가」하고 「혼자서 대면」하고 고심할 가능성이 생겼다고 주장하고 있는 것에 대해 본서에서는 지금까지 논해 온 것처럼, 케지의 편지를 접한 것으로 오누이가 「슬픈 일, 괴로운 일」에 직면하여 고심하게 되었다고 보고 있다. 오누이가 고민을 가지게 된 원인에 대해서 미네무라 전게논문과 견해의 차가 있음을 분명히 밝혀 두고 싶다.

관음보살이 「한창 젊은 나이의 정열이라는 것을 불쌍히 여겨」서 「웃는 것과 같이」, 「오누이도 웃음을 띄고 세상을 살아가는 일이 없을까?」라는 화자의 질문에 주목하고 싶다. 이 질문은 「슬픈 일, 괴로운 일」이 생겨버린 오누이가 「세상에 나가는」 방향을 제시하고 있는 듯 생각된다. 「세상에서 의지할 수 없는 것을 남자마음이라고 한다. 그것이다, 가을 하늘의 저녁노을이 갑자기 흐려지고 우산 없는 들길에 옆으로 세차게 비가 내리치는 곤란함」이라고 보고 있는 화자는 케지의 「열」에 대해서도 역시 부정적이다. 케지가 고향에 돌아가기 전에 「우에스기가의 옆집」인 「어떤 종파의 사원」에 들려서 「관음보살에게 합장을 하고 내 연인의 앞길을 지켜주세요」라고 기도한 것에 대해, 화자는 「마음이 언제까지나 사라지지 않으면 좋으련만」하고 말하고 있다. 케지의 「열」을 포함한 「남자마음」이 변하기 쉬운 것이라는 인식 하에 화자는 케지의 「한창 젊은 나이의 열」이라는 것을 관음보살과 같이 「가여」운 것, 다시 말하자면 케지의 변심을 「슬픈 일, 괴로운 일」이라고 느끼는 기분에서 벗어나는 것을 오누이가 「세상을 살아가는」 방법으로 제시하고 있는 것이다.

　과연, 오누이는 지금부터 어떻게 될까? 「오누이는 아직 작품세계내부에서는 터진 것이 끊어지고 있지 않다. 그러나 끊어지지 않을 보장은 없다고 화자는 말하고 있을 뿐이다」.[14] 오누이의 미래는 그녀자신의 선택에 달려 있다고 말할 수 있을 것이다. 오누이가 케지의 변심을 「슬픈 일, 괴로운 일」이라고 느끼는 기분에서 벗어날 수 없는 경우 「죽을 수 없는 세상에서 눈을 뜨고」 살아갈 수밖에 없는 그녀에게 남아있는 길은 광기(狂気)밖에 없을 것이다.[15] 「세상에 나가」는 것이 가능하다고 해도 「우에스기가의 안온을 꾀하」는 것으로 「슬픈 일, 괴로운 일」이 없도록 노력해 온 오누이의 삶의 방식은 수정되지 않으면 안 된다. 케지의 어드바이스와 편지를 접하고 마음이 변화함으로써 오누이는 「참기 어려」운 「슬픈 일, 괴로운 일」이 생겨버린 경험이 있는 이상,

---

14) 滝藤満義「『ゆく雲』から『うつせみ』へ——一葉における小説の発想—」(『国語と国文学』, 1990・10)

15) 오누이의 미래에 광기를 예상하고 있는 논고에는 滝藤満義「『ゆく雲』から『うつせみ』へ——一葉における小説の発想—」(주14에 전게), 菅聡子「樋口一葉『ゆく雲』試論—心のゆくえ—」(주 13에 전게)가 있다.

삶의 방식에 관한 수정은 불가피하다고 말할 수 있을 것이다.

나가는 말

『軒もる月』의 오소데는 부인의 윤리를 지켜 결혼생활에 전념한다는 「평소의 결심」하에서 살아가려고 한다. 그 때문에 결혼한 지금도 잊지 못하고 있는 사쿠라마치가의 바깥주인에게 온 편지도 읽지 않고 있었지만, 「사쿠라마치의 이름을 잊지 못하는 한 나는 두 마음을 가진 부정한 여자이다」라고 생각하게 되었던 오소데는 편지를 읽고 바깥주인에 대한 생각을 이성으로 억제하려고 시도한다. 「연인의 눈물이 가득찬 글」을 접하고 견디는 것으로 오소데가 가지고 있었던 사랑의 번뇌는 사라져 버린다. 바깥주인에 대한 뜨거운 마음은 식었지만, 오소데는 편지를 읽을 때에 남편에 대한 자신의 감정을 표현한 것을 계기로 「내 남편, 내 아이」의 존재 의미에 의문을 갖게 된다.

한편, 계모에게 학대를 당하고 있었던 『ゆく雲』의 오누이는 아버지의 이름을 더럽힌다고 생각하여 자살할 수도 없었다. 「죽을 수 없는 세상에서 눈을 뜨고」 살아갈 수밖에 없는 그녀는 「평생 50년」간, 「집안에 풍파가 일어나지」 않도록 하여 「슬픈 일, 괴로운 일」이 생기지 않도록 할 것을 결심한다. 뜨거운 마음으로 다가온 케지와 일정한 거리를 유지하는 등, 오누이는 결심한 대로 살아가려고 노력한다. 그러나 고향으로 돌아가기 전에 케지가 남긴 어드바이스에 크게 동요해 버린 오누이의 마음은 케지의 편지를 접함으로써 점차로 뜨겁게 변화해

간다. 케지에 대한 오누이의 마음이 뜨거워져간 것과는 대조적으로 오누이에 대한 케지의「열」은 식어간다. 고향에 돌아가기 전「세상이 끝날 때까지 너에게 편지연락을 끊지 않을 것이다」라고 말한 케지였지만, 그의 편지는 시간이 지남에 따라서 그 수가 줄어들었다. 결국, 오누이에게 케지의 변심이라는「슬픈 일, 괴로운 일」이 생겨버렸다고 말할 수 있을 것이다.

『軒もる月』의 오소데도,『ゆく雲』의 오누이도 자신들의 상황을 생각해서 그 삶의 방식을 정하고 있었다. 그리고 그녀들은 그 결심대로 살아가려고 노력해 왔던 것이다. 그러나 그녀들은 남성이 보낸 편지를 접함으로써 자신들이 결심한 대로 살아가는 것이 곤란해져 버린다. 그녀들은 지금까지의 삶의 방식을 검토·수정하지 않으면 안 되게 되었다고 말할 수 있을 것이다. 메이지 여성에게 있어서 편지는 외부세계와 자신을 연결하는 미디어이다. 이와 같은 편지에 영향을 받아서 자신의 결심대로 살아갈 수 없게 된 여성들이 이 두 작품에 그려져 있는 것은 아닐까?

제4장

광기(狂気)의 배후(背後)
: 『うつせみ』

들어가는 말

『うつせみ』는 1895년 8월 27일부터 31일에 걸쳐서 「요미우리신문 (読売新聞)」에 연재된 작품이다. 세키 뇨라이(関如来)에게 의뢰를 받아 집필된 『うつせみ』는 이치요에게 있어서 『経つくえ』(「甲陽新報」, 1892 년 10월 18일-10월 25일)이래 3년 만에 발표하는 신문소설이다.

『うつせみ』의 평가는 같은 해에 발표된 『たけくらべ』(『文学界』, 1895 년 1월-1896년 1월)『にごりえ』(『文芸倶樂部』, 1895년 9월)『十三夜』(『文芸倶樂 部』, 1895년 12월) 등에 비해서 훨씬 낮다. 훨씬 낮다고 하기보다 「실패 작」이라는 부정적인 평가를 받았다고 말하는 편이 오히려 적절할 것 이다. 「실패작」이라는 부정적인 평가이유로 「주인공이 완전한 광인(狂 人)이어서는 주체성을 가지고 독자에게 다가갈 힘을 가지고 있지 않은」 점,1) 작품에 애매한 부분이 많이 보이는 점2) 등을 들 수 있다. 그렇지 만, 1980년 이후 이러한 『うつせみ』에 대해 재평가하려고 하는 움직임이 두드러지면서 다양한 각도에서 『うつせみ』연구가 시도된다. 그 중 하나가 광기(狂気)를 시좌로 한 연구라고 말할 수 있다.[3]

여기서는 히로인 유키코(雪子)의 광기를 시좌로 한 선행연구를 살펴보면서 『うつせみ』를 고찰해 보고자 한다. 우선 유키코의 집과 여학교가 어떤 공간이었는가를 명확히 밝힌 후에 마사오(正雄)・우에무라(植村)라는 두 남성과 유키코의 관계에 대해서 살펴보겠다. 또한 가족과 하인들이 유키코의 정신이상을 어떻게 생각하는지에 관해서도 주요한 등장인물의 말을 통해서 논하기로 한다.

1 전통적인 가치관을 중요시여기는 집

『うつせみ』의 히로인 유키코는 「18살인가 19살은 아직 되지 않았다고 생각되는」 아가씨로 「집안의 단 한 명의 자손」이다. 유키코는 학교에서 알게 된 우에무라 로쿠로(植村録郎)를 사모하고 있었다. 그러나 유키코에게는 부모가 정해 준 약혼자가 있다. 「양자」로 이 집에 들어온 「지금의 호주」인 마사오가 바로 그 사람이다. 우에무라는 마사오를 유키코의 오빠라고 생각하고 있었지만, 사실은 유키코의 약혼자이

---

1) 藤井公明『樋口一葉研究』(桜楓社, 1981・7)

2) 山根賢吉「『うつせみ』私考——一葉研究ノート——」(『甲南国文』, 1982・3)

3) 광기를 시좌로 한 연구에는 満谷マーガレット「〈狂気〉と青春不在——『暗夜』を中心に」(『国文学 解釈と教材の研究』, 1994・10), 関礼子「狂気の表象をめぐって——『うつせみ』」(『語る女たちの時代——一葉と明治女性表現』, 新曜社, 1997・4), 峯村至津子「『うつせみ』の狂気——同時代小説の中の一葉文学」(『国語国文』, 1997・11)등이 있다.

기도 한 것을 알고 그 절망감 때문인지 「세상에 대」한 「분노」 때문인지 자살하고 만다. 유키코는 우에무라의 자살원인이 자신에게 있다고 자기 자신을 책망하여 정신이상을 일으킨 듯하다. 「벚꽃이 피는 봄 즈음」부터 병으로 자리에 누운 유키코가 「한 달 동안 같은 곳에서 살면 보는 것마다 모두 싫어져서 점차 병이 깊어지는 것은 보는 사람도 두려울 정도로 처참한 일」이었기 때문에 가족은 주거지를 매 달 옮기고 있었다.

이야기는 「비좁지만 남북으로 바람이 잘 통하고 정원은 널찍하여 정원수도 무성하니 여름에 살기에는 적합하다」고 판단되는 「고이시카와(小石川)의 식물원 근처」에 있는 「임대 집」을 하인인 가와무라 다키치(川村太吉)가 「날이 새기 전」에 찾아내어 계약하고 그날 「저녁」에 「오츠카(大塚)」에서 급히 서둘러 이사하는 장면부터 시작한다.

이사한 다음날, 본가에 남아 있었던 마사오는 「가와무라 다키치라고 적혀」 있는 「작은 종이」를 보고 이사한 집을 찾아 방문한다. 그런데 「임대 집」의 명의와 임시 문패가 「가와무라 다키치」라고 되어 있는 이유는 무엇일까? 다음 문장에서 그 사정을 추측해 볼 수 있다.

> 본래 집은 산반쵸(三番町)의 어딘가로 문패를 보면, 아, 그 사람의 집인가 하고 알 수 있을 정도의 신분. 이제와서 새삼스럽게 여기에서 말할 필요도 없다. 이름이 알려지는 것이 부끄러워서 병원에 입원시키지도 않고 의사는 아는 사람을 부르고 집은 타키치(太吉)라는 이름으로 빌려 마음편한 요양.

유키코의 집은 문패만 보면 「그 사람의 집인가 하고 알 수 있을」정도의 「신분」이었다. 그 때문에 세상의 시선을 의식하여 「타키치」의 이름을 빌리고 있는 것이다. 세상의 이목을 신경쓰는 모습은 유키코의 아버지가 마사오에게 하는 이야기에도 잘 나타나 있다.

> 이러한 몸이 되어서도 너에 대한 의리만을 생각해서 한심스러운 말을 하고 있다. 다소 교육도 받았는데 정신이상을 일으켰다는 것은 너무나도 부끄러운 일로 내 입장에서 말하면, 가문의 치욕인 정말로 미워해야 할 녀석이지만, 거짓 없는 마음을 헤아려서 이 정도까지 정조를 지켜온 것만은 불쌍히 여겨 주거라. (중략) 요즈음 집을 뛰쳐나가기 시작해서 나는 물론이고 타키치와 쿠라(倉) 두 사람의 힘으로는 도저히 붙잡을 수 없으니까 말이야. 만일 우물에라도 빠지면 하는 생각에 물론 뚜껑은 덮어두지만, 큰 길로 뛰쳐나가 버리면 이 이상 곤란한 일도 없으니, 이런 것들을 생각하면 입원시켜야지 하고도 생각하지만, 어쩐지 가여워서 결심하기가 어렵고.

아버지는 유키코를 「가엽게」 생각하고 있다. 또 한편으로 유키코의 정신이상에 대해서 「부끄러운 일」「집안의 치욕」「어찌해야 할지 모르는 어려운 일」이라는 말로 표현하고 있다. 아버지의 말에서는 유키코의 정신이상을 치욕으로 생각하고 세상의 이목을 신경쓰는 모습을 읽어낼 수 있을 것이다. 앞의 인용 중에서 하나 더 주목하고 싶은 것이 있다. 그것은 「의리」와 「정조」라는 말이다. 아버지는 유키코가 「너에게 지켜야 할 의리」와 「정조」를 지키고 있음을 들어서 「가엽게 여겨 주거라」라고 마사오에게 이해를 구하고 있다. 에도시대에 제정된 「御定書百ヶ条」에 의하면, 여성에게는 약혼자에 대한 정조가 엄격하게 요구되었다.[4] 유키코의 「정조」에 대해서 언급하는 아버지의 모습은 약혼한 여성에게 정조를 요구한「御定書百ヶ条」에 보이는 사고방식과 공통된 것은 아닐까? 세상의 이목을 신경쓰는 발언과「의리」,「정조」를 언급하는 점에서 아버지가 근대 이전부터 전해 내려온 가치관을 중시하고 그 가치관을 기준으로 유키코와 마사오의 관계를 파악하고 있는 것을 알 수 있다.

  아버지의 말을 계속 묵묵히 듣고 있었던 마사오는 근대 이전부터 전해 내려온 가치관에 어떻게 반응하고 있을까? 마사오는 있지도 않은 나비를 죽여서는 안된다고 말하는 유키코에게 다음과 같이 말을 건다.

  괜찮니? 보이니? 응, 보이니? 오빠야, 마사오야. 정신 차리고 옛날로 돌아와서 아버지와 어머니를 안심시켜 줘. 자, 조금 알아들어 주라. 응? 네가 병이 들고 나서 아버지도 어머니도 하루 밤을 편히 주무신 적이 없어. 지치시고 야위셔서 간호해 주시는 것을 효녀인 네가 어째서 알지 못하니.

마사오는 부모님의 괴로움을 생각해서「정신 차리고 옛날로 돌아와」주라고「효녀」인 유키코에게 부탁하고 있다.「효녀」로서의 유키코의 모습은 작품에 그려져 있지 않다. 하지만, 마사오의 말을 바탕으로 생

---

4) 内藤耻叟校閲『御定書百ヶ条』(日本文学発行所, 1889・12)에 의하면,「혼담이 정해진 딸과 불의를 저지른 남자를 딸과 함께 베어 죽인 부모」는「무죄」라고 1740년에 정해졌지만, 3년 후인 1743년에는「혼담이 정해진 딸과 불의를 저지른 남자」는「가벼운 추방」,「단 여자는 머리를 잘라서 부모에게 넘긴다」고 개정되었다. 〈부모는 남녀모두 죽여도 좋다〉에서 〈여자는 머리를 잘라서 부모에게 넘긴다〉로 그 처벌은 가벼워졌지만, 약혼한 여성에게 정조를 요구하는 자세는 일관되어 있다고 말할 수 있을 것이다.

각해 보면 그가 말하는 「효녀」란, 적어도 부모님을 생각해서 부모님에게 걱정을 끼치지 않는 딸, 즉 부모님의 의향에 반하지 않는 딸이었음을 추측할 수 있을 것이다. 부모님의 의견을 잘 따르는 것은 에도시대부터 전해져 온 『온나다이가쿠(女大学)』에서도 바람직한 여성의 모습으로 기술되어 있다.5) 본래 「효녀」였던 것을 상기시켜서 유키코에게 본래대로 돌아올 것을 재촉하고 있는 마사오도 아버지와 마찬가지로 옛날부터 중시되어 온 가치를 중요시하고 있다고 말할 수 있지 않을까? 마사오는 「효행」을 부모님과의 관계에 있어서 유키코가 잊어서는 안 되는 것으로 받아 들이고 있었던 것이다.

마사오는 「일이 있는 몸」이었기 때문에 「매일 방문할 수는 없어서 3일 간격, 2일 간격을 두고 밤마다」 유키코를 찾아오고 있다. 유키코는 마사오를 「기쁘게 맞을 때」도 있고, 「울면서 거부하는 때」도 있다. 어느 날 마사오가 「오늘은 병이 낫거라」라고 말하자, 「유키코는 오늘 낫겠습니다. 나아서 오라버니의 하카마를 만들겠습니다. 옷도 바느질해 드리겠습니다」라고 약속한다. 이처럼 유키코가 약속하고 있는 재봉에는 어떠한 의미가 포함되어 있는 것일까? 치다 가오리(千田かをり)6)는 재봉에 관해서 다음과 같이 서술하고 있다.

재봉은 여학교의 주요교과목이었지만 그것은 외국어와 지리, 역사라고 하는 근대적인 지(知), 소위 학문이 아니고 「온나다이가쿠(女大学)」적

---

5) 집에서는 아버지를 따르고 시집가서는 남편을 따르고 남편이 죽은 후에는 자식을 따른다는 삼종의 덕목은 「女子を教ゆる法」(1710)「女訓」(1874)「新撰增補女大学」(1880)에서 강조되고 있다.
6) 千田かをり「『うつせみ』論」(『立教大学日本文学』, 2000・7)

부덕(婦德)의 하나이며 경우에 따라서는 학문과 대립조차 하였다.

치다는 여학교의 주요교과인 재봉이 부덕으로서 전통을 가지고 있었다고 지적하고 있다. 또한 「『온나다이가쿠(女大学)』적 부덕(婦德)」인 재봉이 마사오와 관련하여 언급된 것은 이 두 사람의 관계가 「근대적 지(知)」가 아니라, 『온나다이가쿠』에서 보이는 「부덕에 의해 지지된 남녀관계」인 것을 나타내고 있다고 치다는 서술하고 있다. 이러한 지적에 좀 더 사견을 덧붙인다면, 정신밸런스가 흐트러진 후에도 재봉을 잊지 않고 있었던 유키코의 모습에서는 그녀가 「『온나다이가쿠(女大学)』적 부덕(婦德)」을 이미 내면화하고 있었던 것을 엿볼 수 있을 것이다.

아버지는 세상의 이목, 「의리」,「정조」를 중시하고, 마사오와 유키코의 관계를 「의리」와 「정조」로 파악하고 있다. 한편 마사오는 부모님과의 관계에 있어 유키코가 잊지 말아야 할 것으로 「효행」을 중시하고 있다. 유키코는 정신밸런스가 흐트러진 후에도 재봉을 잊고 있지 않았던 점에서 「『온나다이가쿠(女大学)』적 부덕(婦德)」을 이미 내면화하고 있었다고 보인다. 이상과 같은 점에서 유키코의 집은 근대이전부터 전해져 내려온 가치관에 의해 유지되고 있다고 말할 수 있을 것이다.

2 전통과 근대가 혼재하는 여학교

유키코의 언행과 모습 등을 살펴보면, 유키코의 정신이상이 가지고

있는 몇 가지 특징을 찾아볼 수 있다.[7] 유키코가 과거의 일을 생각해
내고 환각에 휩싸이는 일도 유키코의 정신이상이 가지고 있는 특징 중
하나라고 할 수 있다. 유키코가 생각해 내는 과거의 일에는 학교에서
의 일과 우에무라와의 일 등이 있다. 그 중에서도 유키코가 생각해내
는 학교에서의 일에 대해서 살펴보고자 한다. 유키코는 어머니 무릎
위에서 「갑자기 의기소침했던 얼굴에 생생한 빛을 띠고는」 다음과 같
이 말한다.

> 저기, 그것. 재작년 꽃구경 때에, 하고 말을 꺼낸다. 뭐니 하고 물으니,
> 학교 정원은 예뻤지요? 하고 즐거운 듯 웃는다. 그 때 당신이 주신 꽃을
> 말이에요, 나는 지금도 책 사이에 넣어 두었어요. 예쁜 꽃이었지만, 벌써
> 시들어 버렸어요.

---

7) 유키코의 정신이상에 대해서 지금까지 다음과 같이 지적되었다. 南明日香
「『うつせみ』論—描かれたあいまいさをめぐって—」(『媒』, 1988 · 12)는 유
키코의 환각에 나타나는 「나비」「거미」「들판」, 안개가 낀 「강」등의 단어에
주목하고 우에무라의 기억과 우에무라와의 재회 등에 관한 바람을 「실제의
대상이 아니고 (중략) 와카의 어휘로 말하고 있는 점에 유키코의 광기 특징
중 하나가 있다」고 하였다. 松尾瞭「樋口一葉の小説に見られる狂気」(『鶴
見大学紀要』, 1997 · 3)는 유키코의 광기가 죽은 우에무라를 쫓는 듯 「지금
갈께요」라고 말한다거나, 우에무라를 눈앞에 살아있는 사람으로 보고 「저
그것 재작년 꽃구경 때에」라고 말한다거나 하는 등 「현실이라고도 환상이
라고도 단정할 수 없는 모습으로 그려지고 있다」고 지적하였다. 峯村至津
子「『うつせみ』の方法に関する—考察—狂気 · 他界 · 古典からの引用—」
(『叙説』, 1997 · 3)는 「나도 뒤따라 갈께요라고 (중략)달려나가는」행위와 「유
키코의 신체에서 젊은 기운이 사라져 가는 모습」에서 「유키코의 저 세상으
로의 접근」을 읽고 있다. 또 「우에무라님을 불러주시겠습니까?」라고 마사오
에게 말한 것에서는 「남편에 대한 정절과 같은 현세의 법도에 얽매이지 않는」
현세로부터의 「일탈」을 읽고 있다.

여기서 유키코가 「당신」이라고 부르고 있는 상대는 어머니가 아니라 우에무라이다. 유키코가 다니고 있었던 여학교 교사였다고 추측되는 우에무라[8]를 유키코는 작품 안에서 〈우에무라 선생님〉이라고는 부르지 않고 「당신」혹은 「우에무라씨」라고 부르고 있다. 우에무라를 〈우에무라 선생님〉이 아닌 「당신」혹은 「우에무라씨」라고 부르고 싶어 했던 유키코의 마음이 정신이상을 통해서 표출된 것으로 보인다. 유키코는 「당신」이라고 부르고 싶을 정도로 마음이 끌렸던 우에무라와 함께였던 학교에서의 꽃구경을 생각해내고 말하고 있는 듯하다. 유키코 안에서 학교라는 공간은 우에무라와 밀접하게 연관되어 있다고 보여진다. 유키코는 이러한 여학생 시절을 생각하는 것뿐 만 아니라 「다녔던 학교 흉내」도 내고 있다.

머리맡 가까이에 책상 하나를 둔 것은 가끔 벼루, 벼루하고 말하고 책을 읽는다고 하여 다녔던 학교 흉내를 내니 마음대로 종이에 낙서하라고 한 것이다. 오빠라고 하는 사람이 별 뜻 없이 쌓여 있는 종이를 집어 보

---

8) 유키코와 우에무라의 관계는 작품 안에서 확실히 명기되어 있지 않다. 和田芳恵『樋口一葉集』(角川書店, 1970・9)는 유키코가 우에무라를 「교내 제일의 사람」이라고 칭찬하고 있었던 점에 주목하여 「『たけくらべ』(1)의 마지막 부분에『지금은 교내 제일』이라고 후지모토 신뇨(藤本信如)를 적고 있는」 것을 참고로 하면서 「로쿠로와 유키코는 소학교 시절에 잘 알고 지내던 사이일 것이다」라고 주를 덧붙이고 있다. 이러한 추정에 대해서 山根賢吉「『うつせみ』私考——一葉研究ノート——」(주2에 전게)는 18살인가로 추정되는 유키코가 여학교에서 했던 꽃구경을 「재작년」일로 회상하고 있는 점에서 우에무라를 「여학교 시절」의 「유키코의 선생님으로 보는 것이 타당」하다고 지적하고 있다. 두 사람이 「소학교 시절의 잘 알고 지내던 사이」라고 하면, 우에무라가 어린 시절부터 알고 있었을 유키코에게 오빠 즉 마사오라는 약혼자가 있는 것을 재작년까지 알지 못했던 것은 부자연스럽기 때문에 여기서는 야마네의 지적을 따라서 우에무라를 여학교 선생님으로 보기로 한다.

니, 이상한 서체에 정체를 알 수 없는 글자를 여기저기 써서 이것이 유키
코의 필체인가 하고 기운 빠져 있었는데, 분명하게 읽을 수 있는 것은
촌(村)과 랑(郎)이라는 글자. 아아, 우에무라 로쿠로(植村録郎), 우에무라
로쿠로, 읽는 데 도저히 참을 수 없어서 아무 말도 하지 않고 그대로 두
었다.

「학교 흉내」를 내는 책상에 놓여 있었던 종이에 「유키코의 필체」라
고는 믿을 수 없는 「정체를 알 수 없는 글자」가 여기저기 적혀 있다.
「분명하게 읽을 수 있」는 것은 「촌(村)」과 「랑(郎)이라는 글자」뿐이다.
「정체를 알 수 없는」 유키코의 필체에 대해서 치다 가오리는 전게
논문에서 아래와 같이 논하고 있다. 치다는 글자가 「마음의 모습을 반
영한다고 해석되는」 점과 여학교에서 습자가 「글자의 형태를 단정하
게 하고 붓놀림을 더디게 하지 말 것」이라는 문부성령(文部省令)에 따
라서 「흐트러진 곳이 없는 마음을 요구하는」 점에 근거하여 「정체를
알 수 없는 글자」가 「시각화된 유키코의 정신이상을 의미한다」고 지
적하고 있다. 그런 후에 치다는

> 「촌(村)」「랑(郎)」의 글자를 「분명하게 읽을 수 있」는 이상, 그것은 모
> 범예시를 흉내 내어 옮겨 적는 단순한 연습, 문부성령에 의거한 여학교
> 학과목으로서의 습자가 아니다. 그것은 하나의 자기표현행위라고 해도
> 좋다.

라고 서술하고 유키코의 습자를 「자기표현으로서의 쓰는 것이라는 근
대적인 지(知)를 둘러싼 행위」라고 평가하고 있다.
그러나, 이 장면에서 보이는 유키코의 습자를 「근대적인 지를 둘러

싼 행위」라고 말할 수 있을까? 「다녔던 학교 흉내」의 장면에 대해서 기술하고 있는 세키 레이코(関礼子)의 견해[9]에 주목해 보자. 세키는 「유키코의 책상주변=서(書)의 공간은 단순히 그녀의 여학생 생활의 흔적 뿐 만이 아니라 멀리 『宇治十帖』의 『手習』편 비극의 히로인 우키부네(浮舟)의 모습이 떠오르게 한다」고 지적한 후에 다음과 같이 적고 있다.

> 『うつせみ』에서 유키코의 머리맡 가까이 「책상 하나」, 「벼루」, 「종이」 「책」 등이 놓여진 공간은 정상인이 공부하는 장소일 뿐만 아니라 사랑에 고민하는 사람과 무엇인가의 이유로 고민하는 사람이 붓을 잡고 여러 가지 「마음」을 형태로 표현하는 전통적인 「서(書)의 공간」=습자공간일 것이다.

유키코의 「습자공간」을 「사랑」과 「무엇인가의 이유로 고민하는 사람」이 「여러 가지 『마음』을 형태로 표현하는 전통적인 『서(書)의 공간』」이라고 말하고 있다. 이러한 세키 레이코의 견해를 참고로 하여 생각하면, 유키코의 쓰는 행위에는 자신의 마음을 표현한다는 면에서 전통적인 요소가 포함되어 있는 것이다.

『うつせみ』가 발표된 1895년은 「고등여학교규정」이 제정되는 등, 여학교에 관한 제도가 확립되어 간 시기였다. 수업연한, 입학자격 등이 정해진 「고등여학교규정」에는 교과내용에 대해서도 세목이 정해져 있다.[10]

---

9) 関礼子「狂気の表象をめぐって―『うつせみ』」(주3에 전게)
10) 「고등여학교규정」(『文部省調査部調査資料』第二輯, 湘南堂書店, 1981・7)

그 교과목 가운데에서도 「수신(修身), 국어, 재봉 이것을 제외할 수는 없다」라고 「고등여학교규정」「제 8조」에 명기되어 있다. 「수업시수는 매주 많게는 약 30시간」(제 5조)이라고 되어 있는데, 그 중에서 수신에 1-2시간, 국어에 4-5시간, 재봉에 5시간이 주어져 있었고 이 3과목이 전체시수의 약 4할을 차지하고 있었다. 전통적인 여성교육에서 빠트릴 수 없었던 수신과 재봉이 여학교에서도 중요교과로 인식되고 있었던 것이다. 한편, 외국어, 역사, 지리, 이과 등도 여학교 교과목에 포함되어 있다. 수업시간은 적었지만, 소위 서양에서 들어온 새로운 학문도 여학교 교과목으로 지정되어 있었던 것이다. 특히 「이과」에 적혀 있는 「실제 관찰에 기초하여 또는 표본, 모형, 그림 및 실험 등에 의거하여 정확한 지식을 습득하게 한다」라는 취지는 근대적인 사고방식이 교육지침으로 중요시된 것을 나타내고 있다. 이렇게 여학교에서는 전통적인 여자교육과 서양에서 들어 온 새로운 학문에 대한 강의가 이루어지고 있었던 것이다.

유키코는 근대이전부터 전해져 온 가치관을 중시하는 집에서 자라서 「『온나다이가쿠(女大学)』적 부덕(婦德)」을 내면화하고 있었다. 전통적인 가치관에 친숙했던 유키코는 여학교 교육을 받음으로써 근대적인 지식과 사고방식도 받아들이게 되었다고 생각된다. 유키코에게 있

「제 1조」에 다음과 같이 적혀 있다.
  고등여학교의 학과목은 수신, 국어, 외국어, 역사, 지리, 수학, 이과, 가사, 재봉, 습자, 미술, 음악, 체조로 한다. 또 임의과목으로 교육, 한문, 수예 중 한 과목, 또는 그 이상을 추가할 수 있다.
  외국어, 미술, 음악은 부현립(府県立)학교에 있어서는 문부대신의 허가를 얻으며, 그 밖의 학교에서는 지방장관의 허가를 얻어 이를 교과목에서 제외시킬 수 있다. 또 학생들의 의향에 따라서 이것을 추가할 수 있다.

어서 우에무라가 「그리운 당신」이 된 것은 그녀가 여학교 교육을 받은 것과 관련이 있는 것은 아닐까? 「교내에서 제일이라고 너도 항상 칭찬하지 않았니?」라는 마사오의 말에서 유키코는 우에무라의 학식을 높이 평가하고 있었음을 알 수 있다. 『うつせみ』의 최종원고에서는 삭제되었지만, 미정원고에서 우에무라는 「야마노테(山の手)의 어느 여학교 영어교사」로 설정되어 있다.[11] 미정원고에서의 설정을 그대로 최종원고에서도 적용하여 우에무라를 영어선생님으로 볼 수 있다면 우에무라가 영어라는 새로운 학문에 대한 학식을 겸비하고 있었던 것은 유키코가 그에게 끌리고 있었던 이유 중 하나였을지도 모른다. 유키코 집의 계승자가 된 마사오도 많은 교육을 받았고 학식을 갖추고 있었을 것이다. 그럼에도 불구하고 유키코가 학식 면에서 우에무라에게만 매력을 느끼고 끌렸던 것은 역시 그가 영어라는 새로운 학문의 전문가였던 점에 그 원인이 있었던 것은 아닐까? 새로운 학문에 대한 관심을 매개로 한 유키코와 우에무라의 관계는 여학교가 가지고 있는 근대성을 배경으로 성립했던 것이라고 말할 수 있을 것이다.

마사오와 「부덕에 의해서 지탱된」 약혼자 관계에 있으면서 유키코는 우에무라를 「그리운 당신」으로 보게 되었다. 지금까지 서술한 것처럼 유키코가 우에무라를 「그리운 당신」으로 보게 된 배경의 하나로 새로운 학문에 있어서의 근대성을 들 수 있을 것이다. 이렇게 두 남성과 배경이 다른 관계에 있었던 것이 유키코의 현재 상황을 유발했는지도 모른다. 어느 날, 마사오의 간호를 받고 있었던 유키코는 우에무라

---

11) 『樋口一葉全集』第一巻(筑摩書房, 1974・3)

와의 사이에서 주고받았던 말을 생각해 내었는지 다음과 같은 말을
한다.

> 유키코는 매우 부끄러운 듯한 낮은 목소리로 제발 부탁드려요. 그 일
> 은 말하지 말아 주세요. 그렇게 말씀하셔도 저는 대답할 수가 없습니다
> 라고 말하니, 무엇을 하고 어머니가 묻자, 아, 우에무라씨, 우에무라씨,
> 어디 가세요. (중략) 용서해 주세요. 제가 잘못했습니다. 처음부터 제가
> 잘못했습니다. 당신이 잘못한 일은 없어요. 제가, 제가 말하지 않은 것이
> 나빴습니다. 오빠라고 말했습니다만

우에무라의 이야기를 들은 유키코는 아직 말한 적이 없지만「오빠
라고 말했」던 마사오가 사실은 약혼자였기 때문에 우에무라의 말에
「대답」할 수가 없었다고 말하고 있다. 유키코의 말에서 추측해 본다
면, 우에무라의 이야기는 사랑고백과 같은 내용이지 않았을까? 마사오
가 우에무라의 유서를 근거로 유키코에게「그 사람은 깨끗하게 이 세
상을 단념했으니 너에 관한 일도 모두 잊었으니」,「그에 대한 너의 행
동이 무정했던 것도 그 사람은 결코 원망하고는 있지 않았다」,「분노
는 이 세상에 대한 것이었으니」라고 말하는 것을 보면, 위와 같은 이
야기는 유키코와 우에무라 사이에서 실제로 오고갔을 가능성이 상당
히 높다고 생각된다.

유키코가 우에무라 말에 대답할 수 없었던 것에는 약혼자였던 마사
오의 존재와 관련이 있다. 교육에 의해서 근대적인 사고방식을 받아들
였지만, 유키코는 어떻게 해도 자신의 감정을 우선시할 수 없었던 것
이다. 여학교에서도 교육받고 내면화하고 있었던「『온나다이가쿠(女大

学)』적 부덕(婦徳)」이 유키코의 발목을 잡아당기고 있었기 때문이다.[12]
마사오와 우에무라 사이에서 괴로워하고 고민하고 있었던 당시의 유
키코의 마음이 「그것은 오라버니가, 오빠가, 아아 모두에게 죄송해요」
라는 작품 내 현재시점에서 유키코의 말로 표현되고 있는 것은 아닐
까?

③ 유키코를 이해해주는 사람

유키코에게 약혼자가 있는 사실을 알게 된 후, 우에무라는 유서를
남기고 자살해 버린다. 우에무라에게 호의를 가지고 있었어도 그의 말

---

12) 약혼자와 자신이 좋아했던 남성과의 사이에서 갈등하다가 결국 좋아했던 남
성을 외면한 유키코와 같은 히로인상은 秋月女史의 『許嫁の縁』(『都の花』
2-5号, 1888·11·4-12·16)에도 보인다. 『許嫁の縁』의 내용을 정리해 보
면 아래와 같다. 요코하마의 어느 여학교를 막 졸업한 무라카미 소노코(村上
園子)는 어느 날 홋카이도(北海道)에 사는 사촌 세이치(精一)가 부모 간에
정해놓은 약혼자이고 가까운 시일 내에 상경할 것임을 아버지에게 듣는다.
그런데 세이치의 상경이 예정보다 늦어지게 되고 그것을 알리기 위해 세이치
의 친구 가츠라기 요시오(桂木芳男)가 무라카미가를 방문한다. 요시오가 이
집에서 머무는 동안, 소노코와 요시오는 서로 호감을 가지게 된다. 요시오로
부터 「제 마음을 알아 주세요」라는 고백을 들은 소노코는 「제 몸을 지키는
것은 아버지의 명령」이라는 말을 겨우 꺼내고 「저는 이미 남편이 있습니다.
당신의 마음을 받아줄 수 없는 것은 용서해 주세요」라고 말하고 요시오의 마
음을 거절한다. 이야기는 「마음으로 따랐던 요시오도 의리를 따랐던 세이치
도 같은 사람인」 것이 밝혀지고 대단원의 막을 내린다. 약혼자와 자신이 좋
아했던 남성이 동일인물이라는 구성에 있어서 『許嫁の縁』는 『うつせみ』와
차이를 보인다. 그러나 「제 몸을 지키는 것은 아버지의 명령」이라는 전통적
인 가치관에 따라서 좋아했던 남성의 마음을 거절하는 점에 있어서 소노코는
유키코와 닮았다고 말할 수 있을 것이다.

에 「대답」을 할 수 없었던 듯한 유키코에게 우에무라의 죽음은 충격이었을 것이다. 우에무라의 자살원인이 자신에게 있다고 생각해버린 유키코는 제정신을 잃고 만다. 마사오와 우에무라 사이에서 괴로워하고 고민하고 있었던 유키코가 우에무라의 자살로 인한 죄의식에서 정신이상에 이르기까지의 일을 그녀의 가족들은 어떻게 생각하고 있을까?

유키코의 어머니는 「뭔가 보이는 것처럼 생각하는 것이 병이니 마음을 가라앉히고 예전의 유키코가 되어 주거라. 응, 응? 정신이 들었니?」라고 말하고 「등을 쓰다듬」는 등 유키코에게 상냥히 대해 준다거나 「유키코, 조금은 알겠니? 오라버니가 머리를 차갑게 해 주시는 거야」라고 상황을 설명해 준다거나 할 뿐이다.

딸의 정신이상 원인에 대해서 말하지 않는 어머니와 달리 아버지는 마사오에게 유키코의 정신이상에 대해서 다음과 같이 말하고 있다.

> 나는 전혀 세상일을 속속들이 알지 못해서 말이지. 어머니도 저러니, 사방팔방 끝도 없어서 말이야. 첫째로 유키코가 작은 일에도 신경을 쓰니, 아니 우에무라도 그런 성격이니까. 이런 일이 일어나 버렸으니, (중략) 다소 교육을 받았는데, 정신이상을 일으켰다는 것은 너무나도 부끄러워.

아버지는 자신과 어머니가 「세상일에 속속들이 알지 못하는」 것에도 원인이 있다고 인정하면서, 유키코와 우에무라가 「작은 일에도 신경을 쓰는」 성격의 소유자였던 것을 현재 상황에 이른 「첫 번째」 원인이라고 말하고 있다. 또 「다소 교육도 받았다」고 유키코에게 할 수 있는 한의 노력을 했던 것을 덧붙여 말하고 있다. 우사미 츠요시(宇佐美

毅)[13]가 지적하고 있듯이 이 아버지의 말은 「딸에 대한 염려도 아니라면 자신에 대한 회한도 아니다. 그것은 현재의 불행한 상황을 자신의 책임이 아니라고 주장하는 자기변호, 혹은 자기정당화인 것이다」라고 말할 수 있을 것이다.

아버지가 말하고 있는 「교육도 받았」다고 하는 것은 유키코를 현재 상황에 이르게 한 원인이기도 하다고 생각된다. 앞에서 서술한 것과 같이 여학교교육을 받음으로써 유키코의 의식에는 전통적인 요소와 근대적인 요소가 혼재하게 되고 유키코는 마사오·우에무라라는 두 남성과 배경이 다른 관계에 놓이게 된다. 아버지는 「교육도 받았」던 것이 유키코를 현재 상황에 이르게 한 원인이기도 한 것을 알지 못하고 있는 것이다. 유키코를 입원시키는 것이 「가엽다」고 말하고 또 마사오에게 「가여워 해 주거라」라고 말하는 등 아버지는 병든 유키코에 대해서 「가엽다」라는 감정을 말하고 있다. 그러나 유키코가 가지고 있었던 괴로움과 슬픔, 우에무라의 자살에 따른 죄의식은 이해하고 있지 않다고 말할 수 있을 것이다.

아버지에게 유키코의 몸 상태를 「곤란한 일이네요」라고 말하고 「우에무라도 불쌍해요」라고 「한탄」한 마사오는 휴일에 찾아와서 나비의 환각을 보고 소란을 일으킨 유키코에게 다음과 같은 말을 한다.

평상시에는 도리를 잘 아는 사람이 아니니? 마음을 가라앉히고 다시 생각해 줘. 우에무라의 일은 이제 와서 되돌릴 수 없으니, 나중에라도 정

---

13) 宇佐美毅 「『うつせみ』—〈狂気〉に惑う人々」(『国文学 解釈と鑑賞』, 2003·5)

성을 다해 공양해 주면, 네가 손수 향과 꽃이라도 바치면, 그 사람은 마음 편히 눈감을 수 있다고 유서에도 썼다고 하지 않니. 그 사람은 미련 없이 이 세상을 떠났으니, 너의 일도 모두 잊었으니 결코 미련은 남겨두지 않았는데, 네가 이렇게 본심을 흐트러트리고 부모님에게 걱정을 끼치는 것은 미련한 것이 아니니? 그 사람에 대한 너의 처사가 무정했던 것도 그 사람은 결코 원망하지 않았어. (중략) 너를 원망해서 죽는다는 그런 일은 있을 리가 없어. 분노는 세상에 대한 것이니, 이미 그것은 다른 사람들도 알고 있는 것으로 유서를 통해서 분명해 지지 않았니? (중략) 부모님이 계신 것을 잊지 말고, 부모님이 얼마나 걱정하시는지 생각해서 정신차려줘.

마사오는 우에무라가 남긴 유서내용을 들어서 우에무라가 「너를 원망해서 죽었을 리가 없」으니 괴로워하지 않아도 된다고 유키코를 위로하고 있다. 또 부모님을 생각해서 「정신을 차려줘」라고 설득하고 있다. 마사오의 말은 우에무라의 죽음에 대한 유키코의 죄의식을 숙지한 후에 했던 말이라 생각된다. 마사오는 유키코를 잘 이해하고 이야기하고 있는 듯이 보인다. 그러나 마사오는 유서내용을 말하고 있을 뿐으로 우에무라에게 「무정」한 「행동」을 한 유키코의 기분까지는 생각하고 있지 않은 것 같다. 유키코를 위로하고 그녀의 죄의식을 이해하고 있는 마사오도 아버지와 마찬가지로 자기 자신과 우에무라 사이에서 흔들렸던 유키코의 괴로움을 이해하고 있지는 않다.

한편, 이 집에서 일하고 있는 하인들은 유키코의 정신이상을 어떻게 생각하고 있을까? 타키치와 오쿠라(お倉)는 유키코를 「애처롭다」고 말하고 「분위기파악 못하는 오산돈(お三どん)」도 「아가씨에게 죄가 있다고는 조금도 말할 수 없」다고 한다. 이 집에서 일하고 있는 하인들도

아버지, 마사오와 마찬가지로 유키코를 불쌍하다고 말하고 있는 것이다. 그런데, 하인들 중에서도 오쿠라는 유키코의 괴로움을 이해하고 있지 않은 아버지, 마사오 등과 대조적으로 그려지고 있다. 우에무라에 대해 「그 피부색이 검은 무뚝뚝한 분, 학문은 뛰어나지만 어떻게해도 이 댁의 아가씨와 짝은 될 수 없어」라고 평가하는 오산돈에게 오쿠라는 다음과 같은 견해를 피력한다.

> 그것은 네가 모르니까 그런 마음에 안 든다는 말이 나오지만, 3일 사귀면 우에무라님의 뒤를 쫓아 황천길까지 따라가고 싶어질꺼야. 반쵸(番町)의 젊은 주인님을 나쁘다고 하는 것은 아니지만, 그 분과는 달리, 말하려 해도 말할 수 없는 좋은 분이셨어. 나조차 우에무라님이 어떻게 되었다고 들었을 때에는 안타까운 일을 하는 생각에 눈물이 났지. 아가씨 입장에서는 괴롭지 않을까?(중략) 평소에 얌전하신만큼 사무치는 것도 많으실꺼야. 그 친절하고 상냥한 분을 이렇게 말해서는 안 되지만, 젊은 주인님만 안 계셨다면 아가씨는 병에 걸릴 정도의 걱정은 하지 않으셨을 텐데. 그렇게 말하자면, 우에무라님이 없었다면 아가씨도 천하가 태평했을 것을. 아, 덧없는 세상은 괴로운 것이구나.

우에무라가 매력적인 남성임을 언급한 오쿠라는 우에무라의 죽음을 듣고 자신도 눈물이 날 정도였으니 아가씨는 「괴로울 것이다」「사무치는 일도 많을 것이다」라고 말하고 있다. 오쿠라는 우에무라의 죽음에 의한 유키코의 「괴로움」을 눈치 채고 있었던 것이다. 또 오쿠라는 유키코가 「병이 난」 이유로 「친절한, 상냥한」 마사오, 마사오와는 「달리 말하려고 해도 말할 수 없는 좋은 분」인 우에무라의 존재를 들고 있다. 오쿠라는 두 남성 사이에서 고민하고 있었던 유키코의 괴로움을 알고 「세상은 괴로운 것이구나」라고 말하고 있는 것이다. 오쿠라는 유키코의 입장에서 생각하고 있고 또 유키코의 괴로움을 이해하는 유일한 사람이었다. 그러나 오쿠라의 이해도 삼각관계를 둘러싼 일반적인 연애이야기의 틀을 넘어선 것은 아니었다. 두 남성 사이에서 고민하고 있었던 유키코의 괴로움이 오쿠라의 말로 설명됨으로써 가족에게 이해받지 못하는 유키코의 비애가 부상하고 있는 것이다.

나가는 말

약혼자 마사오와 『온나다이가쿠』적인 「부덕에 의해 지탱된 남녀관계」에 있었던 유키코는 우에무라를 「그리운 당신」으로 보게 된다. 유키코가 우에무라를 「그리운 당신」으로 보게 된 배경 중 하나로 여학교의 근대성을 들 수 있다. 이렇게 보면, 유키코는 두 남성과 배경이 다른 관계에 있었다고 말할 수 있을 것이다. 여학교 교육을 받은 유키코에게 있어 전통과 근대는 절대적인 대립개념은 아니었다고 생각된다. 유키코의 생활환경에서도 전통적인 요소와 근대적인 요소가 혼재하고 있었다. 하지만 그녀의 생활환경은 집과 여학교라는 전통적인 공간이 지배적이다. 우에무라가 대답을 요구하였을 때, 유키코가 그의 말에 대답할 수 없었던 것은 이와 같은 생활환경과 밀접한 관련이 있다고 생각된다.

두 남성 사이에서 괴로워하고 고민하고 있었던 유키코는 우에무라의 자살에 따른 죄의식을 느끼고 정신이상을 초래한다. 서양에서 들어

온 새로운 학문에 접함으로써 전통과 근대 사이에서 혼란을 느끼게 된 것이 유키코의 정신이상을 초래한 원인이었다고 말할 수 있을 것이다. 전통적인 가치관을 중시하는 유키코의 가족들은 그녀의 괴로움과 슬픔, 정신이상의 원인을 이해하고 있지 않다. 가족들에게 이해받고 있지 않은 유키코의 괴로움과 슬픔은 오쿠라의 말을 통해서 설명되고 있다. 그러나 유키코의 괴로움과 슬픔에 관한 오쿠라의 이해는 삼각관계를 둘러싼 일반적인 연애이야기의 틀을 넘는 것은 아니었다. 또 유키코의 가족과 하인들 중에서 유키코를 가장 잘 이해하고 있는 사람이라고 말할 수 있는 오쿠라도 정신이상을 초래한 원인까지는 이해하고 있지 않다.

『うつせみ』에서는 전통적인 요소와 근대적인 요소가 혼재하고 있었던 시대상황이 유키코라는 메이지여성의 신체에 정신이상이라는 형태로 나타났다고 말할 수 있는 것이다.

제5장

공유할 수 없는 생각
:『十三夜』

들어가는 말

『十三夜』는 1895년 12월 10일에 발행된 『문예구락부(文芸俱樂部)』
제 1권 제 12편 임시증간 「閨秀小説」에 발표된 작품이다. 『にごりえ』
에 이어서 발표된 『十三夜』는 발표당시부터 높이 평가되었던 작품[1]
으로 그 후에도 이치요작품의 걸작 중 하나로 평가받고 있다. 그렇지
만 『十三夜』가 반드시 높은 평가만 받은 것은 아니다. (상)과 (하)의
「분량이 불균등하고 『하』가 부록과 같은 느낌을 주고 있다」[2]라든가
「전체적으로 이야기의 후반 쪽이 가벼운 느낌을 준다. 이야기의 사족
과 같은 위험성을 지니고 있다고 생각한다. (중략) 다른 작품으로 독립
시켜서 그려야 했을 부분이다[3]」 등 『十三夜』에 있어서 (하)단을 결점

---

1) 高山樗牛「女性作家に望む」(『太陽』, 1896・2)
2) 関良一「『十三夜』入門」(『樋口一葉　考証と試論』, 有精堂, 1970・10)
3) 板垣直子「十三夜」(『国文学　解釈と鑑賞』, 1974・11)

으로 꼽는 평론도 보인다.

(상)(하) 2단으로 구성되어 있는『十三夜』는 이혼장을 부탁하러 친정을 찾아온 오세키(阿関)가 부모님과 이야기한 후에 이혼결심을 번복하는 과정이 (상)에, 오세키와 로쿠노스케(録之助)의 약 7년만의 재회가 (하)에 그려지고 있다. 『十三夜』를 논함에 있어서 자주 고찰대상이 되는 것은 오세키가 이혼결심을 번복한 이유와 (하)단의 의미문제 등이라고 할 수 있다. 오랫동안의「인내」에 한계를 느껴서 이혼하기로 결심한 오세키가 너무나도 쉽게 그 결심을 번복한 것을 둘러싸고 선행연구에서는 다양한 견해가 제시되어 왔다. 한편『十三夜』의 결점으로 (상)(하)의 분열이 지적된 이래, (하)단의 의미에 관해서도 다각도에서 논의가 이루어져 왔다. 여기서는 선행연구를 살펴보면서 우선 오세키가 이혼결심을 번복한 이유를 밝히고 다음으로 (하)단의 의미문제를 고찰하고자 한다. 그리고 마지막으로 최근에 들어서 논의가 이루어지고 있는 하라다(原田)부부의 이야기도 검토해 보겠다.

1 내면의 분열

『十三夜』는「평소에는 위풍당당한 검은 인력거가 문 앞에 멈추는 소리를 듣고 딸이 아닌가 하고 부모님이 마중을 나오지만, 오늘 밤은 길에서 잡아탄 인력거조차 돌려보내고 쓸쓸히 격자문 밖에 서니」라는 오세키의 친정방문 모습이 그려진 문장부터 시작한다.「평소」와 다른 형태로 오세키가 친정집을 방문한 이유는「무슨 면목으로 이혼장을 받아 달라고 말할까」라는 그녀의 말에서 알 수 있다. 아들 타로(太郎)가 「생기고 나서 말하는 모습은 마치 딴 사람이 되」었다는 남편 하라다 이사무(原田勇)로부터 소위 언어학대를 받아 온 오세키는 더 이상 참을 수 없게 되자 「여러 가지 생각도 해 본 후」, 이혼을 결심하고 「오늘밤」 친정집을 찾았다고 한다. 그런데 오세키는 아버지인 사이토 카즈에(斎藤主計)의 설득발언을 들은 후 자진해서 이혼결심을 철회해 버린다. 오세키의 이혼결심을 철회시킨 아버지의 설득발언은 오세키가 이미 예상하고 있었던 내용이고 새로운 지적이 아무것도 없는 듯이 보인다. 그럼에도 불구하고 오세키는 한마디 항변도 하지 않은 채 이혼결심을 철회한다.

종래의 많은 『十三夜』론에서는 오세키가 이혼결심을 철회한 주요한 이유로서 타로에 관한 아버지의 지적을 들어 왔다.[4] 또 이노스케(亥之助)의 출세, 그리고 그에 따른 사이토가의 명예회복을 그 이유로 파악한 논고[5]도 보인다. 한편, 오세키의 이혼결심은 본래 확고하지 않

---

4) 이혼결심을 철회한 주요한 이유로 타로의 존재를 들고 있는 기존의 연구에는 関良一「『十三夜』入門」(주2에 전게), 山田有策「『十三夜』の世界」(『深層の近代—鏡花と一葉』, おうふう, 2001・1), 松坂俊夫「『十三夜』論」(『増補改訂 樋口一葉研究』, 教育出版センター, 1983・10), 水野泰子「『十三夜』試論—『母』の幻想の称揚—」(『文芸と批評』, 1989・9)등이 있다. 이들 논고에 반론을 제기한 것은 高田知波「幻滅する『嫁入りせぬ昔し』—『十三夜』ノート」(『樋口一葉論への射程』, 双文社, 1997・12)이다. 다카다논문은 「"모성"이 하라다가를 향한 인력(人力)으로 항상 작용하고 있었」지만, 「천번도 백번도 생각한」 끝에 오세키가 「모성의 끈을 끊고 집을 나」왔다고 서술한 후에 타로의 존재를 언급하는 「아버지의 말이 철회의 주요한 계기로 작용했다는 것은 너무나도 단순한 것은 아닐까」라고 논하고 있다.
5) 高田知波「幻滅する『嫁入りせぬ昔し』—『十三夜』ノート」(주4에 전게)는 「이혼결심과정에서 그녀의 시야가 충분히 파악하고 있지 않았던 새로운 논리」—「장남의 출세에 따른 가문의 명예회복」이라는 「몰락한 사족(士族)의 사

았었다고 보는 설,6) 오세키는 이혼결심을 번복한 것이 아니라고 보는 설7)도 있다. 이들 설이 각각 서로 반론을 제기하고 있는 등, 오세키가

명감」을 「아버지의 설득의 말」에서 읽어낸 오세키가 「자신에게 가능한 남동생의 『조력자』의 길이란 『훌륭한 남편』하라다 이사무의 부인으로 계속 남아있는 것 밖에 없다는 슬픈 현실」을 발견하고 이혼결심을 철회하였다고 서술하고 있다. 이러한 다카다논문의 견해를 비판한 것은 山本欣司「『十三夜』論—お関の『今宵』/斎藤家の『今宵』—」(『国語と国文学』, 1994・8)이다. 야마모토논문은 오세키가 「친정집의 현실」을 「전혀 깨닫지 못했다고 하는 것은 상당히 무리가 있다」고 반론을 제기하고 있다. 그러나 「전혀 깨닫지 못했다」라는 야마모토논문의 반론은 「충분히 파악하고 있지 않았다」고 하는 다카다논문의 견해와 맞아떨어지지 않는다.

6) 「그녀는 마치 어이없이 하라다가로 돌아가는 듯이 보이지만, 그것은 (중략) 오세키자신이 분열된 형태로 등장하여 친정집에 돌아간다는 결심조차 하기 어려운 고뇌에 빠져 있었던 것을 그 원인으로 우선 들 수 있을 것이다」라는 田中実「『十三夜』の『雨』」(『日本近代文学』, 1987・10)의 견해를 긍정적으로 받아들인 山本欣司「『十三夜』論—お関の『今宵』/斎藤家の『今宵』—」(주5에 전게)는 「오세키는 말하자면 이혼청구라는 형태로 그러한 고뇌에 찬 상황을 부모님에게 호소하기 위해서 『오늘밤』 친정집에 돌아갔던 것이다. 『요괴』인 하라다로부터의 해방을 진심으로 희구하면서도 무엇이 정말로 최선의 해결책인지 알지 못했기 때문에 최종결정권을 아버지에게 맡기는 형태로, 여하튼 자신의 억울한 마음을 부모님 앞에서 토로하였다」고 서술하고 있다. 한편, 狩野啓子「関係性の病い—『十三夜』の照らし出す近代」(『日本文学』, 1996・11)는 「진심으로 이혼을 결심했다면, 이사무에게 부딪힌다거나 혹은 편지로라도 의사표시를 할 수 있었을 것이다. 자신과 같은 가치관을 가지고 살고 있는 부모님이 이혼이야기에 어떻게 반응할지는 오세키가 어느 정도 예측할 수 있었던 것은 아닐까? 돌아갈 여지를 남기고 집을 나왔기 때문에 (중략) 아버지의 말이 유효한 것이다」라고 적고 있다. 본래 오세키의 결심이 확고한 것이 아니었다고 보는 설에 戸松泉「樋口一葉『十三夜』試論—お関の〈決心〉—」(『相模女子大学紀要』, 1992・3)이 반론을 제기하고 있다. 「오세키 자신이 분열된 형태로 등장했」다고 지적한 다나카논문에 대해서 「『분열된』오세키의 내면의 위상(특히 부인으로서의 모습) 그 자체에 대한 검토」가 필요하다고 주장한 도마츠논문은 등장장면에서 오세키가 이혼 「〈결심〉그 자체에 대해서 조금도 흔들린 적이 없」고 「이혼에 따른 마이너스 요인을 확인하고 있었다」고 논하고 있다.

7) 오세키가 이혼결심을 철회했다고만 볼 수도 없다는 견해는 紅野謙介・小森

이혼결심을 철회한 것에 관해서는 아직 논의가 계속되고 있다.

오세키가 이혼결심을 철회해 버린 이유를 고찰하기에 앞서 오세키가 친정집을 방문하는 『十三夜』의 시작부분에 주목해 보고 싶다. 「인력거조차 돌려보내고 쓸쓸히 격자문 밖에 서」 있었던 오세키에게 「말하자면 나도 복받은 사람 중에 하나, 둘 다 순한 아이를 가져서 키우는 데에 힘도 들지 않고 다른 사람들에게 부러움을 사니, 분에 넘치는 욕심만 부리지 않는다면 더 이상 바람도 없다. 정말 고마운 일」이라고 말하는 아버지의 「변함없는 기분 좋은 듯한 목소리」가 들려온다. 기쁜 듯한 아버지의 이야기를 들은 오세키는 다음과 같이 곰곰이 생각하게 된다.

> 아아, 아무 것도 모르시고 저렇게 좋아해 주시는데 무슨 면목으로 이혼장을 받아달라고 말할 수 있을까. 야단맞는 것은 당연하다. 타로라는 아이도 있는데, 두고 뛰쳐나올 때까지는 여러 가지 생각도 해 보았지만, 이제 와서 나이 드신 부모님들을 놀라게 하고 지금까지의 기쁨을 물거품으로 만들어야 하니 괴롭구나. 차라리 말하지 말고 돌아갈까? 돌아가면 타로의 어머니로 불리고 언제까지나 하라다의 사모님으로 불리겠지. 부모님에게는 주임관(奏任官)사위가 있다고 자랑하시도록 할 수 있고 나만

陽一・十川進信介・山本芳明「樋口一葉『十三夜』を読む」(『文学』, 1990・冬号)에 의해 제시되었다. 이후 戸松泉「樋口一葉『十三夜』試論ーお関の〈決心〉ー」(주6에 전게)은 「오세키는 결과적으로 스스로의 〈결심〉을 봉인하게 된다」고, 出原隆俊「『十三夜』を統合するものー〈擦れ〉の機能ー」(『国文学 解釈と鑑賞』, 1995・6)은 「〈철회〉라고 보지 않는 견해에 찬성한다」고 적고 있다. 한편, 井上理恵「無限の闇ー『十三夜』」(『樋口一葉を読みなおす』, 学芸書林, 1994・6)와 菅聡子「『十三夜』ー心の闇ー」(『国文学 解釈と鑑賞』, 1995・6)는 아버지의 이야기를 들은 오세키가 이혼결심을 철회한 것이 아니라 새로운 「각오」를 했다고 주장하고 있다.

절약하면 가끔은 좋아하시는 음식, 용돈도 드릴 수 있는데…. 생각대로 이혼하면 타로에게는 계모 밑에서 자라는 괴로움을 안겨주어야 하고 부모님에게는 지금까지의 자랑거리를 빼앗고, 사람들의 구설수…. 남동생의 미래…. 아 내가 마음먹는 것에 따라서 동생의 출세에도 방해가 될꺼야. 돌아갈까? 돌아갈까? 저 요괴 같은 내 남편에게 돌아갈까? 저 요괴, 요괴 남편 곁으로. 아 싫다, 싫어.

「여러 가지 생각도 해 본 후」 하라다가를 나왔다고 하는 오세키는 「격자문 밖」에서 아버지 이야기를 듣고 「되돌아갈까, 되돌아갈까, 저 요괴 같은 내 남편에게 돌아갈까」라고 망설이는 것이다. 망설이고 있던 오세키는 되돌아가는 것은 「아 싫다, 싫어」라고 「몸을 떠는 순간」에 「비틀비틀해서 뜻하지 않게」 격자문에 부딪히고, 이 소리를 들은 아버지가 나왔기 때문에 집안으로 들어가게 된다. 수없이 생각해서 이혼을 결심한 후에 친정집을 방문했다는 오세키를 망설이게 한 것은 무엇이었을까?

오세키의 등장장면에 대해서 다나카 미노루(田中実)[8]는 「그녀의 내면이 두 개로 분열되」어 있다고 지적하고 있다. 이혼결심과 어머니로서의 타로에 대한 마음을 「분열하」고 있는 「내면」의 「두 개 축」으로 파악하고 있는 다나카논문은 오세키가 이 「두 개 축」 사이에서 「분열되」어 「고뇌」하고 있다고 보고 있다. 또 오세키가 이야기 하지 않았던 어머니로서의 타로에 대한 마음을 그녀의 「신체현상」에서 읽어낸 아버지가 깊은 「아버지의 사랑」으로 오세키를 설득하여 오세키는 하라다가에 돌아가게 되었다고 논하고 있다. 오세키의 등장장면에서 「그

---

8) 田中実「『十三夜』の『雨』」(주6에 전게)

녀의 내면이 두 개의 축으로 분열되」어 있는 것은 다나카논문이 지적하고 있는 것과 같다. 하지만, 오세키가「격자문 밖」에서 생각하고 있었던 것을 검토해 보면 어머니로서 타로에 대한 마음을「분열되」어 있는「내면」의「두 개 축」중 하나로 한정하는 것은 그다지 적절하지 않다고 생각된다.

오세키가「격자문 밖」에서 생각하고 있었던 것, 그것은 자신의 이혼결심을 실행할 것인지 아닌지에 의해「타로」는 물론「부모님」「남동생」이라는 자신과 혈연관계에 있는 주위사람들에게 미칠 것이 예상되는 영향이었다. 하라다가에 돌아가면「부모님에게는 주임관 사위가 있다고 자랑하시도록 할 수 있고 나만 절약하면 가끔은 좋아하시는 음식, 용돈도 드릴수 있」지만, 이혼하게 되면「타로에게는 계모 밑에서 자라는 괴로움을 안겨주어야 하고 부모님에게는 지금까지의 자랑거리를 빼앗고」,「남동생의 미래 (중략) 출세에도 방해가 될」 것이라고 오세키는 떠올리고 있다. 여기에서 주목하고 싶은 것은 결혼생활을 유지했을 경우는 주위사람들이 얻을 수 있는 메리트만을, 이혼했을 경우는 주위사람들이 가져야 할 디메리트만을 오세키가 떠올리고 있다는 점이다. 하라다와의 이혼이 주위 사람들에게 있어 고통스러운 일이라고 오세키는 인식하고 있었던 것이다. 한편, 오세키는 하라다와의 이혼이 자기자신을 고통에서 벗어나게 하는 일이라고 생각하고 있었던 것 같다. 타로와 만날 수 없게 되는 것만 참을 수 있다면, 하라다의 학대라는 고통으로부터 벗어날 수 있는 유일한 길이 하라다와의 이혼이었기 때문이다. 자신은 고통에서 벗어나지만 주위사람들은 고통을 감수해야 하는 것. 그것이야말로 오세키가 생각하고 있었던 하라다와의 이혼이 가지는 의미였다고 말할 수 있을 것이다.

하라다와의 이혼이 가지는 의미를 확실히 자기나름대로 파악하고 있었던 오세키는 하라다의 학대를 참기 어려워져서 이혼을 생각할 때에 「유순한」 성격 때문에 주위사람들에 대한 양심의 가책을 느끼고 있었던 것은 아닐까? 그리고 그 양심의 가책은 타로라는 존재와 함께 하라다와의 이혼을 감행하려고 한 오세키를 주저하게 만들었음에 틀림없다. 그러나 하라다의 학대에 한계를 느낀 오세키는 타로를 만날 수 없는 괴로움을 참아낼 각오를 하고 학대의 고통으로 주위사람들에 대한 양심의 가책을 억누른 후, 단단히 이혼 결심을 하고 「오늘밤」 하라다가를 나왔다고 생각된다. 그러나, 집안에서 들려오는 즐거운 듯한 아버지의 목소리로 인해 오세키는 주위사람들에 대한 양심의 가책을 더 이상 억누를 수 없게 된 것은 아닐까? 자신의 이혼과 결혼생활의 유지가 사람들에게 미칠 영향을 오세키가 각각 떠올리고 있는 것은 그 때문일 것이다. 「격자문 밖」에 서있는 오세키는 〈이혼에 대한 결심〉 그리고 〈타로에 대한 마음과 주위사람들에 대한 양심의 가책〉이라는 「두 개의 축」으로 「내면」이 「분열」되어 망설이고 있었던 것이다.

2 이혼결심 번복

「내면」이 분열된 채 집안으로 들어가게 되었기 때문에 오세키는 부모님에게 오늘밤 방문한 이유를 말하려고 해도 좀처럼 말할 수가 없다. 「죄송스러울 정도로 격조하였습니다」라는 인사말에서 오랜만에 친정을 방문했다고 보이는 오세키는 친정집의 근황을 묻는 과정에서 부모님에게 변함없이 건강하다는 사실과 함께 남동생인 이노스케에 대한 최신정보를 두 개 듣게 된다. 하나는 「야학」에 다니고 있다는 것이고, 또 하나는 최근에 「월급이 올랐」다는 사실이다. 이노스케가 「야학」에 다니는 것이 입신출세라는 미래를 위한 일인 것은 말할 필요도 없다.9) 또, 하라다와의 「관계」덕분에 「어딘가의 관청에 직원으로 고용되었」던 이노스케가 「『입이 무거운 성격』으로 아마도 붙임성도 상냥함도 부족한」 소년이었음에도 불구하고10) 과장에게 귀여움을 받고 있고 최근에 월급이 올랐다고 하는 것 역시 하라다 덕분으로 큰 문제 없이 일하고 있는 것을 의미한다. 이노스케가 일하면서 장래를 위해 학업에 매진하고 있다는 정보는 남동생의 「출세에도 방해가 된」다는 것을 알면서 이혼장을 부탁하려고 하는 오세키에게 상당한 부담으로 작용했다고 해도 과언은 아닐 것이다. 딸의 방문을 기뻐하는 부모님의

---

9) 이노스케가 「야학」에 다니는 것이 입신출세를 위한 것임은 高田知波「幻滅する『嫁入りせぬ昔し』―『十三夜』ノート」(주4에 전게), 『十三夜』補注「夜学」項(〈新古典文学大系 明治編24〉『樋口一葉集』, 岩波書店, 2001・10) 등 많은 선행연구에서 지적되었다. 이들 선행연구는 1893(메이지 26)년 10월 「관보」에 「문관시험규칙」과 함께 공포된 「문관임용령」에 주목하고 있다. 이 「문관임용령」에는 주임관(奏任官)・판임관(判任官)을 임용함에 있어 몇 개인가의 특별규정을 두고 있다. 그 중에서도 「제 5조 만 5년 이상 고용원으로 동일 관청에서 근속한 자는 문관보통시험위원의 전형을 거쳐 즉시 해당 관청의 판임문관(判任文官)으로 임용할 수 있다」는 규정은 이들 논고가 이노스케의 입신출세와 관련하여 주목하고 있는 부분이다. 관청에서 근무하고 있는 이노스케의 경우, 「문관시험」이외에 「문관보통시험위원의 전형」을 통과하는 것으로 「판임문관」이 될 수 있음을 이 특별규정으로 알 수 있다. 그다지 학력이 높지 않다고 보이는 이노스케는 「문관시험」보다 「문관보통시험위원의 전형」을 받는 편이 당연히 부담이 적었을 것이다.
10) 高田知波「幻滅する『嫁入りせぬ昔』―『十三夜』ノート」(주4에 전게)

모습과 이노스케에 관한 최근 정보를 접한 오세키가 타로를 두고 온 이유를 묻는 어머니에게 정직하게 이야기할 수 없었던 것은 당연한 결과였다.

그 후, 「미천한 신분」을 신경써서 자기 딸도 「마음대로 만날 수 없」는 것을 한탄하는 어머니의 말을 듣고 오세키는 「정말로 저는 불효자라고 생각합니다. (중략) 아버지와 어머니에게 이렇게 해드려야지 하고 생각하는 것도 할 수 없고」라고 말을 꺼냈지만, 아버지가 「어리석은 것, 어리석은 것 (중략) 시집간 애가 친정 부모의 생활을 돕는 것은 생각도 할 수 없는 일」이라고 오세키의 말을 부정한 후, 경단이 맛있다고 웃었기 때문에 또 한번 말할 기회를 놓치고 만다. 하지만, 이 아버지의 말은 이혼으로 부모님에게 「좋아하시는 음식, 용돈도」 드릴 수 없는 것을 걱정하고 있었던 오세키의 고통을 완화시켜 준 것은 아닐까?

오세키의 고통이 조금 완화되었을 때, 평소와 다른 딸의 방문모습을 수상히 여긴 아버지로부터 자고 가는 것인지 질문을 받은 오세키는 겨우 방문목적을 이야기하기 시작한다. 타로를 두고 오기까지 「천 번도 백 번도 생각하고 2년, 3년이나 울고 오늘에 이르러 어떻게 해서든 이혼하겠다고 결심을 굳혔」다고 이혼결심에 대한 신중함을 말한 후에 겨우 꺼낸 오세키의 이야기는 크게 두 가지 내용으로 나눌 수 있다.

우선, 오세키의 이야기에서 대부분을 차지하고 있는 내용은 오세키가 이혼을 결심하게 된 경위이다. 오세키는 「아침식사를 올릴 때부터 잔소리는 끊이지 않고 하인들 앞에서도 거침없이 나의 서투름, 부족함을 늘어놓으시고, 그것은 뭐 참겠습니다만, 그 다음으로 교육받지 못했다, 교육받지 못했다고 멸시합니다」라고 이혼결심의 이유를 밝히고 있다. 그리고 한편으로 오세키는 하라다와 「말다툼 한 일도」 없었던 것, 「게이샤와의 관계」와 「첩」에 관한 소문이 들려와도 「질투」하지 않았던 것 등 자신이 하라다의 부인으로 바르게 행동하였음을 덧붙이고 있다. 오세키가 하라다의 부인으로 빈틈없이 행동했다고 한다면, 하라다가 그녀의 행동을 가지고 「공공연히 친정집의 약점을 떠벌리」는 것은 사족(士族)으로서 프라이드를 가지고 있었던 사이토가에게 있어 용서하기 어려운 행위이지 않았을까? 다카다 치나미(高田知波)[11]가 지적하고 있듯이 「시집간 애가 친정 부모의 생활을 돕는 것은 생각도 할 수 없는 일」이라는 아버지의 말에는 사위인 하라다로부터 경제적 원조를 거부하는 결벽, 즉 사족의 프라이드가 나타나 있다. 이렇게 사이토가가 가지고 있는 사족으로서의 프라이드를 알고 있었던 오세키는 부인으로서 자신의 바른 행실과 「공공연히 친정집의 약점을 떠벌리」는 하라다의 모습을 강조하는 것이 부모님으로부터 이혼승낙을 얻는 데에 있어서 어느 정도의 힘을 발휘할지 당연히 예측할 수 있었을 것이다. 하라다의 부당함을 강조하는 오세키의 이야기는 결혼승낙이라는 목적을 달성하기 위한 유용한 방법이었다고 할 수 있다.

다음으로 하라다와의 이혼으로 주위사람들에게 가중시키는 고통에 대해서 오세키가 가지고 있었던 생각을 오세키 이야기의 주요한 내용으로 들 수 있다. 타로에 관해서 「계모 밑에서 자라는 괴로움」을 예상하고 걱정하고 있었던 오세키는 「부모는 없어도 아이는 자란다고 말하니, 나와 같은 불운한 어머니 밑에서 자라는 것보다 계모든 유모든

---

11) 高田知波「幻滅する『嫁入りせぬ昔』—『十三夜』ノート」(주4에 전게)

하라다의 마음에 드는 사람에게 자란다면, 조금은 아버지의 귀여움을 받아 나중에는 그 아이를 위해서도 득이 될 것입니다」라고 떨리는 목소리로 이야기하고 있다. 타로가 아버지에게 별로 귀여움을 받지 못한다고 판단하고 있는 오세키는 그 원인이 하라다의 마음에 들지 않는 자신에게 있으며 자신이 키우는 한, 아버지가 타로를 귀여워할 일은 없다고 생각하려고 하고 있다. 어차피 한쪽 부모의 애정밖에 받을 수 없다면, 아버지에게 조금이라도 귀여움을 받는 편이 하라다가의 장남인 타로에게도 좋을 것이란 논리로 오세키는 자기 자신과 부모님을 납득시키려고 하고 있는 것이다. 그렇지만, 아버지 마음에 드는 사람에게 양육되는 것이 타로를 「계모 밑에서 자라는 괴로움」에서 벗어나게 할 대책이 되지 않음은 언급할 필요도 없을 것이다. 경우에 따라서는 『大つごもり』의 이시노스케(石之助)와 같이 「계모 밑에서 자라는 괴로움」뿐만 아니라 계모 때문에 하라다가의 계승자라는 타로의 지위가 위협받을 가능성도 있다. 하라다와의 이혼이 타로와의 영원한 이별을 의미하는 것, 또 반드시 「나중」에 타로에게 득이 된다고도 할 수 없는 것을 알고 있었기 때문에 오세키의 「말은 떨리」는 것이다.

또, 「남동생의 미래」에 관해 「출세에도 방해가 된」다는 것을 의식하고 있었던 오세키는 「저는 지금부터 부업이든 뭐든 해서 이노스케의 도움이 될 수 있도록 노력하겠으니, 평생 혼자 살게 해 주세요」라고 부모님께 호소한다. 「차라리 바느질을 해서라도 부모님 옆에서 사는 편이 훨씬 마음 편합니다」라는 발언을 참고로 하면, 오세키가 생각하고 있는 부업이라는 것은 「바느질」과 같은 것이다. 부잣집 딸로 자란 것도 아닌 오세키는 「바느질」로 얻을 수 있는 수입이 어느 정도인지 알고 있었을 것이고 또 얼마되지 않는 수입으로는 남동생의「도움」이 될 수도 없음을 숙지하고 있었다고 생각된다. 남동생의「출세도 방해하」는 것에 관해 구체적인 대책을 제시할 수 없는 오세키는「부업이든 뭐든」해서「도움」이 되도록 노력할 것이란 적극적인 자세를 보여 줄 수 밖에 없었을 것이다.

「요괴」와 같은 하라다와 이혼하는 편이 자신은 물론 타로에게도 득이 되고, 또 이혼 후에는 이노스케의 도움이 되기 위해 노력할 것이란 오세키의 주장은 부모님에게 어떻게 받아들여진 것일까? 오세키의 이야기를 다 들은 아버지는「신분이 걸맞지 않으니 생각하는 것도 자연히 다르고」「까다롭기도 할 것이다, 어렵기도 할 것이다」「혼자라고 생각하면 원망도 나온다」등 위로의 말, 그리고「겉으로는 보이지 않아도 세상의 부인이라고 하는 사람들 모두 다 화기애애한 사이만 있지 않을 것이다」라는 세상일반의 부부·부인의 모습을 언급한 후, 다음과 같이 말한다.

이노스케가 지금의 월급을 받을 수 있게 된 것도 필시 하라다의 덕이 아니겠니. 부모에게보다 더 큰 덕을 입으니, 간접적으로나마 은혜를 받는다고 말하지 않을 수 없구나. 괴롭겠지만 부모를 위해, 남동생을 위해, 타로라는 자식도 있으니 오늘까지 참을 수 있었다면 앞으로도 불가능하지는 않을 것이다. 이혼하는 것이 좋겠니? 타로는 하라다의 자식, 너는 사이토의 딸, 한번 인연이 끊어지면 두 번 다시 얼굴도 보지 못한다. 어차피 불행에 눈물짓는다면, 하라다의 부인으로 울어도 울어라. 응 세키야. 그렇지 않니? 납득이 갔다면 모든 일을 마음속에 묻고 모르는 척 오늘 밤은 돌아가서 지금까지처럼 마음먹고 세상을 살아주거라. 네가 말하지 않아도 부모도 알고, 남동생도 안다. 눈물은 모두가 나누자꾸나.

하라다가에 돌아가도록 오세키를 설득하는 아버지의 말은 다카다 전게논문이 지적하고 있는 것처럼, 「몰락한 사족의 사명」인 「장남의 출세에 따른 가문의 명예회복」과 타로라는 존재에 초점이 맞추어져 있다. 오세키의 이혼에 의해서 이노스케의 출세가 어려워지고 「몰락한 사족의 사명」인 「가문의 명예회복」이 불가능해지는 것은 이노스케와 부모님에게 있어 고통스러운 일이다. 장남의 출세가 가문의 명예와 직결하는 시대를 살고 있는 오세키도 아버지에게 이야기를 듣기 전에 이노스케의 출세가 가지는 의미를 이미 알고 있었을 것이다. 그럼에도 불구하고 오세키는 한마디도 항변하지 않고 이혼결심을 철회해 버린다. 아버지의 말은 오세키가 이혼결심을 철회함에 있어 어떻게 유효하게 작용한 것일까?

오세키가 더 이상 만나지 않겠다고 아무리 굳은 결심을 해도 타로와 「한번 인연이 끊어지면 두 번 다시 얼굴도 보지 못한다」라는 말은 역시 그녀의 모성본능을 자극하여 마음을 움직일만한 충분한 힘을 가지고 있었을 것이다. 또 자신의 이혼에 따른 가족의 고통을 아버지로부터 직접 지적받은 점, 친정가족들과 「눈물」을 공유하자고 권유받은 점도 오세키에게 이혼결심을 철회시키는 데에 유효했다고 생각된다. 앞에서 서술한 바와 같이 오세키는 주위사람들에게 고통을 주고 자신만 고통에서 벗어나는 하라다와의 결혼을 희망하고 있었던 것에서 양심의 가택을 느끼고 있었다고 생각된다. 자신의 이혼에 따른 가족들의 고통을 아버지로부터 직접 지적받은 오세키는 그 양심의 가책 때문에 무너져버린 것이다. 그리고 친정가족들과 「눈물」을 공유하자는 이야기를 듣고 또 다시 양심의 가책을 의식하지 않을 수 없었다고 생각된다. 「장남의 출세에 따른 가문의 명예회복」과 타로라는 존재가 설득의 주요한 내용이었던 아버지의 이야기를 듣고 「그렇군요. 타로와 헤어져서 얼굴도 보지 못하게 되면, 이 세상에 살아 있다고 해도 소용이 없는 일인 것을」하고 제일 먼저 타로의 존재에 대해서 이야기하는 것을 보아도 오세키가 아버지의 말을 어떻게 받아들였는지를 엿볼 수 있다. 아버지가 세상의 보통부부와 부인까지 시야에 넣어서 생각한 결과, 이혼시키는 것보다 하라다가에 돌려보내는 편이 이노스케를 위해서도 딸을 위해서도 좋다고 판단했다고 오세키는 생각한 것이 아닐까? 그렇다고 한다면, 아버지가 이야기한 「눈물」의 공유는 오세키가 하라다가에 돌아가기 쉽도록 했던, 또 하라다가에 돌아간 후에 그녀를 기다리고 있을 고통을 조금이라도 가볍게 해 주려고 했던 아버지의 애정으로 오세키에게 해석되었을 것이다. 다나카 전게논문은 이렇게 「아버지의 말에 담긴 아버지의 사랑」이 「무엇보다도 큰 힘이 되어 오세키를 움직였다」고 논하고 있다. 그러나 「아버지의 사랑」그 자체가 오세키를 움직인 「무엇보다도 큰 힘」이라고는 생각되지 않는다.

그날 밤, 오세키가 바랬던 것은 이혼승낙이었지만, 「그것이 나쁘다고 잔소리를 하면, 뭐예요. 저에게도 집이 있습니다하고 나와 버리면 좋잖니」라고도 말한 어머니는 최종적으로 「그러한 불구덩이 속에서 잠자코 참고 있지 말거라. 그렇죠? 세키아버지. 한 번 사위를 만나서 충분히 알아듣도록 이야기하시는 것이 좋겠어요」라고 결혼생활유지를 전제로 한 의견을 제시한다. 또, 하라다에게 학대받는 생활에 대해서 오세키가 「왜 인내하는지 이해가 가지」 않게 되었다고 말하는데, 아버지는 「오늘까지 참을 수 없다면, 앞으로도 불가능하지는 않을 것이다」라고 말하고 있다. 이렇듯 부모님은 오늘밤 오세키의 이야기를 제대로 이해한 후에 본인들의 의견을 제시하는 것이 아니다. 이혼승낙은 접어두고 자신의 「성격은 잘 알고 계실」부모님이라면 자신의 이야기를 잘 이해해 줄 것이라는 기대가 무너져 어떻게 할 수 없는 외로움을 느꼈을 것으로 생각되는 오세키에게 아버지의 말에 담겨있는 「아버지의 사랑」이 마음을 움직일 정도로 「무엇보다도 큰 힘」이었다고는 생각되지 않는다. 자신의 고통만을 생각하여 이혼을 하려고 했던 오세키를 움직인 것은 「아버지의 사랑」그 자체가 아니라 아버지 나름대로 딸을 생각하여 「눈물」의 공유를 제안한 「아버지의 사랑」에 의해 느끼지 않을 수 없었던 양심의 가책이었을 것이다.

자신의 이혼에 의해서 주위사람들이 가질 고통에 관해서 확실한 대책을 세울 수 없었기 때문에 양심의 가책을 지울 수 없었던 오세키가 더 이상 이혼장을 부탁하는 것은 어려웠다고 생각된다. 그렇기 때문에 오세키는 「그럼 이혼을 말한 것도 저만 생각한 일이었습니다」라고 말하고 이혼결심을 번복해 버리는 것이다. 「그 아이(인용자주-타로)도 친부모 밑에서 자랄 수 있으니」「세키는 훌륭한 남편을 두었으니 남동생을 위해서도 좋은 조력자. 아아, 안심이다라고 기뻐해 주시면 저는 아무것도 걱정할 것이 없습니다」하고 오세키가 주위사람들의 입장에서 견해를 말하고 있는 것은 자신의 고통을 우선시한 것에 대한 반성으로 읽을 수 있을 것이다. 이혼결심을 번복하고 「지금까지의 몸이라고 각오」한 오세키는 하라다의 부인으로 살아갈 의향을 밝히고 부모님에게 자신의 이야기를 이해받지 못한 외로움을 간직한 채 하라다가로 돌아가는 것이다.

3 로쿠노스케와의 재회

「고용한 인력거도 없는」 친정에서는 이혼결심을 번복한 오세키를 하라다가로 돌려보내기 위해서 「지나가는 인력거를 창문에서 부른」다. 이 인력거에 타게 됨으로써 다카자카 로쿠노스케(高坂録之助)와의 우연한 재회를 둘러싼 드라마가 (하)에서 펼쳐지게 된다. 지금까지 여러 견해가 제시되어 온 (하)의 의미문제[12]를 염두에 두면서 이 재회의

---

12) 『十三夜』의 (상)(하) 2단 구성에 관하여 (하)의 분량이 (상)의 절반도 되지 않았기 때문에 「주된 부분은 상에 있다. 하는 전체적으로 보아 종(從)으로 되어 있는 듯한 경향이 있다」(湯地孝「十三夜」, 『樋口一葉論』, 至文堂, 1926・10)라는 견해가 종종 제시되었다. 이러한 견해에 대해서 반론을 제기한 것은 (하)의 서정성을 높이 평가하고 있는 논고이다. 関良一「『十三夜』入門」(주2에 전게)는 「그 분량이 불균등하고 『하』가 부록과 같은 느낌을 주고 있다」고 하면서도 「이치요가 정말로 그리고자 했던 것은 어쩌면 『상』보다도 『하』였을지도 모른다」고 서술하고 있다. 木谷喜美枝「十三夜」(『国文学 解釈と鑑賞』, 1978・5), 岡保生「『十三夜』論」(『学苑』, 1982・3)도 (하)를 본래 이치요가 그리려고 했다고 주장하고 있다. 최근에 들어서는 『十三夜』의 중심이 (상)(하) 어느 쪽에 있는지를 논하기보다도 (상)과 (하)의 유기적인 연결고리를 찾으려고 하는 경향이 보인다. 몇 개인가의 논고를 들어보면 다음과 같다. 松坂俊夫「『十三夜』の構想と成立」(『増補改訂 樋口一葉研究』, 教育出版センター, 1983・10)는 「(상)이 있기 때문에 (하)의 비애가, (하)가 쓰여졌기 때문에 (상)의 비애가 더욱 깊어진다」고 적고 있다. 또, 高田知波「幻滅する『嫁入りせぬ昔し』—『十三夜』ノート」(주4에 전게)는 오세키가 「시집가지 않은 옛날」로의 회귀가 불가능한 것을 로쿠노스케와의 재회를 통해서 재발견했다고 서술하고 (하)가 (상)에서의 오세키의 「결심을 최종적으로 재다짐하는 효과」를 올리고 있다고 논하고 있다. 井上理恵「無限の闇—『十三夜』」(주7에 전게)는 (상)(하)에 각각 「오세키 일가와 로쿠노스케 일가」가 「유사한 형태로 배치」되어 있는 점에 주목하고 「사랑을 성취한 남자의 제멋대로와 사랑에 실패한 남자의 제멋대로」가 (상)(하)에 그려져 있다고 적고 있다. 한편, 「일상적인 현실이 상실된」 로쿠노스케의 세계를 그림으로써 「역으로 (상)단, 오세키의 확실한 일상의 현실세계가 대조된다」고 서술하고 있는 田中実「『十三夜』の『雨』」(주6에 전게)는 『十三夜』를 「역조사(逆照射)

드라마를 살펴보자.

「우에노에 접어들어서 아직 겨우 100미터정도 왔다고 생각한」 곳에서 갑자기 인력거꾼은 인력거를 세우고 「죄송합니다. 돈은 필요 없으니 내려주세요」라고 오세키에게 말한다. 「웃돈을 달라는」 것도 아니고 몸 상태가 좋지 않은 것도 아니고, 그저 「더 이상 끄는 것이 싫어졌다」는 인력거꾼에게 오세키는 「당신은 제멋대로이군요」라고 말한다. 하라다의 허락 없이 친정집을 찾았고, 또 시간도 벌써 밤 10시를 지나고 있었기 때문에 서둘러서 집으로 돌아갈 필요가 있었던 오세키는 「적어도 큰길까지는 가 주세요」라고 부탁하여 인력거꾼이 승낙했을 때에 이 인력거꾼이 「깔끔한 담배 가게의 외동아들」이었으며 어릴 적 지인인 로쿠노스케임을 알게 된다. 약 7년간의 공백을 메우려고 하는 것인지, 오세키는 로쿠노스케에게 「어머 언제부터 이런 일을 하고」 「지금은 어디에서 사세요? 부인 분은 건강하세요? 아이도 생겼어요?」 등, 「자신의 신분을 잊고 물어본」다. 오세키가 알고 싶었던 7년간의 일에 대해서 오세키가 제시하는 정보도 참고로 하면서 로쿠노스케의 이야기를 정리해 보면 다음과 같다.

오세키의 「결혼에 관한 소문을 듣기 시작한 즈음부터」, 로쿠노스케는 방탕한 생활을 시작하여 「집을 가까이 하지 않게 되었」다. 그 원인

에 의한 (상)(하) 2단 구조」로 구성되어 있다고 분석하고 있다. 西荘保「『十三夜』論—先行する『嫁した女の不幸』の話と比較して—」(『日本文学』, 1996・2)도 「(하)를 그리는 것으로 성립은 하지 않았지만 로쿠노스케와 오세키의 사랑이 충만한 결혼이 상상되어 (상)의 애정없는 결혼의 비극을 부각시키고 있다」고 논하고 역조사(逆照射)에 의한 2단 구조로 (하)를 파악하고 있다.

을 「결혼적령기에 결혼을 하지 않았기 때문이다」라고 생각한 「친척」
의 이야기를 들은 어머니가 스기다(杉田)네 딸을 결혼상대자로 권유하
자, 로쿠노스케는 오세키가 「임신」했다는 이야기를 들었을 즈음에 「어
떻게든 될 대로 되라」라는 생각으로 결혼한다. 1년 후에는 아이도 생
겼지만, 자신의 「방탕은 고쳐지지 않는 일이라고 정해 놓은」 로쿠노스
케는 「놀고 놀고, 마시고 마시고 마신」 결과, 재작년 파산하여 「여관
에서 지내는」 인력거꾼으로 전락해 버린다. 「어머니는 시골로 시집간
누나에게 부탁」했고 부인과 아이는 「친정집으로 돌려보냈」지만, 아이
는 「작년 말 장티푸스」로 죽었다고 한다.

　로쿠노스케의 7년간 살아온 이야기를 듣고 오세키는 「내가 생각한
만큼 이 사람도 나를 생각해서 그 때문에 생긴 파멸일지도 모르는 것
을」하고 새로운 사실을 발견한다. 「이야기하면서 걸어가요」라고 말하
고 길을 앞장서면서 자신의 결혼이전부터 현재까지의 로쿠노스케에
관한 정보를 차례로 떠올린 오세키는 로쿠노스케가 자신과 마음이 통
한 사람이었으며, 또 하라다와 자신의 결혼으로 생긴 고통 때문에 「파
멸」했음을 깨닫는다. 로쿠노스케의 고통에서 「나의 이러한 마루마게
(丸髷) 등, 잘 차려진 듯한 모습을 얼마나 얄밉게 생각하실까, 꿈에서
조차 그런 행복한 처지는 아니지만」하고 자기 자신의 고통으로 슬라
이드해 간 오세키는 자신의 괴로운 현재 상황을 이야기하려고 되돌아
보는 것이다. 그렇지만 「무엇을 생각하는지 망연자실한 얼굴표정, 오
랜만에 만난 오세키에게 그다지 기쁜 모습도 보이」지 않는 로쿠노스
케를 보고 입을 다물어 버린다. 「지체 높은 안주인이 되셨다고 들었을
때부터 그래도 한번은 뵐 수 있을까, 평생에 한 번 또 말을 건넬 수는

있을까하고 꿈처럼 바랐」다고 하는 로쿠노스케가 「그다지 기쁜 모습도 보이」지 않는 것은 왜일까? 또 로쿠노스케의 얼굴을 본 오세키가 아무런 말도 하지 않은 이유는 무엇일까?

오세키가 무엇인가를 말하려고 뒤돌아 로쿠노스케를 보는 장면에서의 구도, 즉 「제등」을 가지고 뒤쪽에서 걷고 있는 로쿠노스케와 앞쪽에서 걷고 있는 오세키에게 주목한 것은 다카다 전게논문이다. 두 사람의 위치에 주목한 다카다논문의 분석을 정리하면 오세키의 「『지체 높은 안주인풍』의 뒷모습」을 계속 보고 있는 로쿠노스케의 의식이 현재에 머물러 있는 것과는 대조적으로 「로쿠노스케의 『몰락하여 비참한 몰골』이 시야에서 사라」진 것과 이날 밤 처음으로 로쿠노스케에게 얻은 「새로운 정보」가 추가되어 과거로 이행한 오세키의 의식은 뒤돌아서 「『몰락하여 비참한』 인력거꾼의 모습」과 그 「망연자실한 표정」을 본 순간에 과거에서 현재로 이행했다고 한다.

로쿠노스케의 의식을 현재에 머무르게 하고 오세키의 의식을 현재에서 과거로, 과거에서 다시 현재로 이행시킨 두 사람의 위치는 로쿠노스케가 「그다지는 기쁜 모습도 보이」지 않은 이유, 그리고 오세키가 로쿠노스케의 얼굴을 보고 입을 다물어 버린 이유를 생각함에 있어서 중요하다고 할 수 있다. 다카다의 전게논문이 지적하듯이 로쿠노스케가 「그다지는 기쁜 모습도 보이」지 않는 것은 오세키의 「『지체 높은 안주인풍』의 뒷모습」을 계속 보고 있었던 「그의 의식에 『꿈』이 들어갈 여지」가 없었기 때문일 것이다. 한편, 오세키가 입을 다물어 버린 것은 로쿠노스케의 모습에서 깊은 허무를 보았기 때문일 것이다. 「자신의 신분을 잊고」 있었던 오세키는 그녀의 의식이 현재에서 과거로 이행함으로써 과거에 마음이 통했던 즈음의 로쿠노스케를 떠올린 상태에서 자신의 괴로운 현재상황을 말하려고 뒤돌아 본 것이다. 하지만, 그 순간 오세키의 눈에 들어온 것은 「망연자실한 얼굴 표정」으로 「그다지는 기쁜 모습도 보이」지 않는 로쿠노스케의 모습이었다. 지난날의 표정・모습과 낙차를 느끼게 하는 이러한 로쿠노스케의 모습에서 오세키는 그가 얼마나 깊은 허무에 빠져 있는 지를 깨달았을 것이다. 그리고 오세키는 부모님과의 이야기에서 외로움을 느낀 오늘밤 일과 자신의 괴로운 현재 상황을 이야기해도 그 이야기를 이해하고 받아들여줄 여유가 로쿠노스케에게는 없다고 이 순간 판단한 것은 아닐까?

큰 길에 나온 오세키는 「지갑에서」 꺼낸 「지폐 얼마인가」를 로쿠노스케에게 건네면서 「이것은 정말로 실례인 줄 압니다만, 휴지라도 싸서 쓰세요. 오랜만에 뵈어서 뭔가 말씀드리고 싶은 것은 많은 것 같은데 입 밖으로 나오지 않는 것은 이해해 주세요」라고 말하고 이별을 고한다. 뒤돌아 로쿠노스케의 얼굴을 보았을 때부터 큰 길에 나올 때까지 오세키는 아무런 이야기도 하지 않았던 것이다. 오세키가 아무 것도 말하지 않은 것은 자신의 현재 상황을 이야기해도 로쿠노스케에게 받아들일 여유가 없다고 판단한 후, 그녀가 다음과 같이 생각했기 때문은 아닐까?

이날 밤, 오세키가 자신의 괴로운 현재 상황을 말한, 또는 말하려고 한 상대는 자신의 「성격은 잘 알고 계신」 부모님과 처녀시절에 자신과 마음이 통했던 로쿠노스케였다. 그러나 부모님은 자신의 이야기를 제대로 이해하지 않았으며 로쿠노스케는 자신의 이야기를 이해하고 받아들일 여유를 가지고 있지 않았다. 자신을 잘 아는 부모님과도, 과거에 마음이 통했던 로쿠노스케와도 자신의 괴로움과 외로움을 공유할 수 없었던 오세키는 이 괴로움과 외로움을 누구와도 공유할 수 없는 것이라 생각한 것은 아닐까? 오세키는 자신이 짊어지고 가야할 것으로 괴로움과 외로움을 받아들이게 되었을 것이다. 괴로움과 외로움을 받아들인 이상, 오세키는 자신의 이야기를 어느 것 하나 로쿠노스케에게 말하지 못했을 것이다.

뒤돌아서 로쿠노스케의 얼굴을 보고 난 후부터 큰 길에 나올 때까지 작품내의 공백을 이와 같이 읽는 것이 가능하다면, 오세키가 로쿠노스케에게 건넨 금전은 「단언할 수 없는 자신의 생각」을 대신하는 것이었다[13]고 볼 수 있지 않을까? 또 별로 기뻐하지 않는 로쿠노스케의 모습을 봄으로써 오세키가 큰 길에 나오는 동안에 자신의 괴로움과 외로움을 자신이 짊어져야 할 것으로 받아들여서 하라다가로 돌아가게 된 것을 고려한다면, 그 금전은 오세키의 「생각」과 마찬가지로 말해서는 안 되는 감사의 말을 대신하는 것이기도 했다고 생각된다.

이렇게 보면『十三夜』는 (상)에서 아버지의 말 때문에 양심의 가책을 받은 오세키가 자신의 이야기를 이해해 주지 않은 부모님에 의해 외로움을 느끼면서 이혼결심을 번복하고, (하)에서 로쿠노스케와의 재회를 통해서 자신의 괴로움과 외로움을 누구와도 공유할 수 없는, 자신이 짊어져야만 하는 것으로 받아들이는 구도로 이루어져 있는 것을

---

13) 紅野謙介・小森陽一・十川進信介・山本芳明「樋口一葉『十三夜』を読む(下)」(『文学』, 1990・春号)는 오세키가 로쿠노스케에게 건넨 금전에 관해서 「오세키는 말할 수 없는 자신의 마음을 전하고 싶었지만, 이미『몸 하나』의 마음을 포기한 오세키에게는『실례』가 되는 금전을 통해서 밖에 그것을 표현할 방법이 없다」고 지적하고 있다.

알 수 있다. 『十三夜』는 (상)과 (하)중 어느 한쪽에 중점이 놓여져 있는 작품이 아니라 (상)에서 시작한 오세키의 이야기가 (하)에서 완결되었다고 말할 수 있을 것이다.

4 하라다부부 이야기

오세키가 오늘밤 부모님에게 「이혼장을 받아주세요」라고 부탁할 때까지 하라다와의 사이에 어떤 일이 있었을까? 우선, 하라다가 오세키를 만나서 결혼에 이르기까지의 경위를 확인할 필요가 있을 것이다. 이 경위에 대해서는 오세키의 어머니가 다음과 같이 말하고 있다.

오세키가 17살이 된 정월. 아직 소나무 장식을 치우지 않은 7일 아침일이었죠. 전에 살던 사루가쿠쵸(猿樂町)의 그 집 앞에서 옆집 작은 여자 아이와 하네를 치던 중, 그 아이가 친 흰 하네가 자나가던 하라다씨의 인력거 안으로 떨어져 그것을 오세키가 받으러 갔는데, 그 때 처음 보았다고 하고 중매쟁이가 자주 와서 부탁하며 이러쿵저러쿵하니 결혼하고 싶어한다고 했었죠. 신분부터가 맞지 않고 이쪽은 아직 너무 어린 아이이며, 아무런 교습도 시키지 않았다. 준비라고 해도 그저 지금같은 이런 형편이니까요 라고 말하며, 몇 번이나 거절했는지 모르는데, 까다로운 시부모님이 계시는 것도 아니고 내가 원해서 하는 결혼이니 신분도 뭐도 말할 것이 없습니다. 교양은 결혼하고 배우게 시켜도 충분하니 걱정할 필요도 없는 일. 여하튼 주시기만하면 소중히 여길 테니까라고 성급하게 불붙듯이 재촉하고 이쪽에서 강요한 것은 아니지만, 준비까지 상대 쪽이 다 하고 오세키에게 한눈에 반한 하라다는 그녀의 부모님에게 몇 번이나 부탁한 끝에 그녀와의 결혼에 이른 듯 하다. 어머니의 말을 빌려서 이야기하면, 하라다에게 있어서 오세키는 「사랑스러운 부인」이었던 것이다. 그러나 오세키의 이야기에 따르면 하라다가 「세키야, 세키야하고 소중히 여겨준」 것은 「시집가서 딱 반년정도」의 일로 타로가 「생기고 나서는 정말로 사람이 변」했다고 한다.

하라다는 과연 어떻게 변한 것일까? 오세키는 하라다의 변모를 몇 가지 예를 들어 설명하고 있다. 「아침식사 올릴 때부터 잔소리가 끊이지 않고 하인들 앞에서도 거침없이 나의 서투름, 부족함」을 늘어놓는 것, 「교육받지 못했다, 교육받지 못했다」고 멸시하고 「공공연히 친정집의 약점을 떠벌리」는 것, 「그저 제가 하는 일이라면 하나에서 열까지 맘에 들지 않는다 생각하시고 젓가락을 들고 내리는 것부터 시작해서 집에서 즐겁지 않은 것은 부인의 방식이 잘못되었기 때문이라고 말씀하십니다. (중략) 오로지 재미없다, 지루하다, 뭘 모르는 구만, 너무나도 상담상대가 되지 않는다, 말하자면 타로의 유모로 놔둔다」라고 말하는 것이 그 예이다. 작품에 등장하지 않는 하라다의 변모가 오세키라는 필터를 통해서 이야기 되는 것을 생각하면, 오세키의 이야기가 과장, 혹은 왜곡되었을 가능성을 배재할 수 없다. 하지만, 적어도 하라다의 말, 「교육받지 못했다」 「집에서 즐겁지 않은 것은 부인의 방식이 잘못되었기 때문이다」등에 거짓은 없다고 생각된다.

그럼, 무엇이 하라다를 「교육받지 못했다」 「부인의 방식이 잘못되었다」라는 잔인한 말을 서슴치 않는 남편으로 변모시킨 것일까? 종래의 『十三夜』론은 하라다의 변모를 논함에 있어 그가 오세키를 「교육받

지 못했다」고 말한 것에 주목하고 있다.[14] 이들 논고는 결혼에 있어 습속과 습관을 신경쓰지 않은 점에서 하라다를 〈신시대 사람〉으로, 남편의 어떠한 태도에도 참고 인내하는 점에서 오세키를 〈구시대 사람〉으로 규정하고 있다. 이들 논고 중에서도 세키 레이코(関禮子)[15]의 견해를 참고로 하고 싶다. 세키논문은 「이사무의 변모시기를 『장남 타로의 임신 직후』라고 보고, 그 이유를 『무구성과 관련이 있는 소녀의 매력을 가진 젊은 부인상의 실추』라고 한」 다카다 치나미(高田知波)의 발언(「『十三夜』の〈読み〉を中心に」1990년 6월 3일 「社会文学会」에서의 구두발표)을 들어 「이사무가 실망한 것의 대부분이 소녀부인으로서의 매력이 줄어들었던 것에 있었다고 한다면, 그것은 많든 적든 어느 시대의 누구에게라도 적용할 수 있는 밀월의 종언을 나타내는 한 예에 지나지 않을 것이다」라고 비판한 후에 「주의해야 할 것은 결혼이야기의 일반성이 아니라 이사무라고 하는 남자의 성격과 사람들이 공유하고 있었던 시대의 언설=환상과의 관계」라고 서술하고 하라다의 변모과정에 대해서 다음과 같이 논하고 있다.

일단은 오세키와의 미래에서 근대가족적인 환상을 가졌던 이사무는 그녀의 임신을 직면하고 오세키에게는 「어머니의 교육력」(인용자주 光田

---

14) 하라다의 변모를 논함에 있어서 「교육받지 못한 몸」이라는 그의 발언에 주목하고 있는 논고로 戸松泉「樋口一葉『十三夜』試論—お関の〈決心〉—」(주 6에 전개), 関礼子「都市の森の時間—『十三夜』」(『語る女たちの時代——葉と明治女性表現』, 新曜社, 1997・4), 中山清美「樋口一葉『十三夜』の試み」(『金城国文』, 1996・3), 狩野啓子「関係性の病い—『十三夜』の照らし出す近代」(주6에 전개)를 들 수 있다.
15) 関礼子「都市の森の時間—『十三夜』」(주14에 전개)

京子「近代的母性観の受容と変形—『教育する母親』から『良妻賢母』へ」『母性を問う(下)』, 人文書院, 1985년)이 없는 것을 깨닫고 적지 않게 동요했으며 대환상(対幻想)과 근대가족환상을 지탱할 것이 자신의 손 안에는 없다고 깨달았던 것은 아닐까? (중략) 이사무가 무엇보다도 원했던 것이 어머니의 역할로 상징되는 「가정」과 「집」을 다스리는 공동경영자로서의 반려상이였던 것이다. (중략)

설령 아름다운 미모를 지녔더라도 가사와 재봉능력은 고사하고 「꽃, 다도, 노래, 그림」과 같은 여학교를 졸업한 중류여성적인 교양과도 「교습」과도 무관한 오세키는 이사무가 이상형으로 생각한 부인상과는 너무나도 먼 존재였던 것이 된다. (중략) 이사무의 변모가 「실망」의 표현이고, 한편 오세키가 그의 변심이유를 깨닫지 못하는 여성인 이상, 실망은 악화되어 증오의 화살이 되어서 그녀를 향해 쏘아지지 않을 수 없다.

가정을 지휘하고, 아이교육에도 능력을 발휘하는 〈새로운 부인〉을 이상으로 했던 하라다가 아이가 태어난다고 알았을 때, 「교육을 받지 못한」 오세키가 〈새로운 부인〉이 될 수 없다고 깨닫고 「실망」한 것에 변모의 이유가 있다고 세키논문의 견해를 정리할 수 있을 것이다. 그런데, 「교육을 받지 못한」 오세키가 〈새로운 부인〉이 될 수 없는 것에 낙담했다고 한다면, 하라다는 왜 오세키를 〈새로운 부인〉으로 만들려고 노력하지 않았던 것일까? 「못하는 것은 다른 사람 몰래 배우게 해 주시면 될 일」이라는 오세키의 불만 섞인 말을 보면 하라다는 여학교 교육과정에서 습득할 교양과 지식, 「교습」 등을 가르쳐서 〈새로운 부인〉으로 만들려고 시도한 적도 없었던 것 같다. 오세키가 〈새로운 부인〉이 될 수 없다는 사실이 하라다의 주요한 불만이었으며 변모의 이유였다고 한다면, 오세키를 〈새로운 부인〉으로 만들려고 하지 않았던 하라다의 행동을 이해하는 것은 대단히 곤란해져 버린다. 하라다를 변모시킨 이유로 생각할 수 있는 것은 무엇일까?

임신에 의한 「소녀의 매력을 가진 젊은 부인상의 실추」(다카다)가 하라다의 변모이유였다고 한다면, 하라다의 변모는 세키전게논문이 서술하고 있듯이 「어느 시대의 누구에게라도 적용할 수 있는 밀월의 종언을 나타내는 한 예에 지나지 않는」다고 말할 수 있다. 하라다와의 결혼에 이르기까지의 경위에서 확인한 바와 같이, 하라다가 오세키와 처음 만난 것은 오세키가 「열일곱」이 된 정월 7일이었다. 「옆집 작은 여자아이와 하네를 치던 중, 그 아이가 친 흰 하네가 지나가던 하라다 씨의 인력거 안으로 떨어져 그것을 오세키가 받으러 갔」던 것이다. 오이하네라는 소녀들의 놀이를 하고 있었던 막 「열일곱」이 된 소녀 오세키에게 한 눈에 반한 하라다는 신분이 맞지 않아도 좋다, 「교습」을 받지 않았어도 상관없다고 오세키의 부모님께 이야기하고 「불이 붙은 듯이 급하게 재촉하여」 오세키와 결혼한다. 집안과 집안의 결합으로 생각되어졌던 일반적인 결혼관습에 얽매이지도 않았던 하라다의 결혼은 처음부터 당시의 「결혼이야기의 일반성」에서 크게 벗어나 있었다고 말할 수 있다. 또 귀여운 소녀라는 한 가지 점에 매료되어 오세키와 결혼한 하라다를 소녀로서의 매력이 결혼할지 말지를 좌우할 정도로 중요한 요건으로 인식되지 않았던 일반 사람들과 같은 선상에 두고 논하는 것은 타당하다고 생각되지 않는다. 오세키가 소녀시절의 종말을 의미하는 임신16)에 의해서 소녀로서의 매력을 상실한 것은 하라다

---

16) 大塚英志『少女民俗学—世紀末の神話をつむぐ『巫女の末裔』—』(光文社, 1989·5)는 소녀에 관해서

에게 있어서 「밀월의 종언」뿐만 아니라 오세키에 대한 애정을 급격하게 식혀버리기에 충분한 사건이었다고 생각된다.

더 이상 귀여운 소녀로 느껴지지 않게 되자, 하라다는 지식과 센스를 겸비하여 「상담상대」가 되는 등 자신이 이상으로 생각했던 부인상을 오세키에게 요구하게 된 것은 아닐까? 여기에서 하라다는 오세키를 귀여워하는 친절한 남편에서 집을 다스리는 엄격한 가장으로 변모했다고 생각된다. 엄격한 가장으로 변모한 하라다는 오세키를 「상담상대」로 만들기 위해서 오세키가 교육으로 생각한 여학교과정의 지식과 교양, 「교습」과는 다른 하라다식의 교육을 시도한 것은 아닐까? 하라다식의 교육이란, 예를 들면 오세키에게 세상의 화제를 들려주고 그것에 관한 생각을 말하도록 하는 등, 「상담상대」에게 필요한 능력을 기르는 교육이었다고 생각된다. 그러나, 〈온나다이가쿠(女大学)〉에서 이상형으로 제시되는 여성으로, 게다가 하라다식의 교육을 받고 있다고 깨닫고 있지 않은 오세키는 하라다가 어떤 답을 요구해도 자신의 의견을 말하는 일은 없었을 것이다. 자신의 의견을 말하려고 하지 않

예전 민속사회에서 여성은 초경을 맞이한 13세 전후에 노동력으로도 아이를 낳는 「여성」으로도 충분한 한 사람의 인간으로 인지되었다. (중략)그런데 근대 소녀들은 어른이 되는 데에 「기다려」라는 요구를 받는다. 그녀들은 결국 부인이 되어 아이를 「생산」하는 운명이지만 무조건 기다리라고 한다. 즉 모든 의미에서 「생산」으로부터 제외되었다. 그것이 〈소녀〉인 것이다.

라고 서술하고 있다. 물건이나 아이의 「『생산』에서 제외된」 존재가 소녀라는 오츠카의 견해를 참고로 하면 「이사무 변신의 시기를 『장남 타로의 임신 직후』라고 하고 그 이유를 『무구성으로 이어지는 소녀의 매력을 가진 젊은 부인상의 실추』」라고 한 다카다 치나미 발언에서도 엿볼 수 있듯이 임신이 소녀시절의 종말을 의미한다고 말할 수 있을 것이다.

는 오세키를 보고 하라다는 「상담상대」로 만드는 것이 불가능하다고 낙담하고 오세키의 교육을 끈기 있게 지속하지도 않고 포기해 버렸을 것이다. 오세키가 「상담상대」등 자신의 이상형인 〈새로운 부인〉이 될 수 없다고 낙담하였을 때, 하라다는 말로 오세키를 학대하는 「요괴」같은 존재로 변모했다고 생각된다.

즉, 하라다의 변모는 소녀시절의 종말을 의미하는 임신에 의해 오세키에 대한 애정이 식어버려, 친절한 남편에서 엄격한 가장으로 변모했던 제 1단계와 하라식의 교육을 통해서 오세키를 〈새로운 부인〉으로 만들려고 했던 계획이 좌절되어 엄격한 가장에서 오세키를 괴롭히는 「요괴」와 같은 존재로 변모한 제 2단계로 구성되어 있다고 말할 수 있다. 하라다의 변모이유가 자신에게 질렸기 때문으로 하라다가 교육을 시켜준 적이 없다고 말하는 것을 보면, 오세키는 이러한 하라다의 변모를 전혀라고 할 수 있을 정도로 이해하고 있지 않다. 그렇지만, 임신에 의해서 오세키에게 소녀로서의 매력을 느끼지 못하게 되어 엄격한 가장으로 변모한 것은 제쳐두고라도 하라다가 아무런 설명도 없이 자기방식대로 교육을 시작하고 또 포기한 것은 너무나도 일방적인 행동이라고 밖에 말할 수 없다. 하라다와 오세키가 「곤란한 사이」가 된 것은 이러한 커뮤니케이션의 부족이 계속된 것에 그 원인이 있었던 것은 아닐까?

나가는 말

하라다와 이혼하면, 자신은 하라다의 학대라는 고통에서 벗어나지만, 혈연관계에 있는 주위사람들에게 고통을 안겨준다고 생각하고 있었던 오세키는 이혼을 생각할 때마다 양심의 가책을 느끼고 있었다고 생각된다. 9월 13일인 오늘밤, 더 이상 하라다의 학대를 참을 수 없게 된 오세키는 타로를 만나지 않을 결심을 하고 학대의 고통으로 양심의 가책을 억누른 후, 이혼결심을 확고히 하고 친정집을 방문한다. 그런데, 격자문 밖에서 들은 기쁜 듯한 아버지의 목소리로 인해, 오세키는 주위사람들에 대한 양심의 가책을 억누르지 못하게 되고 〈이혼결심〉과 〈타로에 대한 마음·주위사람들에 대한 양심의 가책〉이라는 두 개로 그 내면이 「분열」된 채로 부모님에게 이혼장을 부탁하게 된다. 그리고 타로와의 영원한 이별과 하라다와의 결혼에 의한 가족들의 고통을 지적받고, 또 「눈물」의 공유를 제안한 아버지의 이야기를 듣고 또다시 양심의 가책을 의식하게 되었을 때, 오세키는 이혼결심을 깨끗이 번복하는 것이다. 양심의 가책으로부터 이혼결심을 번복하고 하라다의 학대라는 고통에서 벗어날 수 없게 된 오세키는 외로움까지 느끼면서 하라다가로 돌아가게 된다. 「나의 성격을 잘 아실」 부모님이라면 이혼승낙은 그렇다고 치더라도 자신의 이야기를 이해해 주실 것이라는 기대가 오늘밤의 이야기에서 무너져 버렸기 때문에 오세키는 외로움을 느끼지 않을 수 없었다고 생각된다. 어찌할 수도 없는 괴로움과 외로움을 오세키가 받아들인 계기가 된 것은 로쿠노스케와의 재회라고 할 수 있다. 자신을 잘 아는 부모님과도 과거에 자신과 마음이 통했던 로쿠노스케와도 자신의 괴로움과 외로움을 공유할 수 없었던 오세키는 자신의 괴로움과 외로움에 관해서 누구와도 공유할 수 없는, 자신이 지고 가야 할 것으로 인식하고 받아들이게 된 것은 아닐까? 13일의 「한 점 흐리지 않은 달」아래에서 오세키는 괴로움과 외로움을 가슴 속에 간직하고 인내하면서 살아갈 수밖에 없는, 너무나도 어두운 자신의 생의 앞날을 깨달았던 것이다.

『十三夜』에서는 이혼결심을 번복하고 어두운 자신의 생의 앞날을 깨닫고 하라다가로 돌아가는 오세키에게 스포트라이트가 맞춰져 있기 때문에, 하라다 부부의 이야기는 그다지 선명하게 그려져 있지 않다. 그렇지만 하라다부부의 이야기에서 다음 세 가지 점은 상상할 수 있을 것이다. 첫째, 임신에 의해 소녀로서의 매력이 격감한 것, 하라식의 교육을 시켜보았지만 이상형이었던 〈새로운 부인〉으로 만들 수 없는 것에 차례로 실망하여 하라다가 말로 오세키를 괴롭히는 「요괴」와 같은 존재로 변모한 점이다. 둘째, 오세키가 하라다의 변모이유에 대해 전혀 알지 못하는 원인이 오세키에게만 있는 것이 아니라 변모과정에서 볼 수 있었듯이 오세키에게 아무런 설명도 하지 않고 일방적인 행동을 취한 하라다에게도 있었다는 점이다. 셋째, 커뮤니케이션의 부족이 계속되어 서로의 생각을 공유할 수 없게 된 결과, 하라다와 오세키가 「곤란한 사이」가 된 점이다. 이 세 가지 점 이외에 하라다가 마음에 들지 않는 오세키와 결혼생활을 유지하고 있는 이유 등까지 오세키의 일방적인 이야기만을 가지고 추측하는 것은 대단히 어려운 일이다. 『十三夜』의 차기작인 『この子』(『日本の家庭』1896년 1월)에서 변화하는 부부관계가 다루어진 이유가 바로 여기에 있는지도 모른다.

제6장

반대방향을 바라보는 女와 男
:『わかれ道』

들어가는 말

1896년 1월 「고쿠민노토모(国民之友)」의 부록 「藻塩草」에 발표된 『わかれ道』는 히구치 이치요의 5대명작중 하나로 (上)(中)(下)단으로 구성되어 있으며 바느질을 생업으로 하는 오쿄(お京)와 우산장인(傘職人)인 기치죠(吉三)의 이별을 그린 작품이다. 「바느질쟁이인 오쿄는 그 성격이 분명치 않아도, (이것은 아마도 본 작품의 결점일 것이다)」[1]라고 한 우치다 로안(内田魯庵)의 논평에서도 볼 수 있듯이, 오쿄의 인물상이 명확하지 않은 것은 발표당시부터 『わかれ道』의 큰 특징으로 지적되어 왔다. 명확하지 않은 오쿄의 인물상이 구상단계부터의 설정이 아니고, 미정원고를 바탕으로 최종원고를 집필하는 과정에서 이루어진 첨삭에 의해 형성된 것은 선행연구에서 이미 지적되었다.

---

1) 内田魯庵「国民之友新年附録を評す」(『読売新聞』, 1896・1・27)

치쿠마(筑摩)판 전집에 실려 있는 『わかれ道』의 미정원고[2]를 참고로 하여 최종원고를 집필하는 과정에서 이루어진 첨삭내용을 구체적으로 살펴보면 다음과 같다. 오쿄의 경우, 미정원고에서는 자신의 과거, 첩으로 가는 이유에 대해 이야기하지만, 최종원고에서는 이러한 사항에 대해 말하는 부분을 찾아볼 수 없다. 또, 미정원고에서는 첩살이를 간 후에도 지금과 같은 관계를 지속하고 싶다고 기치죠에게 말하지만, 최종원고에서는 이러한 오쿄의 희망이 삭제되어 있다. 한편, 기치죠의 경우, 미정원고에서 「너무나도 아쉬운 것은 키가 작은 것」이라고 결점으로 묘사되면서도 「보기 흉하지는 않다」, 「불쌍한 불구」라고 인식되었던 그의 작은 키가 최종원고에서는 사람들이 놀리는 원인이며 고아의 상징으로 바뀌어있다. 그리고, 미정원고에서는 사자탈을 쓰고 동냥다녔던 기치죠가 혼자서 도망쳐 나와 우산장인이 되었으나, 최종원고에서는 걸을 수가 없다고 하자 친구들이 버려두고 간 그를 오마츠(お松)가 우산가게로 데리고 가서 우산장인이 된다.

지금까지 살펴본 바와 같이, 최종원고를 집필하는 과정에서 이루어진 첨삭은 오쿄의 경우에만 국한되어 있지 않다. 기치죠와 관련된 사항까지도 첨삭작업이 이루어져 있는 것이다. 결론을 먼저 말하자면, 이러한 첨삭작업은 단순히 오쿄의 인물상을 명확하지 않게 만든 것이 아니라, 미래를 응시하는 오쿄·과거를 응시하는 기치죠라는 대립하는 두 사람의 인물상을 조형해 내었다고 생각한다.

본 논문에서는 우선 오쿄와 기치죠의 인물상을 규명한 후, 두 사람

---

2) 『樋口一葉全集』第二巻(筑摩書房, 1974)

의 인물상을 근거로 하여 (下)단에 보이는 오쿄의 이해하기 어려운 행동과 두 사람에게 이별이 찾아온 이유 등에 대해서 고찰해 보고자 한다.

1 오쿄(お京)의 인물상

여주인공인 오쿄의 인물상이 명확하지 않다는 점은『わかれ道』의 큰 특징 중 하나로 선행연구에서 종종 지적되어 왔다. 다카다 치나미 (高田知波)3)는 오쿄의 인물상에 대해서「첫째로 과거와 처지의 설정이 분명하지 않다. 오쿄에 대해 화자가 독자에게 제공한 정보는 그녀가 『올 봄 뒷골목으로 이사』온『20살이 조금 넘은 세련되고 매력 있는 여자』이고, 근처 남자들의 관심을 모으는 외모와 빼어난 실력을 가진 『바느질쟁이』라는 두 가지뿐이다」라고 지적하고 있다. 다카다논문은 『わかれ道』미정원고와의 비교를 통해서 오쿄의 과거가 명확하게 그려지지 않은 이유가「오쿄의 과거와 관련된 표현의 공백화」에 있다고 논증하였다. 또,「오쿄의 과거와 관련된 표현의 공백화」가 여주인공의 과거에 대한 독자의 상상력을 자극한다고 서술하고 있는 다카다논문은「자살이 아니고 자활(自活)의 길을 선택함으로써 자신의 의지를 관철했다고 하는 "또 하나의 결혼거부"의 선에서 오기누와 대비시켜 보는 것도 가능」하고,『十三夜』에서「남편에게 돌아가는 것을 거부한 경우의 "또 하나의 오세키"이야기를 오쿄의 과거로 읽는 것도 가능하

---

3) 高田知波「笑う女と泣く少年－『わかれ道』の位相」(『樋口一葉論への射程』, 双文社, 1997)

다」는 견해를 제시하고 있다.

한편, 오쿄가 「웃는 여자」로 등장한다는 점에 주목한다면, 『やみ夜』의 마츠카와란(松川蘭)과 같은 케이스를 오쿄의 과거로 읽는 것도 가능하다고 생각된다. 다카다논문에 의하면, 「고백이 눈물과 결합하는 것임을 체험적으로 깨달은 후에, 울지 않을 결의까지 도달」한 오쿄는 「오히려 "웃는 여자"」로 등장했다고 한다. 『やみ夜』의 오란(お蘭)은 아버지가 「사기꾼」이라는 누명을 쓰고 자살한 것과 혼자 희생이 된 아버지 덕분에 「마음 편히 봄밤의 꿈과 꽃을 보는」 다른 사람들이 「세상의 말」을 두려워하여 은혜를 갚아야할 자신에게 최소한의 「작은 배려」도 하지 않았던 것 때문에 「슬픔, 두려움, 억울함이 마음에 사무쳐서, 좋아 그렇다면 나도 아버지의 자식. 해 보일꺼야」라고 「결심」한 후, 「시간이 지남에 따라서 눈물은 가슴에 한쪽 뺨에는 웃음」을 띄우고 있었다. 전혀 눈물을 보이지 않은 것은 아니지만, 오란이 주로 눈물을 억누르고 웃음을 띄우는 여성이었던 점을 중시한다면, 이와 같은 오란의 케이스를 오쿄의 과거로 상정하는 것도 불가능하지는 않다고 생각한다. 오기누, 오세키, 오란 등 괴로운 일을 경험한 다양한 케이스의 여성을 오쿄의 과거로 읽을 수 있는 것이다.

여주인공인 오쿄를 이해하기 어렵게 만들 위험성이 있음에도 불구하고, 「오쿄의 과거와 관련된 표현」이 「공백화」된 것은 어떠한 이유에서일까? 『わかれ道』는 기치죠가 평소와 같이 오쿄를 방문하는 장면에서부터 시작한다. 이날 밤 두 사람 이야기의 중심화제는 출세(出世)이다. 두 사람의 대화중에서 「운이 트이면 (중략) 비단옷」을 만들어 주겠다고 오쿄가 먼저 약속했던 점, 그리고 기치죠가 그 약속을 다시 확

인할 때 오쿄가 부정하지 않았던 점에 주목해보고자 한다. 또, 과거에
「사자탈을 쓰고 동냥을 다녔」기 때문에 「거지의 자식」일 가능성이 높
다고 생각하여 풀이 죽어 「내가 정말로 거지의 자식이라면 누나는 지
금처럼 귀여워 해 주지 않을꺼지?」라고 말하는 기치죠에게 「내가 너
라면 천민이건 거지이건 조금도 신경쓰지 않을꺼야. 부모가 없던, 형
제가 어떻던 나만 출세하면 되는 거니까」라고 위로하는 오쿄도 주의
깊게 볼 필요가 있다.

　자신의 출세를 바라는 오쿄의 말과 기치죠에게 출세를 권유하는 오
쿄의 모습은 출세를 바람직한 것으로 인식하고 있다는 점에 있어서 모
순되지 않는다. 오쿄가 말하는 출세가 구체적으로 어떠한 것인지 분명
하지는 않지만, 일관되게 의욕적으로 말하는 오쿄의 말은 그녀의 진심
으로 보아도 지장이 없으리라 생각된다. 즉, 오쿄는 출세에 대한 꿈을
가지고 미래를 응시하는 여성인 것이다. 괴롭고 힘들었던 과거를 가지
고 있다는 점에 주목해 볼 때, 오쿄의 미래응시는 괴로운 과거에 대한
반동(反動)이었음에 틀림없다.

　오쿄가 과거에 대한 반동(反動)으로 미래를 응시하게 되었다고 한다
면, 오쿄와 화자가 그녀의 과거에 대해서 말하지 않는 이유도 명확해
진다. 오쿄의 과거는 그녀에게 있어서 이야기도 할 수 없을 정도로 괴
로운 것이 아니었을까? 그렇기 때문에 오쿄는 과거에 대한 모든 것을
가슴에 묻고 말하려 하지 않는 것이라고 생각된다. 「오쿄에 대해서는
대사와 몸짓, 표정 밖에 소개 하지 않는다는 방침을 엄격히 지키고」[4]

---

4) 高田知波「笑う女と泣く少年—『わかれ道』の位相」(주 3에 전게)

있는 화자도 오쿄가 자신의 과거에 대해 언급하고 있지 않기 때문에 그녀의 과거에 대해 말하지 않는다고 판단된다.

2 기치죠(吉三)의 인물상

기치죠의 과거는 오쿄에 비해 비교적 명확하게 그려져 있다. 사자탈을 쓰고 동냥다녔던 기치죠는 오마츠(お松)의 호의로 「6년 전」에 우산가게에 온 뒤, 「신아미(新網)에 돌아가는 것이 싫으면 이 집에 뼈를 묻겠다는 생각으로 열심히 일해야 한다」는 오마츠의 말을 따라서 노력한 결과, 지금은 「어른 세 사람 몫을 혼자 맡아서 콧노래를 불러가며 해 내는 실력」을 가진 우산장인이 되었다고 한다. 능력 있는 우산장인이 된 기치죠는 「나이는 열여섯이지만 (중략) 열하나나 둘」로 보이는 작은 키 때문에 사람들로부터 「잇슨보시(一寸法師)」라고 불리고 있다.

기치죠의 작은 키에 대해 「유소년기부터 계속된 만성적인 영양부족에 의한 성장부진」이라고 해석하는 논고5)도 있다. 하지만, 기치죠가 12살이 되던 해에 오마츠를 잃고 그의 주위에 「마음에 들지 않는 사람」밖에 없었던 것과 관련하여 「짜증으로 근육과 뼈가 줄어들었는가」라고 한 화자의 설명을 중시한다면, 기치죠는 「12살까지는 나이에 걸맞는 키의 소년」이었지만 「오마츠의 죽음을 계기로 신체발육이 정지해 버렸다」6)라는 의견에 동의하지 않을 수 없다.

---

5) 山本欣司「出会わない言葉の別れ—『わかれ道』を読む—」(『論集樋口一葉』, おうふう, 1996)

기치죠의 작은 키가 후천적인 성장부진이었다고 한다면, 그 원인은 무엇이었을까? 「우산가게의 전주인」인 오마츠는 「배포가 크」며 「혼자서 재산을 일군 여자 씨름꾼 같은 할머니」였다고 소개되고 있다. 여자이면서 집안에서 남자의 역할도 하고 있었던 오마츠는 다카다논문이 지적하고 있듯이 「양성구유적인 성격」의 소유자였다고 말할 수 있을 것이다[7]. 이러한 오마츠가 「기치야 기치야」라고 「정성」을 다함으로써, 기치죠는 처음으로 가족, 특히 부모의 사랑을 알게 된 것은 아니었을까? 발이 아파 걸을 수 없다고 하자 못된 친구가 버려두고 가고, 우산가게에 온 후에도 사자탈을 쓰고 동냥다녔던 무리의 「우두머리가 시끄럽게 항의해 온」 일이 없었던 것으로 보이는 등, 동냥다녔던 시절의 기치죠는 따뜻하게 자신을 대해준 사람이 없어서 사랑이라는 것을 몰랐으며, 받아 본 적도 없었던 것 같다. 동냥다녔던 시절에 가족의 사랑을 받을 수 없었던 환경에 있었다고 해도 그것은 가족의 사랑을 모르는 기치죠에게 아무런 고통도 아니었을 것이다. 하지만, 우산가게에 온 후, 오마츠를 통해서 가족의 사랑을 알게 되고 그 사랑을 받아온 기치죠에게 있어서 「오마츠의 죽음」은 애정을 받을 수 없게 된 충격적인 사건이었음에 틀림없다. 아무리 원해도 애정을 주는 존재가 없는 환경은 가족의 애정을 알아 버린 기치죠가 짜증을 낼 정도로 참을 수 없었던 듯하다. 즉, 자신에게 정성을 다한 오마츠를 통해 처음으로 가족(親)의 사랑을 알게 된 기치죠가 그 사랑을 상실한 것이 후천적인 성장부진의 원인이었다고 말할 수 있을 것이다.

---

6) 高田知波「笑う女と泣く少年－『わかれ道』の位相」(주 3에 전게)
7) 高田知波「笑う女と泣く少年－『わかれ道』の位相」(주 3에 전게)

　신체발육이 정지한 이와 같은 경위로부터, 「잇슨보시」라는 별명은 기치죠가 가족의 사랑을 상실한 것을 상징하고 있음을 알 수 있다. 또, 「잇슨보시」라는 별명은 기치죠의 불분명한 출생의 상징으로도 쓰이고 있다. 우산가게의 친구는 기치죠의 작은 키를 「기치죠, 넌 부모님 제사날에 고기를 먹었을꺼야. 모습을 봐. 돌고 도는 술래」라고 놀린다. 많은 선행연구에서도 지적되고 있듯이 이 말이 아이들의 유희가(遊戱唄)인 「돌고 도는 술래는 왜 키가 작아? 부모님 제삿날에 고기를 먹어서 그래서 키가 작아」(喜多村信節『嬉遊笑覽』卷六下)의 변형임을 고려한다면, 기치죠의 별명은 명확하지 않은 그의 출생을 상징하고 있음이 분명하다.

　이처럼 기치죠가 과거와 밀접하게 관련된 「잇슨보시」라는 별명으로 불리는 것은, 그의 현재가 과거의 영향을 계속하여 받고 있다는 것을 의미한다고 할 수 있을 것이다.

　출세를 원하는 오쿄와 대조적으로 기치죠는 「나 따위가 출세는 바라지 않아」「나는 어떤 일이 있어도 출세 같은 건 안 할꺼야」라고 말하는 등, 출세를 원하지 않는 인물로 그려지고 있다. 선행연구에서는 기치죠가 출세를 거부하는 이유로 사자탈을 쓰고 동냥다녔던 그를 우산가게로 데리고 와서 일을 시키며 거두어 준 「오마츠에 대한 의리, 보은」,[8] 또는 출세로 인한 「오쿄와의 이별」[9] 등을 들고 있다.[10] 하지만,

---

8) 橋口普作「『わかれ道』とその作品」(『解釈』, 1989・12)
9) 愛知峰子「『わかれ道』論——一葉のふねのうきよ也けり—」(『国文学 解釈と鑑賞』, 1995・6)
10) 하시구치, 아이치 이외에 기치죠의 출세거부 이유에 대해 「이미 최하층에서 장인계급으로 상승한 기치죠가 이 이상『출세』를 바라는 것은 본의가 아니

이와 같은 이유로 기치죠가 출세를 거부하고 있다고 한다면, 현재 일하고 있는 우산가게에서의 출세 – 예를 들면, 최고의 장인(親方) 등 – 도 있을 터인데 기치죠가 우산가게에서의 출세조차도 바라지 않는다고 하는 것은 쉽게 납득이 가지 않는다.

기치죠는 우산가게 주인을 「정말로 우리집 자린고비, 시끄러운 잔소리만 하고 사람 부리는 법을 몰라」라고 평가하고 그 아들 한지(半次)에 대해 「아주 불쾌하게 돼 먹어서는 잘난 척하는 데에는 비할 데가 없는 놈」이라고 노골적인 말을 서슴치 않으며 「무슨 일이 있을 때마다 싸움을 걸어서 끽소리 못하게 해 준다」고 한다. 주인이 싫어도 출세를 위해서 인내하고 노력하는 모습은 전혀 찾아볼 수 없는 것이다. 자신의 감정을 숨김없이 표현하는 「무법자」 기치죠는 「어른 세 사람 몫」을 혼자서 해내는 실력을 가지고 있지 않았다면, 출세는 고사하고 이미 우산가게에서 쫓겨 났을지도 모른다.

우산가게에서의 출세는 「오마츠에 대한 의리, 보은」에 어긋나지도 않고, 「오쿄와의 이별」을 걱정하지 않아도 된다. 그럼에도 불구하고, 기치죠가 우산가게에서의 출세조차도 완강히 거부하는 것은 어떤 이유에서일까? 기치죠는 「어차피 기름칠 할 팔자로 태어났을 테니까」「우산가게에서 기름칠 하는 것」이 자신에게 어울린다고 한다. 이처럼 출

다. 『우산가게에서 기름칠하는 것이 가장 좋아』라는 말은 마음 깊숙한 곳에서 나온 기치죠의 본심」이라고 논하고 있는 関礼子「貧者の宵―『わかれ道』」(『語る女たちの時代――一葉と明治女性表現』, 新曜社, 1997)의 견해도 있다. 하지만, 오쿄에게 출세를 권유받고 「나는 아무튼 안 돼. 무엇을 하려고도 생각하지 않아 라며 고개를 떨구고 얼굴을 보여주지 않았던」 기치죠의 풀이 죽은 모습을 보면, 기치죠의 출세거부가 자신의 분수를 생각한 결과가 아닌 것은 분명하기 때문에 세키논문의 견해에는 동의하기 어렵다.

세를 출생과 관련지어 생각하는 기치죠가 출세를 거부하는 것은 자신의 출생이 명확하지 않기 때문으로 보인다. 자신의 출생에 대해 현재 자신의 직업을 근거로 하여 추측으로 밖에 말할 수 없는 기치죠는 자신의 출생을 모른 채, 우산가게의 일이 아무리 재미가 없어도 현재의 상황을 개선하기 위해서, 출세하기 위해서 어떠한 것도 할 수 없었다. 그렇기 때문에 기치죠는 오쿄에게 출생을 개의치 말고 출세하라는 말을 들었을 때, 「나는 아무튼 안 돼. 무엇을 하려고도 생각하지 않아」라고 대답했던 것이다.

기치죠의 현재가 「잇슨보시」라는 별명으로 과거와 결부되어 있으며, 미래는 그의 의식 안에서 과거와 단단히 결부되어 있다고 말할 수 있을 것이다.

자기 부모에 대해 궁금해 하는 기치죠는 계속 자기 앞에 가족이 나타나기를 기다리고 있다. 기치죠가 가족의 출현을 간절히 바라는 것은 다음의 두 가지가 가능해지기 때문이라고 생각된다. 첫째, 가족의 출현으로 기치죠는 자신의 출생이 분명해지리라고 생각하고 있을 것이다. 둘째, 가족이라는 존재에 「친절한 말」을 해주는 사람이라는 플러스 이미지를 가지고 있는 기치죠는 가족의 출현에 의해 가족의 따뜻한 사랑을 받을 수 있게 될 것이라고 기대하고 있을 것이다.

기치죠는 오마츠를 통해 가족의 사랑을 알았지만, 오마츠의 사랑은 기치죠가 우산가게에서 열심히 일하는 것이 필수조건이었다. 오마츠에게 받은 사랑을 기치죠가 우산가게에서 열심히 일하는 것으로 보답하면, 오마츠는 기치죠가 열심히 일한 대가로 그에게 사랑을 주는 일이 두 사람 사이에서 계속 반복되었을 것이다. 오마츠가 살아 있었을 때는 이 순환고리가 끊어지는 일이 없었기 때문에 기치죠는 오마츠의 사랑에 불만을 가지지 않았다고 보여진다. 그러나, 오마츠가 세상을 떠난 후 상황은 급변한 듯하다. 오마츠의 역할을 해 주어야 했던 지금의 주인은 기치죠가 열심히 일을 해도 오마츠와 같이 사랑을 주지 않고, 일에 있어서 기치죠보다도 실력이 뒤떨어지는 아들 한지를 더 귀여워 한 것은 아니었을까? 오마츠를 잃고 애정에 굶주려 있던 기치죠에게 이런 상황은 당연히 불만이었을 것이다. 기치죠가 지금의 주인을 「사람부리는 법을 몰라」라고 평가하고 한지에 대해서도 호의를 갖지 않는 것은 애정에 대한 불만이 그 원인이었던 것은 아닐까? 애정에 굶주려 있었기 때문에 기치죠는 지금의 주인을 주시하고 있었을 것이고, 그 결과 부모가 열심히 일하는 것을 필수조건으로 하지 않고 아이에게 애정을 쏟는 존재라고 믿게 되었다고 추측된다. 따라서, 그 후 기치죠는 가족만 만나게 되면 열심히 일하는 조건을 충족시키지 않아도 오마츠에게 받은 가족의 사랑을 받을 수 있을 것이라 기대하게 되었다고 생각한다.

기치죠의 현재와 미래가 그의 과거에 결부되어 있고 기치죠의 관심이 자신의 출생을 명백히 하려는 점과 과거에 받았던 사랑을 다시 받을 수 있는 가족의 출현에 집중되어 있는 점으로 미루어 볼 때, 기치죠는 과거를 응시하는 존재라고 말할 수 있을 것이다.[11]

---

11) 기치죠가 가족의 출현을 기다리는 것은 과거응시가 아닌 미래응시라고 말할 수도 있다. 그러나, 기치죠가 가족의 출현을 바라는 이유(자신의 출생이라는 과거가 분명해지고 예전에 오마츠에게 받은 사랑을 다시 받을 수 있다는 점)를 살펴보면, 기치죠의 경우, 가족의 출현을 기다리는 것을 단순히 미래응시라고 단정할 수는 없다고 생각한다.

3 오쿄를 대하는 기치죠의 태도

과거와 함께 첩이 되기로 한 이유와 동기를 포함한 현재의 심경이 오쿄를 둘러싼 또 하나의 커다란 공백을 형성하고 있는 점 역시 지금 까지 많이 논의되어 온 문제점 중 하나이다. 12월 30일, 오쿄가 길에 서 우연히 만난 기치죠에게 다음날 이사하는 사실을 알리는 장면에서 오쿄의 말과 행동은 일관성 없이 계속하여 바뀐다. 따라서, 이 장면에 서 보이는 오쿄의 말과 행동으로 첩이 되기로 한 이유와 동기는 물론 이며, 오쿄가 첩으로 가게 된 것을 기뻐하는지 아닌지, 오쿄자신이 스 스로 결정한 것인지 아닌지도 판단하기 어렵다.

오쿄의 말과 모습만으로 첩살이의 이유, 동기를 추측할 수 없기 때 문에 일부의 선행논문은 그녀의 말과 주변정보를 이용하여 첩살이와 관련된 공백을 메우려고 시도하였다. 예를 들면, 오쿄는 「『첩이 되는』 것을 『대단한 운』이라고 생각하고 있었기」 때문에 첩살이를 결정하였 다고 하는 논고,12) 「백부(伯父)」 때문에 자신을 희생하여 첩살이를 결 정하였다고 보는 논고13)가 있다. 한편, 「마음먹은 것을 자기도 모르게

---

12) 山本欣司「出会わない言葉の別れ—『わかれ道』を読む—」(주 5에 전게)는 「『첩이 되는』것을 『대단한 운』으로 받아들이고 있었던 오쿄는 설령 그것이 만인이 수긍하는 선택이 아니었다고 해도 적극적으로 자신의 인생으로 선택 했던 것은 아닐까」라고 논하고 있다. 하지만 사람들이 「어째서 저 얼굴로 바 느질만 할 수 있겠는가」라고 말할 정도의 미모를 가지고 있는 오쿄에게 첩살 이의 기회는 이전에도 있었을 것이다. 그녀가 첩을 출세라고 생각했었다면, 왜 전에는 첩으로 가지 않았는지 의문으로 남는다.

13) 백부가 「첩살이를 주선한」 것은 「노후를 조카에게 부탁하려고 했기 때문」이 고, 그것을 「오쿄 본인이 가장 잘 알고 있었을 것」이라고 논한 滝藤満義「わ かれ道」(〈現代文研究シリーズ17〉『樋口一葉』, 尚学図書, 1987)는 오쿄가

이야기하고」라고 하는 오쿄의 속마음을 알고 표현한 듯한 화자의 말을 근거로 하여 「재양치는 일이 지겨워져서 차라리 더러운 비단옷을 입고 이 세상을 살아가려고 생각해」라는 말을 오쿄의 본심이라고 보는 논고도 있다.14) 오쿄의 공백을 메우려고 한 이러한 견해가 첩살이의 이유, 동기일 가능성은 충분히 있지만 단정짓기는 어렵다고 말하지 않을 수 없다.

이처럼 오쿄의 현재 심경까지도 알기 어렵게 되어 있는 것은 현재

백부의 노후를 위해 희생이 되었다고 보고 있다 한편, 愛知峰子「『わかれ道』論——葉のふねのうきよ也けり—」(주 9에 전게)는 「백부」가 첩살이를 주선해 주었다고 하는 점과 「12월 30일 이라는 날짜」에 주목하여 「백부의 금전적 궁핍」을 돕기 위해 오쿄가 어쩔 수 없이 「자신의 몸을 희생」하여 첩이되기로 결심했을 것이라고 예상하고 있다. 하지만, 이 「백부」는 오쿄와 혈연관계가 없는 「아저씨(小父さん)」라고 보는 和田芳恵〈日本近代文学大系8〉『樋口一葉』(角川書店, 1970), 岡保生『全集樋口一葉』小説編二(小学館, 1979), 木村真佐幸『樋口一葉』(おうふう, 1980), 高田知波「笑う女と泣く少年—『わかれ道』の位相」(주 3에 전게)의 초고를 배제한 해석도 있다.「백부(伯父さん)」가 오쿄의 육친이라는 것을 증명할 수 없는 한, 첩이되기로 한 이유가 백부를 위해서 라고는 보기 어려울 것이다

14) 「바느질 일이 지겨워져서 차라리 더러운 비단옷을 입고 이 세상을 살아가려고 생각해」라는 말이 오쿄의 본심이라고 해석한 논고에는 河村清一郎「わかれ道」(『国文学 解釈と鑑賞』, 1986・3), 山崎真紀子「すれ違う物語—『わかれ道』論」(『樋口一葉を読みなおす』, 学芸書林, 1994), 杉崎俊夫「わかれ道」(『国文学 解釈と鑑賞』, 1995・6)등이 있다. 「마음먹은 것을 자기도 모르게 이야기하고」에 관해서 高田知波「笑う女と泣く少年—『わかれ道』の位相」(주 3에 전게)는 이 말이 「최종원고 단계에서 (중략) 새롭게 추가된」부분임을 밝힌 후, 「오쿄에 대해서는 대사와 몸짓, 표정 밖에 소개 하지 않는다는 방침을 엄격히 지켜온 화자가 이 한 부분만 오쿄의 마음을 나타내는 표현을 삽입한 것은 오쿄의 내면을 명시하기 위함이 아니라 오히려 진의를 용화하려는 의도가 짙게 깔려있다고 생각된다」라고 논하고 있다. 화자의 말이 진실이라고 단정 지을 수 없다면, 「『더러운 비단옷』발언만을 가지고 오쿄의『본심』을 논하는」것은 다카다논문이 지적하는 것처럼 「이 작품의 정당한 해석이 아닐」것이다.

의 심경이 과거와 밀접한 인과관계를 형성하고 있는 데에 그 이유가 있다고 생각된다. 현재의 심경을 말하는 것은 과거에 있었던 일까지 말하지 않으면 안 될 가능성을 내포하고 있다. 그 때문에 과거의 일을 일체 말하려 하지 않는 오쿄는 현재의 심경까지도 봉인하고 말하려 하지 않는다고 판단된다. 그렇다면, 언제나 일을 마치고 오쿄를 찾아와 이야기를 나누는 기치죠는 과거의 일은 물론 현재의 심경도 말하지 않고 미래를 응시하는 오쿄를 어떻게 대하고 있는 것일까?

(上)단에 「누나는 옛날에 높은 신분이었다고 하니까, 곧 큰 행운이 마차를 타고 모시러 올 꺼야」라고 출세를 확신하는 기치죠의 말을 듣고 오쿄가 「그래. 마차 대신 불차가 오겠지. 아주 애타는 일이 있으니까」라고 대답하는 장면이 있다. 오쿄는 「마차 대신 불차」라고 의식적으로 말을 바꾸고, 「아주 애타는 일이 있으니까」라는 이유까지 덧붙이고 있다.

재치 있게 넘긴 오쿄의 대답은 추상적이어서 기치죠가 이 대답을 이해하기는 어려웠을 것이다. 따라서 기치죠는 왜 마차가 아니고 불차인지, 애타는 일은 어떠한 것인지 오쿄에게 설명을 요구하지 않으면 안 되었다. 그러나 기치죠는 오쿄의 대답에 아무런 반응도 보이지 않은 채 떡을 굽는 일로 화제를 전환해 버린다. 기치죠가 오쿄의 대답에 아무런 반응을 보이지 않은 이유로 「그래」라는 말만 듣고 오쿄가 자신의 의견에 동의했다고 생각하여 오쿄의 대답에 귀를 귀울이지 않았다거나, 혹은 마차와 불차의 차이를 깨닫지 못했을 가능성을 생각할 수도 있다. 그러나 오쿄의 대답이 「마차 대신 불차가 오겠지」라는 미래에 대한 추측인 점에 그 이유가 있는 것은 아닐까? 과거를 응시하는 기치죠가 과거와 아무 관련도 없는 막연한 미래를 이야기하는 오쿄의 대답에 흥미를 갖지 않을 가능성은 충분히 있다고 생각하기 때문이다.

첩으로 가게 되었다는 말을 들은 12월 30일에도 기치죠가 오쿄에게 적극적으로 질문하는 일은 없었다. 기치죠는「어떤 출세가 될지 모르겠지만 그 집에 가는 것은 그만 두는 것이 좋을꺼야. (중략) 그렇게 바느질 솜씨가 좋으면서 왜 시덥지 않은 그런 일을 벌이는 거야? 너무 한심하지 않아? 그만둬, 그만둬, 거절해 버려」라고 말 할 뿐이었다.「왜 시덥지 않은 그런 일을 벌이는 거야?」라는 질문으로 생각되는 말도 보이지만, 여기에서 기치죠의 대사는「그 집에 가는 것은 그만 두는 것이 좋을꺼야」에 중점이 놓여져 있다. 오쿄의 말과 행동을 근거로 첩이 되기로 한 이유와 동기를 파악하기 어려운 상황에서도 기치죠는 오쿄의 사정을 알려고 하지 않는다.「누나가 떠나면 재미있는 일은 하나도 없어」라는 발언에서도 볼 수 있듯이 기치죠는 오쿄를 떠나지 못하게 붙잡아서 1년이 채 안 되는 기간 동안 계속되어 온 즐거운 시간을 지속하려고 할 뿐이다. 오쿄의 집에 도착한 후에도 기치죠는「나에게 조금 잘 해주는 사람은 곧 안 좋은 일이 생겨 버려. (중략) 할머니는 중풍에 걸려 죽고, 오기누씨는 시집가기 싫다고 뒷우물에 뛰어내려버렸어. 누나는 인정머리 없이 나를 버리고 가려해」라며, 과거를 응시하는 자세를 바꾸지 않는다.

기치죠는 미래를 응시하는 오쿄에게 과거를 응시하는 자세로 대해 왔던 것이다.

4 기치죠를 대하는 오쿄의 태도

12월 30일에 보이는 오쿄의 행동에는 몇 가지 이해하기 어려운 점이 있다. 이 문제를 고찰하기에 앞서, 기치죠에게 오쿄가 어떠한 존재인지, 또 오쿄에게 기치죠가 어떠한 존재인가에 대해서 검토할 필요가 있을 것이다.

우선, 기치죠에게 오쿄가 어떠한 존재인가부터 살펴보기로 하자. 「욕심많은 누나를 친누나처럼 생각했던 것이 억울해」라는 발언, 그리고 자신을 귀여워 해준 오마츠, 오기누와 함께 오쿄를 열거하고 있는 점으로 볼 때, 기치죠가 오쿄를 부모, 누나 등의 보호자와 같은 존재로 생각하고 있음을 알 수 있다. 하지만, 우산가게의 장인들이 「오한(お半)의 등에 업힌 쵸우에몽(長右衛門)」이라고 놀리는 말을 듣고 남녀의 에로스를 연상한 듯한 기치죠가 「대머리」처럼 오쿄에게 추파를 던지지 않기 때문에 오쿄가 자신을 소중히 여긴다고 주장하는 장면을 보면 기치죠가 오쿄를 이성으로 의식하는 일은 없는 듯하다.15)

---

15) 기치죠에게 있어 오쿄가 어떠한 존재인가에 대해 선행연구에서는 다양한 의견이 제시되고 있다. 그 중에서 몇 가지 예를 들면, 다음과 같다. 橋本威「『わかれ道』―発想の観点から―」(〈近代文学研究叢刊1〉『樋口一葉作品研究』, 和泉書院, 1990)는 누나와 같은 사람이고 기치죠의 「마음 속」에 오쿄에 대한 「〈연정〉을 상정하는 것」도 가능하다고 논하고 있다. 한편 小森陽一, 藤井貞和는「共同討議 樋口一葉の作品を読む : わかれ道」(『国文学 解釈と教材の研究』, 1984·10)에서 기치죠에게 있어 오쿄는 「누나」라고 발언하고 있다. 千田かをり「『わかれ道』論―お京の言説をめぐって―」(『論集樋口一葉』, おうふう, 1996)도 고모리, 후지이와 같은 의견을 제시하고 있다. 그리고 高田知波「笑う女と泣く少年―『わかれ道』の位相」(주 3에 전게)는 「"환영의 어머니"에 대한 사모의 마음을 베이스로 한 형태로 오쿄는 그의 마음속에 오로지 성스럽게 미화된 존재」라고 하였으며 木村真佐幸「『わかれ道』の

그렇다면, 오쿄에게 기치죠는 어떠한 존재일까? 우산가게 장인들에게 했던 기치죠의 이야기 안에 오쿄가 잠옷차림으로 나와서 문을 열고 기치죠를 집안으로 들어오도록 했다는 에피소드가 삽입되어 있다. 만약, 오쿄가 기치죠를 이성으로 의식했다고 한다면, 부끄러움을 느껴 잠옷차림으로 문을 열지는 못했을 것이다. 한편, 오쿄가 이웃사람으로 기치죠를 대해 왔다고 분석하는 논고도 있다.[16] 그러나 『わかれ道』의 가장 마지막 부분인 두 사람이 헤어지는 장면에서 오쿄가 「뒤에서 껴안으며」 기치죠를 붙잡은 것을 보면, 오쿄에게 기치죠는 단순한 이웃이 아닌 소중한 존재임이 분명하다. 이성은 아니지만 소중한 존재라고 한다면, 「난 정말로 친형제라고 생각하는걸」이라는 말에서도 알 수 있듯이 동생과 같은 존재였다고 생각된다.

기치죠가 오쿄를 보호자와 같은 존재로, 오쿄는 기치죠를 동생과 같은 존재로 생각하고, 두 사람은 친밀한 관계를 지속해 왔던 것이다. 이러한 두 사람의 관계를 생각하면, 12월 30일에 보이는 오쿄의 행동에는 이해하기 어려운 4가지 문제점이 있다.

첫째, 오쿄가 기치죠에게 이사하는 사실을 사전에 말하지 않은 점이다.

周辺—人物形象化と虚実の背景—」(『札幌大学教養部紀要』, 1988・3), 北川秋雄「『わかれ道』論—邦子という補助線」(『一葉という現象—明治と樋口一葉』, 双文社, 1998)은 주로 이성으로 기치죠가 오쿄를 생각하고 있었다고 보고 있다. 그 외에 기치죠에게 있어 오쿄가 누나, 어머니, 이성의 복합적인 이미지를 가진 존재라고 논하고 있는 山崎真紀子「すれ違う物語—『わかれ道』論」(주 13에 전게)도 있다.

16) 오쿄가 단지 이웃인 「우산가게 사람」으로 기치죠를 대해 왔다고 분석하는 논문으로 山崎真紀子「すれ違う物語—『わかれ道』論」(주 13에 전게), 北川秋雄「『わかれ道』論—邦子という補助線」(주 14에 전게) 등을 들 수 있다.

기치죠는 오쿄가 이사하는 사실을 그저께(12월 28일) 한지에게 전해 들었다고 한다. 주인집인 우산가게에 이사하는 사실을 알릴 정도라면, 오쿄는 기치죠에게 미리 이 사실을 말하는 것도 충분히 가능했을 것이다. 오쿄가 이사전날까지 기치죠에게 말하지 않은 것은 기치죠가 오쿄를 생각하는 것만큼 오쿄가 기치죠를 생각하지 않기 때문이라고도 해석할 수 있다. 하지만, 오쿄는 오히려 친밀한 사이이기 때문에 말을 꺼내지 못한 것은 아닐까? 자기가 이사를 해 버리면 기치죠가 앞으로 말상대도 없이 얼마나 외롭게 지낼지 오쿄는 알고 있었을 것이다. 그 때문에 오쿄는 이사하는 사실을 털어놓지 못하고 있었다고 생각된다.

둘째, 이사 가는 사실을 털어놓으려고 하는 오쿄가 기치죠의 눈을 가리고 「소리죽여 웃는」 등, 이상하게 보일 정도로 들떠 있는 점이다. 「방한용 쓰개를 눈 밑까지 내려쓰고 안팎의 빛깔과 무늬가 반대되게 이중으로 짠 천으로 만든 하오리를 입고 평상시와 달리 잘 꾸민 모습」이었다고 하는 이날의 차림새로 보아 오쿄는 첩살이에 관한 이야기를 최종적으로 마무리 짓고 돌아오는 길에 기치죠를 만난 듯하다. 따라서, 오쿄의 들뜬 모습을 일이 무사히 마무리 된 것을 기뻐하는 「마음의 격양」이라고 해석하는 논문도 있다.[17] 그러나, 만약 오쿄가 첩의 지위를 출세라고 생각하고 무사히 일이 마무리 된 것을 기뻐했다면, 기치죠 앞에서 오히려 그 기쁨을 자제했을 것이다. 기치죠가 자신이 떠나고 난 후 얼마나 힘들어 할지 알고 있는 오쿄가 기치죠 앞에서 기쁜 마음을 한껏 표출했으리라고는 생각하기 어렵기 때문이다. 이날 밤

---

17) 山本欣司「出会わない言葉の別れ─『わかれ道』を読む─」(주 5에 전게)

오쿄의 들뜬 행동은 〈격양된 마음〉이라기보다 오히려 〈침울한 마음〉을 숨기기 위한 행동으로 해석되어야 할 것이다. 오쿄가 받아들이고 싶지 않은 첩살이를 받아들일 수밖에 없었다고 한다면, 자신의 기분을 감추기 위해, 자신의 마음을 기치죠가 알아채고 슬퍼하지 않도록 일부러 들뜬 행동을 했을 가능성은 충분히 있다고 생각한다.

셋째, 첩살이를 반대하는 기치죠를 이해시키기 위해서는 첩이되기로 한 이유, 동기를 설명하는 것이 무엇보다도 좋은 방법임에도 불구하고, 오쿄가 그 이유, 동기를 설명하지 않는 점이다.

첩이 되기로 한 이유와 동기는 첩이 될지를 결정할 때에 생각했던 것이다. 이미 첩이 되겠다고 결정한 오쿄에게 그 이유와 동기는 큰 의미를 가지지 않는 과거에 불과한 것은 아닐까? 과거에 대해 말하는 것을 좋아하지 않는 오쿄에게 첩이 되기로 한 이유, 동기를 설명하고자 하는 모습이 보이지 않는 것은 당연한 일일지도 모른다.

넷째, 자신의 불행한 처지와 오쿄에 대한 실망감을 늘어놓고 작별인사를 한 뒤 돌아가려하는 기치죠를 오쿄가 뒤에서 껴안으며 붙잡는 점이다.

뒤에서 껴안는 행동은 분명 남녀 간의 포옹을 연상시키는 행동임에 틀림없다. 따라서, 기치죠를 이성으로 생각하지도 않으면서 뒤에서 껴안으며 기치죠를 붙잡는 오쿄의 행동은 이해하기 어려운 점 중 하나라고 말하지 않을 수 없다. 오쿄는 기치죠의 슬픔에 찬 탄식을 듣고 기치죠를 이대로 돌려보내면 기치죠가 깊은 절망에 빠질 것을 직감하고 그 절망감을 덜어주고 싶다고 생각했을 것이다. 오쿄는 자신에 대해서 「거짓말쟁이, 사기꾼」이라고 한 기치죠가 더 이상 자신의 말을 신뢰하지 않는 것을 알고 있다. 그 때문에 오쿄는 위로의 말 대신 신체접촉으로 기치죠를 위로하고 있는 것이다. 뒤에서 껴안으며 기치죠를 붙잡은 오쿄의 행동은 미래를 응시하는 오쿄에게 어울리는 행동이었다고 생각되어진다.

이와 같이 12월 30일에 보이는 오쿄의 행동이 이해하기 어려운 것은 오쿄가 동생과 같이 여기는 기치죠에게 미래를 응시하는 자세로 대한 것에 그 원인이 있다고 말할 수 있을 것이다. 미래를 응시하는 오쿄의 말과 행동에 기치죠는「그러면, 첩살이 가는 것 그만둘 꺼예요?」라는 질문으로 응한다. 기치죠의 질문은 오쿄와 즐겁게 보낸 과거를 응시하는 것임에 틀림없다. 마지막까지 미래를 받아들이지 않고 과거에 집착하는 기치죠에게 오쿄도「그건 모처럼의 부탁이지만 들어 줄 수 없구나」라고 대답하고 미래를 응시하는 자세를 바꾸려 하지 않는다.

이 둘의 대화는 오쿄와 기치죠가 각각 미래와 과거라는 정반대의 방향을 바라보고 있음을 보여주고 있다. 또 동시에 미래를 응시하는 오쿄에게 기치죠가 과거를 응시하는 자세로 대하고, 과거를 응시하는 기치죠에게 오쿄가 미래를 응시하는 자세로 대하는 것도 보여주고 있다. 단 한번, 두 사람은 같은 방향을 바라본 적이 있다. 가족의 존재를 모르는「외로움을 반복」해서 말하는 기치죠에게 오쿄가「비단으로 된 부적주머니와 같은 증거는 없는거야? 뭔가 단서는 있을 것 같은데」라고 질문했을 때이다. 기치죠가 응시하는 과거를 오쿄도 함께 바라보았던 것이다. 하지만,「아니야. 그렇게 좋은 단서는 있을 리도 없어」라는 기치죠의 대답을 듣고 오쿄는 금새 그 시선을 기치죠의 과거에서 미래로 옮겨「출세(出世)」를 권유한다. 이 순간을 제외하고 두 사람이 같은 방향을 바라본 일은 없었던 것이다. 정반대의 방향을 바라보면서 상대방의 방향을 함께 시간적인 여유를 가지고 바라보려고 하지 않는 두 사람에게 이별은 이미 준비되어 있었다고 생각한다.

나가는 말

미래를 응시하는 오쿄와 과거를 응시하는 기치죠 사이에 이미 준비되어 있었던 이별은 「제 어깨에서 이 손을 떼어주세요」라는 기치죠의 요구를 오쿄가 받아들임으로써 성립하였을 것이다. 대조적인 두 사람의 인물상은 서로의 존재를 부각시키고 있다고 할 수 있다. 그중에서도 미래를 응시하는 오쿄는 『わかれ道』이전의 이치요작품에 등장하였던 히로인들과는 다른 존재인 듯하다. 이전의 히로인들은 주로 자신의 과거를 바라보는 존재였기 때문이다.

예를 들면, 『うつせみ』에는 약혼자가 있는 것도 모르고 자신에게 사랑의 감정을 느끼고 있었던 우에무라(植村)가 자살한 것을 자신의 책임이라고 자책한 끝에 정신이상을 초래했다고 보여지는 유키코(雪子)가 그려져 있다. 『にごりえ』에는 3대를 이어 내려오는 숙명에 대해 고민하는 오리키(お力)가 에 등장한다. 이처럼 과거를 짊어지고 살아가는 여성들이 있는 한편, 과거를 그리워하는 여성과 과거를 반성하는 여성도 보인다. 『軒もる月』의 오소데(お袖)는 자신이 모시던 주인에게 총애를 받고 상류사회의 생활에 젖어있던 하녀시절을 직공의 아내가 된 지금도 잊지 못하고 있다. 또, 『十三夜』의 오세키(阿関)는 남편에게 언

어학대를 당하는 괴로운 상황에서 「시집가지 않았던 옛날」을 떠올리
곤 했다. 과거를 그리워했던 그녀들과는 대조적으로 『この子』의 지츠
코(實子)는 아이가 태어나기 전 자신이 저지른 행동을 반성−진심에서
우러나온 반성이던 아니던−하는 여성으로 그려지고 있다. 이처럼 이
치요의 작품에서 많은 히로인들의 시선은 과거를 향해 있었던 것에 비
해 오쿄의 시선은 미래를 향하고 있는 것이다. 이 점에 있어서 오쿄는
지금까지의 이치요 작품의 히로인들과 크게 다른 존재라고 할 수 있을
것이다.

제7장

여성의 무력
:『われから』

들어가는 말

『われから』는 1896년 5월 『문예구락부(文芸倶樂部)』에 발표되었다. 이치요의 마지막 소설작품으로 미정원고의 양이 많은 것으로도 유명한 작품이다. 전 13장으로 구성되어 있는 『われから』는 1장부터 3장 중반까지와 8장부터 13장까지에 걸쳐 마치코(町子)를 중심으로 하는 마치코 이야기가, 3장 중반부터 7장까지에 걸쳐 마치코의 어머니인 미오(美尾)를 중심으로 하는 미오 이야기가 그려져 있다. 『われから』는 소위 삽입형 구성이면서 마치코 이야기와 미오이야기가 거의 동일한 분량으로 그려지고 있는 것이다.

발표당시의 평가가 크게 양분되는 『われから』[1]는 동시대평 및 선

---

1) 『われから』는 동시대 평에서 그 평가가 크게 나뉘고 있다. 『めさまし草』(脱天子・登仙坊・鍾禮舍「三人冗語(われから)」, 1896・5)는 「잘 된 것과 그렇지 못한 것은 어떤 사람에게도 있는 일이지만, 이치요의 작품으로는 너무나도 부족한 작품이다」라고 혹독한 평가를 제시하고 있다. 한편, 『文学界』

행연구에 있어서 두가지 문제가 크게 주목받았다. 하나는 미오 이야기와 마치코 이야기의 분열문제[2]이고, 다른 하나는 마치코와 서생 치바(千葉)사이에서 「불륜사실」이 있었는지의 문제[3]이다. 그 중에서도 「불륜사실」유무문제는 당시 그다지 큰 논의가 이루어지지 않은 듯하지만, 시간이 경과함에 따라서 『われから』의 분열문제를 논함에 있어 중요시 되었다. 마치코와 치바 사이에 「불륜사실」이 있었다고 보고 있는 동시대평을 계승한 많은 연구자에 의해 오랫동안 『われから』는 유전이라는 요소를 중심으로 분석이 이루어져 왔다.[4] 『われから』의 연구에서 유전이라는 요소를 배제한 새로운 시점이 도입된 것은 1980년대 이후라고 말할 수 있다. 1980년 이후 최근 연구에서는 미오 이야기와

(無署名「われから」, 1895・5)에서는 「메이지 문단의 긍지라고 평가하기에 충분할 것이다」리고 높이 평가되고 있다. 『太陽』(高山樗牛「一葉女史の『われから』」, 1896・6)에도 『文学界』와 비슷한 견해가 보인다.

2) 미오 이야기와 마치코 이야기의 분열문제에 관해서 『めさまし草』(주1에 전게)에는 「미오와 마치코를 거의 같은 분량으로 써서, 힘을 너무 들였다고 할까, 이야기의 줄거리는 우선 작자 손에서부터 헝클어지기 시작하여 무엇을 메인이라고 정할 수 없게 되어버렸다」고 적혀 있다. 또, 『靑年文』(「われから」, 1896・6)에는 「또 이 작품에 이치요 여사에게 있어서는 안 될 결점은 두 가지 다른 이야기를 하나로 합한 것 같은― 나쁘게 표현하자면, 소위 나무를 대나무에 붙인 것 같은― 느낌이 있는 것, 이것이다」라고 서술되어 있다.

3) 「불륜사실」문제에 대해서 많은 평이 「불륜사실」이 〈있다〉고 보고 있는 데에 반해, 사이토 료쿠(斉藤綠雨)는 〈없다〉고 부정적이었다. 사이토가 「불륜사실」이 〈있다〉고 보고 있는 『めさまし草』에 의문을 가지고 「불륜사실」의 유무를 확인하기 위해서 이치요를 방문했다는 유명한 이야기는 이치요 일기(「ミつの上日記」, 1896・5・29)에도 기재되어 있다.

4) 마치코와 치바 사이에 「불륜사실」이 있었다고 보는 많은 동시대평을 계승한 湯地孝『樋口一葉論』(至文堂, 1926・10)은 마치코에게 미오의 「음란」한 「피」가 흐르고 있다고 서술하고 미오 이야기와 마치코 이야기를 유전이라는 축을 중심으로 정리하고 있다. 그리고 이러한 유치의 설은 関良一, 坂本政親, 前田愛, 宮城達郎 등에 의해 오랜 세월 답습되어 왔다.

마치코 이야기를 미오와 마치코가 여성인 점에 주목하여 유사한 이야
기로 보는 논고,5) 또는 두 사람이 한 남자의 부인인 점을 중시하여 유
사한 이야기로 연관 지으려고 하는 논고6)가 보인다. 그리고 반대로 두
이야기를 대조적인 이야기로 파악하는 논고7)도 있다.

---

5) 関礼子「物語としての『われから』—『わらから』」(『語る女たちの時代——一葉
と明治女性表現』, 新曜社, 1997・4), 峯村至津子「『われから』論(下)」(『国
語国文』, 1995・4)는 일탈이라는 점에 주목하여 『われから』를 각각 「『외부』
의 목소리에 둘러싸인 여성들의 일탈 드라마」(세키), 「『마음 속』에 채워지지
않는 것을 끌어안고 일상적인 생에서 일탈해 버린 듯한 여주인공」(미네무라)
들의 이야기라고 논하고 있다. 한편, 大井田義彰「罪は我が心より……—『わ
れから』試論」(『媒』, 1988・12)은 「새로운 자신과 만나는 이야기」라는 이해
를 제시하고 있다. 하지만, 오이타논문에 「새로운 자신」의 구체적인 내용이
명확하게 제시되어 있지 않다. 大畑照美「『われから』論—母と美尾、美尾
と町子—」(『近代文学研究』, 2001・2)는 미오와 마치코로부터 「세상으로부
터 남겨져 가는 한없는 고독」을 읽어내고 「이것이 『われから』의 세계를 꿰
뚫는 것」이라고 하였다. 青木一男「『われから』—人妻物語への試み」(『国文
学 解釈と鑑賞』, 2003・5)는 두 개의 이야기를 통해서 〈イエ〉〈ウチ〉의 「붕
괴문제, 재산권 문제, 주부로서의 자질문제, 사랑과 성의 문제를 제출하고」,
「여성의 모습, 삶의 방식을 생각하며 여성의 처지향상을 호소하고 있」다고
주장하고 있다.
6) 高田知波「〈女戸主・一葉〉と『われから』」(『樋口一葉論への射程』, 双文社,
1997・11)는 「미오 이야기와 마치코 이야기는 둘 다 『家』의 소프트와 하드
의 통일을 원했지만 이룰 수 없어 호적상의 부인이라는 지위만이 남았다는
점에서 하나의 쌍을 이루는 이야기로 되어」있다고 분석하고 있다. 또 渡辺
澄子「一葉文学における新たな飛躍—『われから』論」(『樋口一葉を読みな
おす』, 学芸書林, 1994・6)은 「경우가 다른 두 여성을 통해서」, 「부인인 여
자가 인형취급 당하는 것을 거부하고 정신과 육체를 가지는 인간인 여성으로
만족스러운 삶을 희구하여 모색하는 고뇌를 그렸다」고 논하고 있다. 마지막
으로 戸松泉「『われから』試論—〈小説〉的世界の顕現—」(『国文学 解釈と
鑑賞』, 1995・6)은 「두 쌍의 부부가 파멸에 이르는 과정을 중층적으로 그리
면서」, 「남편과 세상의 의도가 복잡하게 뒤엉킨 가운데에 봉인되어 갔」던 「부
인 〈목소리〉의 행방을 쫓아 간」 점에 있어서 두 이야기의 공통점을 찾고
있다.
7) 滝藤満義「『われから』とその周辺—続・人妻たちの系譜—」(後藤重郎教授

선행연구에 언급된 것과 같이, 두 이야기에는 다양한 유사점과 대조점이 인정된다. 여기에서는 그 중에서도 미오와 마치코의 인물조형이라는 유사점에 주목해 보고자 한다. 미네무라 치즈코(峯村至津子)는 메이지기에도 자주 읽혔던 온나다이가쿠(女大学)류와 당시 여성교육서에 의거하여 미오와 마치코가 부정적으로 간주된 여성으로 조형된 점을 논증하였다.[8] 그 다음에 미네무라논문은 미오와 마치코가 「여성으로

停年退官記念『国語国文学論集』, 名古屋大学出版会, 1984·4)는 이전 몇 개인가의 이야기에서 부인을 그려온 이치요가 「부인이야기의 끝」인 『われから』에서 지금까지의 「남자를 버리는 여자, 남자에게 버림받는 여자라는 두 계열을 하나로 합쳤」다라고 서술하고 미오 이야기와 마치코 이야기를 대조적인 이야기로 다루고 있다. 『われから』에 관해서 「밑바닥에 놓여 있는 것은 색(色)과 돈을 둘러싼 인간의 애증드라마」라는 견해를 제시한 薮禎子「『われから』論」(〈新視点シリーズ 日本近代文学4〉『透谷·藤村·一葉』, 明治書院, 1991·7)은 두 이야기를 통해서 「사랑이 빈곤에 의해서 배반당하는 형태와 사랑의 부재가 부와 명예를 무력화하는 모습을 대조적으로 보여주고 있다」고 적고 있다. 한편, 千田かをり「『われから』における言葉と身体」(『立教大学日本文学』, 1993·12)는 「신체」에 착목하여 작품 최종부에 「매섭게 노려보는」 의식적인 행동을 보여주는 마치코는 「신체가 말과 마찬가지로 표현하는 수단임을 자각했」음에 반해 미오는 「신체의 상품성, 유통성에는 자각적이었지만, 표현매체로서의 신체는 깨닫지 못했다」고 논증한 후에, 「신체에 관한 의식의 차이, 신체를 대하는 방법의 차이를 분명히 하기 위해서는 미오, 마치코 모두 필요했다」고 보고 있다. 五島慶一「〈妻〉の『一念』—『われから』における妻の位置—」(『三田文学』, 2001·4)는 미오와 마치코를 「규범적인 모습에서 어떤 원인으로 일탈해 간 여성들」이라는 공통점을 인정하면서도 「집을 나간 부인」인 「미오 이야기는 충분한 정채(精彩)를 가지고 그려져」서 「집을 쫓는 여성」인 「마치 이야기를 역(逆)으로 비추는 존재로 큰 의미를 가진다」라고 논하고 있다.

8) 峯村至津子「『われから』論(上)」(『国語国文』, 1995·3)에 의하면, 「가사와 장보기 등을 요시로에게 돕게 하고」, 또 가난한 생활을 하면서도 「부업을 해서 남편을 돕고」 있지 않는 등, 「남편을 위해서 정성을 다하는」 자세가 보이지 않는 점, 「사람들의 소문을 신경써서 자신의 외모를 신경쓰는」 점에 있어 미오가 부정적으로 인식된 여성으로 조형되었다고 한다. 한편, 마치코에게 보이는 몸치장을 함에 있어 게이샤풍을 좋아하는 취향, 아침 목욕 등의 「사

가져야 할 모습」에 의해 삶과 모습이 규제되었던 메이지시대를 살아
가는 여성이었음에도 불구하고 그녀들에게 자기 자신의 「모습에 대한
양심의 가책과 죄의식이란 것은 조금도 느껴지지 않는」다고 서술하고
있다. 미오와 마치코에게 공통적으로 보이는 이러한 인물조형은 한 남
자의 부인을 등장인물로 다룬 종래의 이치요 작품에서 그다지 찾아볼
수 없는 것으로 『われから』의 특징이라고도 생각된다.

그럼, 미오와 마치코가 「여성으로 가져야 할 모습」도 신경쓰지 않
고 자유롭게 행동하는 여성으로 조형된 이유는 무엇일까? 미오와 마
치코의 인물조형은 미오 이야기와 마치코 이야기의 관련성을 고찰함
에 있어서도 중요한 포인트가 된다. 자세한 것은 후술하겠지만 결론을
미리 말하자면, 집안의 내부를 활동영역으로 하는 여성의 무력을 깨닫
고 고민하는 여성으로서 미오와 마치코를 그리기 위해서 당시의 이상
적인 여성상과 동떨어진 형태로 그녀들을 설정한 것은 아닐까? 온나
다이가쿠 등의 여성교육서에 〈삼종(三從)〉이 강조되고 있는 것에서도
알 수 있듯이 미오와 마치코는 여성이 누군가에게 의지하지 않으면 안
되는 무력한 존재로서 인식되었던 시대를 살고 있었다. 이러한 시대에
미오와 마치코가 당시의 이상적인 여성이었다면 그녀들이 여성의 무
력을 깨달았다고 해도 당연한 것으로 받아들일 뿐, 그 무력을 고민하
는 일은 없었을 것이다. 따라서 자신들의 무력을 깨닫고 고민하는 여
성을 그리기 위해서는 오히려 미오와 마치코를 부정적으로 간주된 여

치」, 하인들에게 월급이외의 「과도한 온정」, 「남편 교스케의 방탕」을 「몰아
세운」다거나 「행선지를 확인한」다거나 하는 부인으로서의 행동, 한 밤중에
서생의 방을 찾아가는 행위는 당시 사회에서 엄격하게 비난받을 행동이었다
고 한다.

성상으로 조형할 필요가 있었을 것이다.

여기서는 미오 이야기와 마치코 이야기의 연관성을 도출한 최근의 연구흐름 안에서 집안 내부를 활동영역으로 하는 여성의 무력이라는 면에 주목하여 『われから』를 고찰하고자 한다.

1 미오가 깨달은 여성의 무력

오쿠라쇼(大蔵省)에서 근무하고 있는 남편 가나무라 요시로(金村与四郎)에 대해서 「신분은 높지 않아도 성실한 남편의 마음을 기쁘게」 생각하고 「6조, 4조의 방 두 개짜리 집을 금으로 만든 집으로, 옥으로 만든 집으로 알고 (중략) 양은 반지를 소중히 뱅어 같은 흰 손가락에 끼고 말발톱으로 만들어진 값싼 장식용 꽂는 빗도 세상 사람들의 진짜 대모갑만큼이나 기뻐하는」 등, 만족스럽게 생활하고 있었던 미오의 마음을 뒤흔든 것은 그녀의 미모를 칭찬하는 세상 사람들의 이야기였다. 세상 사람들은 미오에게 「화류계에 나와 있는 사람이라면 아마도 시마바라(島原)에서 제일가는 미인, 비교할 만한 사람이 없을 것이다」라고 그 미모를 자각시킨다. 그 결과, 미오는 「어제까지는 그냥 내버려 두었던 머리를 요염하게 묶어 올리고 (중략) 옆집에서 면도칼을 빌려서 얼굴을 단장하는 마음, 결국 겉모습에 매우 신경쓰게 되었고 쥬반 소매도 갖고 싶」다고 하고, 「한텐 깃이 닳아도 바꿀 수 없는 것을 섭섭해」 하게 되었던 것이다.

부부가 나란히 꽃구경을 나선 결혼 4년째 되던 봄, 자신의 아름다움을 의식하여「복장」에 큰 관심을 가지게 된 미오의 마음은 또 한 번 크게 동요하게 된다.「오늘밖에 기회가 없는 꽃구경에 우에노(上野)를 비롯하여 스미다가와(隅田川)로 남편과 함께 즐겁게」외출한 미오가 갑자기「돌아가고 싶어요」라고 말을 꺼낸 것은 다음의 광경을 목격한 후의 일이다.

두 사람은 사쿠라가오카(桜が丘)에 올라 지금의 오운다이(桜雲台)부근에 가까이 왔을 때, 건너편에서 5, 6대의 인력거가 소란스럽게 달려오는 것을 모든 사람이 멈춰 서서 보고, 어어 하고 말했다. 보아하니 어딘가의 화족일 것이다. 젊은 사람, 나이든 사람이 섞여있다. 화려하게 치장한 사람은 노랑을 띈 담홍색 후리소데에 짙고 밝은 주황색 무지를 안에 입고, 나이든 사람은 기모노색은 솔잎처럼 어두운 녹색, 언제 보아도 질리지 않은 검은 기모노에 대모갑 장식, 지금 유행고 하는 옷깃사이에서 반짝이는 금빛 회중시계.

미오는 이 광경을「멍하니 서서 바라보」고「약간 외로운 듯 생각에 잠기고 (중략) 나와 내 몸을 바라보고 그저 의기소침하여」있었다고 그려지고 있다. 미오는 이 광경에서 무엇을 보고 있었던 것일까? 그것은 화족(華族)들의 아름다움이었던 것은 아닐까? 미오는 자신의 미모에 미치지 못하는 화족인 그녀들이 자신보다 아름답다고 느끼고 아름답다고 느낀 것이 이상하게 생각되어 그 이유를 찾고 있었던 것은 아닐까? 그 이유를 찾기 위해서 미오는 그녀들의 주시하고「나와 내 몸을 바라보」고 있었다고 생각된다. 그리고 미오는 비교를 통해서 화족이 가지고 있는 다음과 같은 것을 자신이 가지고 있지 않다는 것을 깨달았을 것이다.

  점차로 자신의 미모와 「복장」에 관심이 깊어졌던 미오는 이 날 「할 수 있는 한의 치장을 다하고 아껴둔 가장 좋은 기모노」를 입고 「단 하나 밖에 없는 하카다 오비를 매고 어제 남편에게 졸라서 산 검정색 고마게타」를 신고 있었다. 「최상품이 아니더라도 비교대상이 없을 때는 기쁘게 외출했」다고 하는 미오는 있는 힘껏 치장한 자신의 「복장」에 매우 만족한 상태로 외출한 것이다. 그러나 화족들의 옷과 장신구를 본 미오는 자신이 몸에 걸치고 있는 것이 얼마나 질이 낮은 것인가를 실감해 버린 것은 아닐까? 이날 자신의 「복장」에 대한 미오의 만족감은 화족과 자신을 비교하는 것으로 인해 한순간에 날아가 버렸을 것이다. 또 화족과 자신을 비교한 미오는 사람들이 「훌륭하다」고 말하는 화족의 사회적 지위도 자신이 가지고 있지 않다고 금방 깨달았음에 틀림없다. 미오는 자신이 가지고 있지 않은 질 좋은 옷, 고가의 장신구, 사회적 지위라고 하는 것이 화족인 그녀들을 자신보다 아름답게 보이게 한다고 판단한 것이다. 화족이라는 예기치 못한 대상의 출현으로 인해 질 좋은 옷, 고가의 장신구, 사회적 지위를 자신이 갖추고 있지 않는 것을 깨닫고 불만을 가지기 시작한 미오는 이 날 이후 부와 지위를 동경하게 된다.

  「갑자기 기분이 좋지 않」다고 「도망치듯이」 그 자리를 떠난 이날부터 미오는 「다른 사람이 없으면 소매를 눈물로 적시고」, 「하늘을 보고는 생각에 잠겨」서 「요시로에 대한 대우」와 가사에 신경쓰지 않게 되는 등, 완전히 변해 버린다. 이렇게 미오에게 「마음의 동요」를 일으킨 「덧없는 꿈」이란, 부와 지위에 대한 동경 밖에 없을 것이다. 부와 지위를 동경하고 있었던 미오는 남편인 요시로가 입신출세에 관심이 없는 것을 알고 있었기 때문에 어떻게 하면 좋을지 고심하게 되었다고 생각된다. 그러나 미오가 아무리 생각해도 자신의 힘으로 부와 지위를 손에 넣을 방법을 찾는 것은 불가능했을 것이다. 자신의 무력을 깨달은 미오는 역시 남편이 입신출세하지 않는 한, 자신이 부와 지위를 얻는 것은 불가능하다고 판단한 것은 아닐까? 그렇기 때문에 입신출세에 관심이 없는 남편에게 「건너편 저택의 바깥어른」과 같이 「훌륭한 사람이 되어 주세요」「관청에서 돌아오는 길에 야학이든 뭐든 해서 제발 세상 사람들에게 뒤지지 않도록 너무, 너무 훌륭한 분이 되어 주세요. 부탁이에요. 저는 그것을 위해서라면 부업이든 뭐든 하고 가계에 보탬이 될 만한 일을 할게요. 제발 공부해 주세요. 이렇게 바랍니다」라고 「진심으로 울」면서 절실히 호소했다고 생각된다.

자신의 무력을 깨닫고 고민한 미오가 요시로에게 도움을 구했지만, 요시로는 그녀의 말을 「내가 집을 비우게 하고 자기 좋은 것을 생각하고 있기 때문」이라고 오해하고 「잠시도 미오 옆을 떠나지 않으려고 할」뿐이었다. 어떻게든 요시로가 집밖으로 나가서 출세하기를 바랬던 미오와 그녀의 말을 오해하고 집 안에 머무르려고 하는 요시로는 「서로에 대한 마음이 서먹서먹해 져서 말을 하면 싸움이 되어 울고 원망하고 아슬아슬한 상황」이 되어도 어느 쪽도 자기 자신의 자세를 바꾸려고 하지 않았다. 요시로가 입신출세를 계속 거부하는 이상, 남편에게 부탁하여 부와 지위를 손에 넣는 것은 불가능했기 때문에 미오는 자신의 무력을 뛰어넘어 부와 지위를 손에 넣는 어떤 방법을 모색하지 않으면 안 되었다.

미오에게 그 방법을 가르쳐 준 것은 다름아닌 요시로였다. 출세를 바라는 미오의 말을 듣고 요시로는 「어차피 나는 이렇게 의지가 약한 놈이다(중략) 얼른 너 자신을 생각해서 똑똑하고 일 잘하는 학자이면서 멋진 남자이고 젊은 놈으로 갈아타는 것이 좋을 것이야. 건너편 집 주인도 네 미모를 칭찬했다고 들었다」고 말한다. 이 요시로의 「제멋대로인 불쾌한 말」은 미오의 미모가 가지고 있는 가치를 제시하고, 또 여성이 부와 지위를 위해서 미모를 이용하여 다른 남자로 「갈아탄다」라는 흔히 있는 이야기에 리얼리티를 부여하고 있다. 출세를 거부하는 요시로에게 실망하고 자신의 무력을 뛰어넘어 부와 지위를 손에 넣는 방법을 모색하고 있었던 미오는 요시로의 이 말을 생각해 내고 실현가능성을 느낀 것은 아닐까? 자신의 미모를 이용한 「갈아타는」 방법의 실현가능성을 확인・상담하기 위해서 미오는 맨 먼저 어머니를 찾아 갔을 것이다. 이렇게 하여 미오는 가출하게 된 것으로 보인다.

2 미오의 가출

미오는 요시로와 함께 외출한 4월 꽃구경으로부터 10여 개월이 지난 「매화꽃이 필 무렵」의 어느 날 외박을 하고 그 해 10월에 마치코를 낳고 다음해 「봄」에 가출한다. 미오의 가출에 대해서 야부 테이코(薮禎子)는 「어머니의 부추김은 있었다고 해도 기본적으로 미오의 선택, 의지이다」라고 기술하고 있다.[9] 한편 「사위」에게 「사치스러운 노후보장」을 기대했던 어머니가 「입신출세의 야심을 가지지 않는 사위에게 가망이 없다고 판단하여 단념하」고 「딸을 부추겨서 설득」했다고 보고 있는 와타나베 스미코(渡辺澄子)는 미오의 가출에 관해서 「미오에게 사치스러움을 동경하는 천박스러움과 경솔함이 있었던 것에도 기인하지만 그것이상으로 효라는 유교적 덕목에 얽매였기 때문」에 실행되었다고 논하고 있다.[10] 미오의 가출이 자발적인 행동인지 아닌지를 둘러싸고 대립하고 있는 것인데, 이 문제를 생각하기에 앞서 이들 논문이 모두 미오에게 가출을 권유하고 있는 어머니상을 설정하고 있는 점에 주목해 보고 싶다. 분명 미오의 외박과 가출에는 어머니가 관여하고 있는 듯하지만, 미오를 부추기는 형태로 어머니가 관여하고 있을까?

우선 「딸인 미오가 사치를 낳는 자본이 된다는 것」을 알고 있었던 어머니가 자신의 「사치스러운 노후」를 위해서 딸의 가출을 계획했다고 하는 와타나베 설을 검토해 보자. 어머니가 「사위」에게 자신의 「사치스러운 노후보장」을 바랐다고 하면, 처음부터 미오와 요시로와의 결혼을 허락했을까? 미오를 첩으로든 후처로든 보내면, 어머니의 「사치스러운 노후」는 간단히 보장된다. 가난한 요시로와 딸을 결혼시켜서 경제적으로 여유가 생길 때까지 일부러 기다릴 필요도 없는 것이다. 분명 어머니는 요시로에게 결혼을 허락할 때에 「딸을 줄 테니 나의 노

---

9) 미오의 가출이 자발적인 행동이었다고 논하고 있는 薮禎子「『われから』論」(주 7에 전게)와 같은 견해를 보이고 있는 논고에 峯村至津子「『われから』論(下)」(주 5에 전게)가 있다.

10) 미오가 어머니 때문에 별 수 없이 가출했다고 주장하는 渡辺澄子「一葉文学における新たな飛躍—『われから』論」(주 6에 전게)에 戸松泉「『われから』試論—〈小説〉的世界の顕現—」(주 6에 전게)와 大畑照美「『われから』論—母と美尾、美尾と町子—」(주 5에 전게)가 찬성하고 있다.

후도 돌봐주었으면 하네. 사치를 부리는 것은 아니지만, 절에 다녀올 정도의 용돈정도는 줬으면 해. 드리겠습니다라는 약속을 받고 주었다」고 한다. 하지만, 「본래 줄 수 없는 것은 고의가 아니고 어찌해도 되지 않는 의지박약 때문이니, 사위에게 용돈받는 것은 단념하고 나는 내 벌이를 할 뿐」이라고 하는 어머니의 말에서도 엿볼 수 있듯이 딸이 결혼한 후, 어머니는 용돈을 받은 적이 없고 요구한 적도 없는 듯하다. 이 약속은 「외동딸」밖에 의지할 곳이 없는 어머니가 어떻게 될지 모르는 노후의 불안 때문에 받아둔 것에 지나지 않는다.

어머니가 딸을 가난한 요시로와 결혼시킨 것은 경제적인 이익이 아니라 딸의 행복을 생각해서 내린 결단이지 않았을까? 요시로와 미오는 「어릴 적부터 아는 사이」라고 하지만, 요시로는 미오보다 적어도 10살 이상 나이가 많다.[11] 요시로가 16, 7살부터 일을 시작했다고 한다면, 미오와 결혼할 즈음에는 약 10년간 일을 한 것이 된다. 그렇다고 한다면, 미오의 어머니는 그가 「입신출세의 야망」을 가지고 있지 않은 것도 이미 알고 있었을 것이다. 그럼에도 불구하고 어머니가 미오와의 결혼을 허락한 것은 오랫동안 보아 온 요시로의 성격으로 볼 때 그가 미오를 소중히 여겨줄 것이라고 확신했기 때문은 아닐까? 자진해서 가사를 돕고 퇴근길에는 「야채」와 「반찬을 사오는」 등, 미오를 「어느 곳에도 둘도 없는 사람으로 소중히 여기는」 요시로는 당시 가부장제

---

11) 작품 내에서 현재 「26」살인 마치코는 약 10년 전에 「50이 되지 않」은 아버지를 잃었다고 설정되어 있다. 따라서 살아 있었다면, 요시로는 50대 후반이 되었을 것이다. 한편, 미오의 경우 「막 17살이 된」 해에 결혼하여 결혼 5년째인 21살에 마치코를 출산한 것을 기준으로 계산하면, 작품현재에는 46살 전후가 된다. 그럼으로 요시로와 미오의 나이는 10살 이상 차이가 난다.

사회에서 극히 드문 존재였을 것으로 생각된다. 어머니는 이러한 요시로의 미오에 대한 태도를 예상하고 결혼을 허락한 것은 아닐까? 요시로와 미오의 결혼당시 상황을 고려한다면, 미오의 어머니는 딸의 행복을 우선적으로 생각하는 어머니였다고 말할 수 있을 것이다.

미오의 어머니가 딸의 행복을 우선적으로 생각하는 사람이었던 것을 확인한 후에, 미오의 외박에 대해서 살펴보자. 미오의 외박에 대해서 와타나베 전게논문은「갑작스런 병이라는 것도 딸을 부르기 위한 구실」이라고 보았으며, 도마츠 이즈미(戶松泉)[12]는「친정집에서 온 생각지 못한 호출」이며, 미오가 어머니의 호출을 갑작스러운 병이라고 믿고 아무것도 모른 채 외출했다고 보고 있지만 과연 그럴까?

미오의 외박은 요시로가「토요일 오후부터 동료」들과 매화꽃구경을 가기로 한 날 이루어진다.「3시 넘어」서「친정에서 마중하러」온「멋진 인력거」로 외출한 미오는 다음 날에 돌아와서 어머니가 갑작스럽게 아프셨다고 설명한다. 미오의 사정설명에 아무런 의심도 하지 않았던 요시로에 대해「어떤 비밀이 있다고도 알지 못했다」고 했던 화자의 말을 보면, 미오의 외박이유가 요시로에게 알리지 말아야 할 성질의 것임을 추측하기는 어렵지 않다. 만약 어머니가 혼자서 몰래 계획을 세워서 그 계획을 실행하는 첫 번째 단계로 미오만을 부르고 싶었다고 한다면「토요일」「3시 넘어」서 미오의 집에「가문의 문장이 금실로 그려진 인력거」를 보내는 것은 부자연스럽지 않을까? 미오 이야기의 연대설정은 분명하지 않지만, 오쿠라쇼에서 근무하고 있는 요시

---

12) 戶松泉「『われから』試論―〈小説〉的世界の顕現―」(주 6에 전게)

로가 「날이 밝으면 일요일, 종일 잠을 자도 있어도 뭐라고 할 사람은 없다」고 되어 있는 것을 보면 공무원의 휴일에 관해서는 일요일을 휴일로, 토요일을 오전근무로 했던 1876년의 태정관 포달(太政官 布達)을 따르고 있는 것을 알 수 있다.[13] 즉, 평소 토요일 오후라면 요시로가 집에 있을 가능성은 상당히 높은 것이다. 따라서 공공연하게 말할 수 없는 목적으로 미오만을 부르고 싶었던 어머니가 요시로의 부재정보 없이 토요일 오후에 인력거를 보냈다고는 생각할 수 없다. 직장동료와 예정되어 있던 요시로의 매화꽃구경, 꽃구경계획의 변경유무에 관련된 정보는 미오로부터 제공받을 수 밖에 없는 점에도 주의할 필요가 있을 것이다. 이러한 정황으로 볼 때 미오는 긴밀하게 어머니와 연락을 주고받고, 외박을 실행했다고 보는 편이 타당하지 않을까?

외박이 어머니와 미오 본인에 의해서 계획된 것이라고 한다면, 「어찌되었든 잡념은 가라앉고 심하게는 남편을 몰아세우지도 않고, 우울하게 세월을 보내고 친정집 방문이 잦아졌으며 돌아오면 소매에 얼굴을 묻고 몰래 한숨을 쉰다」, 「아무리해도 마음이 좋지 않으니라고 말하고는 밥도 제대로 먹지 않고, 낮잠을 자주 자」는 등, 외박 후 미오의 변화를 어떻게 해석하면 좋을까? 어머니와 함께 세운 계획의 일부인 외박을 통해서 미오는 계획성공을 확신했기 때문에 외박 후 「어찌되었든 잡념은 가라앉고 심하게는 남편을 몰아세우지도」 않게 되었다고

---

13) 『新装版 明治世相編年辞典』(朝倉治彦・稲村徹元編, 東京堂出版, 1995・6)에 의하면, 관청은 메이지 원(元)년 6월의 포달에 의해서 31일을 제외한 1, 6이 붙는 날이 휴일로 정해져 있었으나, 메이지 9년 3월 12일 태정관 포달을 근거로 같은 해 4월부터 휴일을 일요일로 개정하고 토요일을 반휴일 즉 오전 근무만 하도록 했다고 한다.

생각된다. 그런데, 미오가 자신들의 계획성공을 확신한 것은 그녀에게 있어 기쁜 일인 동시에 고민스러운 일이기도 했다고 말하지 않을 수 없다. 왜냐하면 요시로와 미오 사이에서 「언쟁」은 있었지만, 「믿지 않은 부부는 어느새인가 평소의 다정한 사이로 자연스럽게 돌아」올 정도이기 때문이다. 자신의 무력을 뛰어넘어 부와 지위를 얻기 위해서는 요시로와 헤어지지 않으면 안 된다는 사실이 미오를 임신징후와 중첩된 형태로 「한숨을 쉬」도록, 「밥도 제대로 먹지 않」도록 만들었을 것이다.

미오에게 임신은 그 아이가 누구의 아이이든 자신의 계획을 취소하고 지금까지대로 요시로와 사이좋게 살아가는 생활로 돌아갈 마지막 기회였다고 생각된다. 「미오의 출산 전부터 모든 편의를 보아주겠다며 이 집에 자꾸 드나드는」 어머니는 「월급 8엔은 아직 오를 기미도 없고, 여기에 아이가 생기면 지출도 늘 텐데, 사람이 필요하게 되면 너희들은 어떻게 할래」「세 명이 위축되어 거지같은 생활을 하는 것도 그다지 칭찬할 만한 일은 아니」다, 「공무원만 고집하지 말고 짚신을 신고서 하는 일이라도 어엿한 일을 해서 다른 사람들처럼 세상을 살 수 있도록 노력하는 것이 좋지 않을까」 등 엄격한 말로 「기회만 있으면 요시로를 몰아부쳤」다. 어머니의 충고는 미오가 이전에 요시로에게 울면서 호소한 말과 유사하다. 어머니의 엄격한 어조에는 미오의 호소를 제대로 받아주지 않았던 요시로에 대한 분노가 담겨있다고 볼 수 있을 것이다. 그런데 어머니는 요시로에게 분노를 느끼면서도 왜 몇 번이고 계속해서 충고를 하고 있는 것일까? 요시로에 대한 미오의 마음을 알고 있었던 어머니는 아이가 태어나는 것을 계기로 요시로가 마음을 고쳐먹고「훌륭한 사람이 되어서」미오와의 생활을 지속하는 편이 미오에게 좋다고 판단했기 때문은 아닐까? 이러한 판단하에서 요시로에게 충고를 계속하고 있다면, 딸의 행복을 무엇보다도 우선시하는 어머니는 요시로가 마음을 고쳐먹고 출세를 지향하는 것을 전제로 하여 태어나는 아이가 누구의 아이이든 요시로의 아이라고 주장하고 요시로와 세 명이서 살 것을 미오에게 권유했을 것이다. 미오의 임신은 어머니와 미오가 실행해 온 계획에 일단 브레이크를 걸고, 결과적으로 미오에게는 지금까지대로 요시로와 살아갈 것을 재고할 시간을, 요시로에게는 다시 한 번 입신출세를 시도해 볼 기회를 준 것이다.

그러나, 요시로는 어머니의 말을 듣고 어머니가 자신과 미오를「떨어뜨려 놓으려고」한다고 오해해 버린다. 어머니의 말을 오해하고 있는 요시로가 충고 받은 대로「어엿한 일」을 하는 일은 없었다. 미오는 어머니의 충고에도 변하지 않는 요시로를 보고 결단을 내린 것은 아닐까? 요시로에게 충고하는 어머니에게 미오가「어머니 그런 말은 하지 말아 주세요. 저 사람 기분이 나빠져도 곤란해요. 라고 허둥지둥하는」것은 어머니의 충고를 받아들여서 변모할지도 모른다고 생각한 요시로에 대한 기대를 버리고 그와 헤어지기로 했기 때문에 되도록 요시로의 신경을 자극하고 싶지 않았기 때문이라고 생각된다.

10월에 무사히 태어난 마치코가「크게 웃게 되었」을「봄」, 결국 미오는 어머니가 떠나고 1달 후에 마치코와「손이 베일 듯한 새 지폐」「약 20」장과「미오는 죽은 사람입니다. 행방을 찾지 말아 주세요. 이 돈은 마치에게 분유를 사 달라는 부탁입니다」라는 내용의 편지를 남기고 가출한다. 부와 지위를 동경했던 미오가 자신의 무력을 보완해

주지 않았던 남편 요시로를 버리고 향한 곳은 출세를 지향하여 부와
지위를 얻은 남성의 곁이었음에 틀림없다.

3 마치코가 의지할 상대

　미오가 행방을 감춘 후, 요시로와 마치코는 둘이서 생활해 온 듯하
다. 마치코는 어머니의 애정을 알지 못하고 자랐지만, 어머니를 그리
워하는 모습은 보이지 않는다. 아버지인 요시로가 「어머니를 닮은 얼
굴을 보면 짜증난다며 가까이 오지도 못하게 해서 아침저녁 쓸쓸하게
생활해」왔다고 담담하게 말하는 마치코를 보면, 마치코는 「어머니를
닮은 얼굴」이 요시로의 「짜증의 근원」인 이유를 알고 있는 듯하다. 하
지만 자신과 아버지를 버리고 가출한 어머니를 원망하는 모습도 마치
코에게 전혀 찾아 볼 수 없다. 미오에게 버림받은 것, 즉 어머니가 자
신에게 멀어져 간 것은 마치코에게 있어서 아버지에게 귀여움을 받을
수 없는 근본적인 원인이며 그 결과로 쓸쓸하게 생활하게 되었다는 단
순한 인과관계 안에서 이해되고 있는 듯하다.
　교스케(恭助)와 결혼해서 얼마되지 않았을 때, 그 때까지 유일하게
의지했던 요시로도 「갑작스러운 뇌출혈」로 마치코로부터 영원히 멀어
져 버렸다. 요시로가 유산으로 남긴 「몇 만금」으로 교스케는 정치가
로서 「마음 편히 원하는 길을 달」릴 수 있었고 「그런 연유에서 부인인
마치코도 저절로 총애하게 되」었다. 아버지와 친밀한 부녀관계를 구
축할 수 없어서 외롭게 생활해 온 마치코가 아버지를 잃은 후 자신을

귀여워 해 주는 남편 교스케에게 더욱 의지하게 된 것은 말할 필요도 없을 것이다. 하지만, 결혼한 후 남편에게 의지할 때까지의 짧은 시간 동안, 아버지가 갑자기 자신에게 멀어져 간 것으로 의지할 곳 없는 혼자 남겨진 외로움을 알아버린 마치코는 의지할 곳없이 혼자서 살아갈 수 없는 자신의 무력을 알고 그 후 의지할 만한 사람과의 거리, 그리고 외로움을 두려워하게 된 것은 아닐까? 그 때문에 마치코는 결혼으로 생긴 새로운 의지 상대인 교스케에게 거리를 느껴서 외로움을 느끼는 일, 거꾸로 외로움을 느껴서 그와의 거리를 의식하는 일을 싫어하게 되었다고 생각한다. 교스케도 자신으로부터 멀어져 가 버리는 것은 아닐까 불안한 마치코는 외로움을 느끼지 않도록, 즉 남편과의 사이에 거리가 생기지 않도록 노력해 온 것 같다.

그럼 마치코는 어떤 면에서 남편과의 거리를 느끼고 외롭다고 생각한 것일까? 마치코는 「너무나도 애틋하고 그리울 때는 먼저 조금은 창피하다고 생각하고, 왜 그런지 이유도 알지 못하지만, 남편이 없을 때는 허전함을 참기 어렵」다고 한다. 마치코는 교스케와 몸이 떨어져 있는 것을 외롭고 허전하게 생각하고 있는 것이다. 그런데 마치코가 외로움을 느끼는 것은 교스케부재로 인해 남편의 몸과 거리가 생겼을 때만은 아닌 듯하다.

서리가 내리는 추운 밤이 깊어가는 베게 맡에 가벼운 바람이 여닫이 문틈으로 불어와서 장지문의 종이가 소리를 내는 것도 슬프니, 외로운 남편의 부재. 방의 시계가 12번을 칠 때까지 부인은 어떻게 해서도 잠드는 일이 없고 몇 번이나 반복되는 조금은 조급한 마음이 드니, 생각하지 않아도 되는 쓸데없는 것까지 생각하고 남편이 작년 이맘때에는 코요칸

(紅葉館)에만 푹 빠져서 출입하고 자신은 숨겼지만 외출복 소매자락에서 여성용 손수건을 발견했을 때의 얄미움. (중략) 앞으로 더 이상은 절대 가지 않을께요. (중략) 용서해요라고 사죄하셨을 때의 통쾌함. (중략) 또 인가? 요즘 가끔하시는 외박. (중략) 또 유곽의 유녀에게 다니시는 것은 아닐까? 그 여자와도 인연을 끊었다고 말씀하신지 벌써 5년.

남편의 부재로 인한 외로움으로 잠들 수 없는 밤, 마치코는 이전에 남편이 푹 빠져있었던 게이샤와 창기를 떠올린다. 그리고「요즘」남편 의「가끔 하시는 외박」이 이 창기와의 재회 때문은 아닌지 걱정하고 있다. 남편이 다른 여성에게 관심을 보이게 된 것, 즉 남편의 마음이 자신에게 떨어져 있는 것은 아닌가 하는 염려는 남편의 부재에 따른 마치코의 외로움을 한층 더 증폭시키는 것이었다.

또 마치코는 남편의 새로운 면모를 발견했을 때도 외로움을 느끼고 있었다고 생각된다.「옛날에는 그다지 달변가도 아니어서 오늘은 여기저기에서 게이샤와 어울리고 이런 요상한 춤을 보고 왔다고 배가 뒤틀릴듯한 이상한 것을 진지하게」말하는 남편이「오늘날 요즘」은「미울 정도로 달변만」늘어놓고 게이샤와 창기에게 한눈파는 일도 있다. 말을 잘하는 사람도 아니고 화류계놀이도 즐기지 않는 편이라고 생각하고 있었던 남편이 어느새인가 변했다고 깨달았을 때, 마치코는 남편이 다른 사람처럼 생각되어 거리를 느껴 버린 것은 아닐까? 그리고 이 거리감이 마치코에게 허전함과 외로움을 느끼게 만든 것은 추측하기 어렵지 않다.

남편과 몸이 떨어져 있을 때, 마음이 떨어져 있다고 생각될 때, 남편의 새로운 면을 발견하여 남편이 다른 사람처럼 생각될 때, 마치코는 남편과의 사이에서 거리를 느끼고 허전하고 외로워지는 것이다. 허전함과 외로움을 참기 어려웠던 마치코는 남편과의 거리를 느끼지 않도록 노력해왔다고 보인다.

교스케가 「지방연설 등」으로 「3개월, 반년동안 집을 비우」는 경우, 마치코는 「다른 사람에게는 보여줄 수」 없는 내용의 편지왕래를 통해 남편과 마음을 나누고 있다. 또 남편이 어느 특정한 게이샤와 창기에게 열중하게 된 경우는 그 사실을 부정하는 남편을 「닥치는 대로 괴롭히고 괴롭혀서」 남편에게 그 사실을 인정하게 하고 「앞으로 더 이상은 절대 가지 않겠다」는 약속을 받아낸다. 이러한 것들은 마치코가 몸도 마음도 남편과의 거리를 느끼지 않기 위해서 취한 행동이라고 말할 수 있을 것이다. 더욱이 마치코는 남편의 새로운 면이 갑자기 보여서 거리를 느끼는 일이 없도록, 남편은 물론 남편이 주로 활동하는 집 밖 즉 외부라는 세계에까지 관심을 가지고 주시하고 있었다고 생각된다. 남편의 「퇴근이 늦은 때는 어디라도」 그 행선지에 마치코가 직접 전화를 거는데, 이것은 집의 외부에 나가 있는 남편에 대한 관심의 표현일 것이다. 또 남편과 마주앉아서 「오늘 아침신문을 펼치면서 정치계의 일, 문학계의 일, 이야기하고 대답도」 궁색하지 않은 마치코의 모습도 보아 둘 필요가 있다. 마치코의 세상에 관한 폭넓은, 깊은 지식은 집 외부에 대한 그녀의 높은 관심을 표현하고 있기 때문이다.

이렇게 마치코는 남편과의 거리를 느끼지 않도록 적극적으로 노력해 왔던 것이다. 다양한 노력을 계속하던 중에 마치코는 남편의 외박처를 짐작할 수는 없지만, 「음 오늘 밤은 어디에 머무르시고 내일은 어떤 거짓말을 하시면서 돌아오실까」라고 남편의 행동을 읽을 수 있게 되었다. 마치코는 남편에 관해서 모두 알고 있는 것은 아니지만 어느 정도는 알고 있다고 스스로 생각하고 있었을 것이다.

4 마치코가 깨달은 여성의 무력

남편에 관해서 어느 정도는 알고 있다고 생각하고 있었을 마치코는 남편의 생일모임에서 남편에 관한 자신의 생각을 번복할 수밖에 없는 장면에 직면하게 된다. 「11월 28일」 남편의 생일에는 해마다 생일모임을 여는데, 「올해는 특히 손님이 많아서 오후 3시부터는 초대장이 하나도 헛되이 버려진 일이 없고 해가 질 때까지 북적거림은 방뿐만 아니라 다실 구석까지 도망칠」정도였다. 손님이 권한 많은 술잔 중에서 거절할 수 없는 「한 두잔」을 마시던 중 취해 버린 마치코는 취기를 깨우기 위해서 「다른 사람의 눈을 피해 정원으로 나온」다. 빠져나온 정원에서 마치코가 들은 것은 코우메(小梅)의 샤미센에 맞춰 노래하는 남편의 노랫소리였다. 노래가 이전보다 놀랄 정도로 능숙해진 남편의 새로운 모습을 발견한 마치코는 「어느 새에 저렇게 세련된 멋쟁이가 되었지, 정말로 안심할 수없네라고 생각」한다. 남편의 새로운 면을 발견하고 남편과의 거리를 느낀 마치코는 또 다시 「허전함을 참기 어려워져서 조이는 듯한 괴로움」을 느끼게 된다. 그런데 남편의 노래를 듣고 마치코가 깨달은 것은 남편의 변모만은 아닌 듯하다. 마치코는 이날 「이상한 마음」을 남편에게 다음과 같이 설명한다.

오늘 회합은 흥겨웠고 많은 분들이 오신 중에 누구라고 하면 알지 못하는 분도 없으니 이런 분들이 모두 당신 친구 분들인가 하고 생각하면 기쁜 마음이 벅차올라 가라앉히기 힘들고, 뒤에서 바라보고만 있어도 좋을 정도였지만, 곰곰이 내 신세를 생각하니, 당신은 지금부터 아니 점점 더 출세하실 테고 세상 사람들과의 관계가 넓어지면 점차로 인격도 높아지실꺼에요. (중략) 끝도 모를 넓은 세상에서 귀도 좋아지고 눈도 밝아지는 것이 당연해요. 좁은 집안에만 있으며 아침저녁 근심걱정 모르고 그저 멍하니 지내는 몸이니 결국 싫증내시게 될 것은 슬픈 일이에요. 지금 생각해도 괴로워요.

능숙해진 남편의 노래를 들은 것을 계기로 남편을 둘러싼 「끝도 모를 넓은 세상」과 자신을 둘러싼 「좁은 집안」이라는 환경의 차이에 주목한 마치코는 「출세」를 하는 것으로 더욱 넓어지는 「세상」에서 점차로 인격도 높여 가는 남편과 「아침저녁 근심걱정도 모르고 그저 멍하니 지내」는 자신이라는 자기발전에 있어서의 속도차를 깨닫는 것이다. 시간이 지남에 따라서 자기발전의 속도가 다른 두 사람 사이에 거리간격이 늘어나는 것은 말할 필요도 없을 것이다. 자신이 하이페이스로 자기발전하는 남편을 따라갈 수 없고, 또 두 사람의 사이에서 생기는 거리를 줄일 수 없는 무력한 존재라고 마치코는 자신과 남편을 비교하여 깨달은 것은 아닐까? 더욱이 마치코는 출세를 해서 자기발전해 가는 남편이 그 속도를 따라갈 수 없는 무력한 자신에게 「결국에는 싫증」내 버릴 것이라고 예상하고 있다. 마치코는 자기발전의 속도차에 의한 거리가 마음의 거리까지 발생시킬 것이라고 생각한 것이다. 또 남편의 출세가 가지는 두려움도 마치코는 인식하고 있는 듯하다. 마치코는 생일모임에 참석한 누구라고 하면 다 아는 사람들과 남편이 친구라고 생각하니 「기쁜 마음이 벅차올라 가라앉히기 힘들고 뒤에서 바라보고만 있어도 좋을 정도」라고 말하고 있다. 하지만 「이상한 마음」을 설명하는 마치코의 말을 참고로 하면 기쁘게 생각한 남편의 출세가 남성에게만 주여진 일종의 특권으로 자기발전 면에서 남편과 자기 사이에 속도차를 낳은 두려운 것이라고 마치코는 깨닫고 있다고 보여진다.

「그저 이상한 마음이 듭니다. 어떻게 된 것일까요? 저도 모르겠습니다」라고 말을 꺼낸 마치코는 남녀를 둘러싼 환경의 차이에 주목하여 남편의 출세 때문에 마음의 거리가 생길 때까지의 과정을 차례로 예상하면서도 「이상한 마음」의 원인을 확실히 인식하고 있지 않은 듯하다. 그렇지만 지금까지 보아온 것처럼, 그 원인은 자기발전 속도가 다른 남편과의 사이에서 확실히 예상되는 메우기 어려운 마음의 거리에 있었음에 틀림없다. 만약 마치코가 자기발전의 속도 차에 따른 남편과의 마음의 거리를 메우기 어려운 것으로 깨닫지 않았다고 한다면, 남편과의 거리가 예상되어도 지금까지대로 거리가 생기지 않도록 사전에 노력하려고 생각했을 것이며 설명하기 어려운 「이상한 마음」을 갖는 일은 없었을 것이다.

남편을 자기발전시키는 출세, 그리고 남자처럼 「넓은 세상」에서 출세할 수 없기 때문에 자기발전해 가는 남편을 따라갈 수 없는 자신의 무력이 남편과의 사이에 메우기 어려운 마음의 거리를 발생시킨다고 깨닫고, 남편의 출세를 두려워하게 되었다고 생각되는 마치코의 비통한 외침은 남편에게까지 닿지 않았다. 어떻게든 말로 설명하려고 했던 마치코의 「이상한 마음」에 대해서 교스케는 「어리석고 비뚤어진 이치에 맞지 않는 일」이라고 생각하고 「질투에서 나온거야」라고 말하고 신경써 주지 않았던 것이다.

「이상한 마음」을 가지고 혼자서 고민하던 중 마치코는 심하게 우울증에 빠진다. 정신적으로 불안정한 상태가 계속되고 있었던 마치코를 더 힘들게 한 것은 연말 대청소날에 우연히 들은 남편의 첩 「이이다마치(飯田町)의 오나미(お波)」와 아들의 존재였다. 처녀일 때 남편과 만났다는 오나미의 존재는 남편이 관심을 보이는 여성으로 게이샤와 창기를 예상하고 있었던 마치코에게 충격이었다고 밖에 말할 수가 없다. 게다가 자신과 결혼했을 즈음, 또는 그 이전부터 교제하여 아들까지 있다는 것을 지금껏 속여 온 남편에게 마치코는 상당한 거리를 느꼈을 것이다. 남편의 출세를 두려워하게 된 마치코는 남편의 출세로 인해 최종적으로 발생할 것이라고 생각했던 마음의 거리가 이미 남편과의 사이에 존재하고 있음을 깨달은 것이다.

대청소 다음날, 남자아이를 양자로 들이고 싶다는 교스케에게 마치코는 「만일 그 아이라면」하고 불안하게 생각하였지만 그 생각을 확인할 수 없었다. 자신의 아들을 「이 집」에 데리고 들어오기 위해서 비유를 맞추고 상냥한 말을 걸어오는 교스케에게 마치코는 「당신은 왜 그렇게 상냥한 듯한 말을 하세요? (중략) 우울해 할 때는 그냥 놔 둬 주세요. 웃을 때는 웃을 테니까, 제 마음대로 하게 해 주세요」라고 밖에 말할 수 없었던 것이다. 아버지를 잃었을 때에 혼자라는 외로움을 알아버려서 의지할 만한 사람과의 거리를 강하게 거부해 왔던 것에서도 알 수 있듯이, 마치코는 의지할 상대 없이 혼자서 살아갈 수 없는 자신의 또 다른 무력을 알고 있었다고 생각된다. 혼자서 살아갈 수 없는 자신의 무력을 알고 있었기 때문에 마치코는 아들의 존재를 남편에게 확인하지 않고 말하고 싶은 것도 전부 말하지 않은 채 입을 다물어 버린 것은 아닐까?

자신을 계속 속여온 남편에게 애정은 식어버렸지만, 자신이 의지할 상대없이 혼자서 살아갈 수 없는 무력한 존재임을 마치코는 알고 있다. 또, 남자처럼 출세할 수도 없는 무력한 자신이 남편의 출세로 인해 생긴 마음의 거리를 좁힐 수도 없다는 것도 알고 있다. 이렇게 현재 상황을 인식하고 고민하는 마치코는 자신의 무력을 인정하고 자신과 마음의 거리가 생겼다고 해도 남편을 받아들일 수밖에 없다는 결론에 이르렀을 것이다. 이러한 결론 때문에 마치코가 말하고 싶은 것도 전부 말하지 않고 입을 다문 이 날 이후, 그녀에게「가끔 가슴통증이 일어나는 버릇」이 생겨버린다. 자신의 무력을 인정하고 남편을 받아들이려고 노력하는 마치코의 괴로움과 슬픔이「가슴통증」으로 나타난 것은 말할 필요도 없을 것이다.

「가슴통증」으로 나타나는 괴로움과 슬픔을 마치코는 서생 치바와의 접촉을 통해서 완화하고 있었던 것 같다. 마치코는「가슴통증」이 일어나면,「밤이든 한밤중이든 상관없이 결국 치바를 불렀」으며, 치바는「자신을 잊고 열심히 간호」를 했다고 한다. 이러한 두 사람의 모습을「수상하게」생각한 집안사람들의 입방아 오른 마치코와 치바의 불륜「소문」은「여자머리를 묶어주는 사람」에게 전해져 집 밖으로 퍼졌으며 결국 교스케의 귀에까지 들어가게 된다.「가나무라의 부인으로 세상에 부끄러운 일은 없었을」것이라고 생각하면서도「이대로 그냥 두기에는 집안 단속을 하지 못했다고 세상에서 핀잔거리가 되어 (중략)

지금 나의 허물이 될」것을 걱정한 교스케는 몇 개월이나 고민한 끝에 마치코에게 별거를 선언한다. 마치코는 별거하겠다는 마음을 바꾸지 않는 교스케에게「당신 어떻게 해서든 그렇게 하시겠습니까? (중략) 보기 좋게 버리고 이 집을 당신 것으로 할 생각이십니까? 마음대로 해보세요. 나를 버려 보세요. 생각이 있습니다」라고 말하고「매섭게 노려본다」. 마치코의「생각이 있습니다」라는 발언과「매섭게 노려보는」행동에 자신을 버리려고 하는 남편에 대한 분노, 자신의 무력을 인정하고 남편을 받아들이려고 노력한 자신에 대한 분노가 담겨있는 것은 분명할 것이다. 그렇지만,「생각이 있습니다」라고 말하는 마치코가 구체적인 대책 등을 가지고 있었는지는 명확하지 않다. 의지할 상대없이 혼자서 살아갈 수밖에 없는, 또 남편의 자기 발전 속도에 따라 갈 수 없는 자신의 무력, 게다가 여성은 남성과 같이「넓은 세상」에서 출세할 수 없다는 무력의 원인을 깨달은 마치코는 어쩌면 이 말의 허무함을 누구보다도 가장 잘 알고 있었을지도 모른다.

나가는 말

어렸을 적부터 잘 알고 지내던 요시로와 결혼한 미오는 결혼 4년째 되던 해에 자신의 힘으로 지위와 부를 얻을 수 없다는 사실을 깨달은 여성이다. 이러한 자신의 무력을 깨달은 미오는 남편이 출세하지 않는 한 자신이 지위와 부를 손에 넣을 수 없다고 판단하고 남편에게 출세하도록 애원했지만, 남편은 그녀의 부탁을 오해하고 받아주지 않는다.

출세를 거부하는 남편에게 실망한 미오는 자신의 무력을 뛰어넘을 방법을 모색하게 되었다고 보인다. 미오가 발견한 자신의 무력을 뛰어넘을 방법은 자신의 미모가 가지고 있는 가치를 이용하여 다른 남자로 「갈아타는」 것이었다. 미오는 일상에서의 일탈을 의미하는 그 방법을 외박·가출이라는 형태로 실행해 간다.

한편, 유일한 의지 상대였던 아버지가 돌아가신 후에 혼자 남겨진 외로움을 알고, 혼자서 살아갈 수 없는 자신의 무력을 알게 되었다고 생각되는 마치코는 남성과 같이 「넓은 세상」에서 출세할 수 없는 자신이 출세해서 하이 페이스로 자기 발전해 가는 남편을 따라 갈수 없다는 또 다른 무력을 깨닫는다. 남편의 출세가 자기발전의 속도 차만이 아니라 최종적으로 남편과의 메우기 어려운 마음의 거리를 발생시키는 두려운 것이라고 깨닫고 남편의 출세를 두려워하게 된 마치코는 그 때 갖게 된 「이상한 마음」을 남편인 교스케에게 어떻게든 언어화하여 설명하려고 했지만, 남편은 제대로 들어주지 않았다. 오나미와 아들의 존재에 대해 듣고, 앞으로 남편이 더욱 출세함으로써 발생할 것으로 생각한 마음의 거리가 이미 남편과의 사이에 존재하고 있다고 안 마치코는 남편에게 애정이 식었지만, 혼자서 살아갈 수도 없고 남편의 출세로 생긴 마음의 거리를 출세할 수 없는 무력한 자신이 줄일 수도 없다고 현재 상황을 인식하고 고민한 끝에, 자신의 무력을 인정하고 마음의 거리가 생겼다고 해도 남편을 받아들일 수 밖에 없다는 결론에 이르렀다고 생각된다. 자신의 무력을 인정하고 남편을 받아들이려고 노력하는 과정에서 마치코는 그 괴로움과 슬픔을 완화하기 위해서 치바와 접촉하고 일상으로부터 일탈해 버린다.

자신의 무력을 깨닫고 남편의 출세를 바라게 된 미오와 남편의 출세를 두려워하게 된 마치코는 남편들에게 자신들의 변화를 이해받지 못하고 혼자서 자신의 무력을 고민하고 일상에서 일탈해 버린 것이다. 자신의 무력을 깨닫고, 고민하고, 일상에서 일탈한 여성이라는 면에 있어서 미오 이야기와 마치코 이야기는 하나의 좋은 페어를 이루고 있다고 말할 수 있을 것이다.

참고문헌 参考文献

1장

石川松太郎編〈東洋文庫302〉『女大学集』(平凡社, 1977)

大竹秀男『「家」と女性の歴史』(弘文堂, 1977)

菅聡子『時代と女と樋口一葉』(日本放送出版協会, 1999)

北田幸恵「越境する女・お蘭―『やみ夜』論」(『樋口一葉を読みなおす』, 学芸書林,
　　　　1994)

関礼子『姉の力 樋口一葉』(ちくまライブラリー, 1993)

高田知波「〈女戸主・一葉〉と『われから』」(『樋口一葉論への射程』, 双文社, 1997)

竹内洋『立身出世主義―近代日本のロマンと欲望』(日本放送出版協会, 1997)

前田愛「一葉の転機―『闇夜』の意味するもの―」(『樋口一葉の世界』, 平凡社, 1978)

前田卓『女が家を継ぐとき』(関西大学出版部, 1992)

橋本のぞみ「『やみ夜』論―傀儡の他者性―」(「国文目白」, 1998・2)

原田勝正『汽車・電車の社会史』(講談社現代新書, 1983)

原田勝正『日本の国鉄』(岩波新書, 1984)

薮禎子「一葉文学の成立と展開―魔を中心に―」(〈新視点シリーズ 日本近代文学4〉
　　　　『透谷・藤村・一葉』, 明治書院, 1997)

2장

浅野洋「『大つごもり』の遠近法」(「国文学 解釈と鑑賞」, 1995・6)

植田一夫「『大つごもり』の世界」(「解釈」, 1975・10)

北川秋雄「『大つごもり』論―孝行ということ」(『一葉という現象―明治と樋口一葉』,
　　　　双文社, 1998)

北田幸恵「『大つごもり』論―もう一つの〈暗夜〉―」(「国文学 解釈と鑑賞」, 1995・6)

木村真佐幸「『大つごもり』成立の背景―『後の事しりたや』―視点―」(「札幌大学教
　　　　養部・女子短期大学部紀要」, 1975・3)

小林裕子「反転するモラル―『大つごもり』論」(『樋口一葉を読みなおす』, 学芸書林,
　　　　1994)

後藤積「『大つごもり』にみる金銭感覚」(『商人としての樋口一葉』, 中央公論事業出
　　　　版, 1979)

笹淵友一『文学界とその時代 下―「文学界」を焦点とする浪漫主義文学の研究―』
　　　　(明治書院, 1960)

関礼子「贈与と主体化―『大つごもり』論」(『論集樋口一葉』II, おうふう, 1998)

高田知波「距離の物語―『大つごもり』への一視点」(『樋口一葉論への射程』, 双文社, 1997)
滝藤満義「『大つごもり』―『はなし』の方法―」(『国語と国文学』, 1996・2)
谷川恵一「うつろな物語――葉『大つごもり』」(『言葉のゆくえ―明治二〇年代の文学―』, 平凡社, 1993)
橋本威「『大つごもり』」(『樋口一葉作品研究』, 和泉書院, 1990)
前田愛「『大つごもり』の構造」(『樋口一葉の世界』, 平凡社, 1978)
前田正治「明治初年の相続法」(〈家族問題と家族法Ⅳ〉『相続』, 酒井書店, 1974)
松坂俊夫「『大つごもり』論」(『樋口一葉研究』, 教育出版センター, 1970)
山田有策『全集樋口一葉』第一巻(小学館, 1979)
山本欣司「『大つごもり』を読む―『正直は我身の守り』をめぐって―」(『立命館文学』, 1995・7)
和田芳恵「『大つごもり』作品解説」(〈近代文学鑑賞講座3〉『樋口一葉』, 角川書店, 1958)

3장
菅聡子「樋口一葉『ゆく雲』試論―心のゆくえ―」(『淵叢』, 1992・3)
菅聡子校注『軒もる月』(〈新日本古典文学大系 明治編24〉『樋口一葉集』, 岩波書店, 2001・10)
関礼子「『読む』ことによる覚醒―『軒もる月』」(『語る女たちの時代――葉と明治女性表現』, 新曜社, 1997・4)
高田知波「『其の上人がためしにも同じく』―『軒もる月』を読む―」(『論集樋口一葉』Ⅲ, おうふう, 2002・9)
滝藤満義「『ゆく雲』から『うつせみ』へ――葉における小説の発想―」(『国語と国文学』, 1990・10)
滝藤満義「『軒もる月』―悟道を急ぐ女」(『国文学 解釈と鑑賞』, 2003・5)
戸松泉「『軒もる月』の生成―小説家一葉の誕生―」『相模女子大学紀要』1992・3)
橋口晋作「『ゆく雲』をめぐって」(『解釈』, 1983・1)
早矢仕智子「『軒もる月』における一葉の語りの方法」(『宮城学院女子大学大学院人文学会誌』, 2002)
樋口一葉〈日用百科全書第十二編〉『通俗書簡文』(博文館, 1896・5)
峯村至津子「縫うこと、綻びること――葉作『ゆく雲』の基層にあるイメージについて―」(『女子大国文』, 2001・12)

峯村至津子「〈安全な場所〉の崩壊―『ゆく雲』に於ける手紙の意味―」(『女子大国文』, 2004・6)
山本芳明「一葉作品にみる書簡の機能―『通俗書簡文』と小説と」(『国文学解釈と教材の研究』, 1994・10)

4장
秋月女史『許嫁の縁』(『都の花』2-5号, 1888・11・4-12・16)
宇佐美毅「『うつせみ』―〈狂気〉に惑う人々」(『国文学 解釈と鑑賞』, 2003・5)
関礼子「狂気の表象をめぐって―『うつせみ』」(『語る女たちの時代――葉と明治女性表現』, 新曜社, 1997・4)
千田かをり「『うつせみ』論」(『立教大学日本文学』, 2000・7)
藤井公明『樋口一葉研究』(桜楓社, 1981・7)
松尾瞭「樋口一葉の小説に見られる狂気」(『鶴見大学紀要』, 1997・3)
満谷マーガレット「〈狂気〉と青春不在―『暗夜』を中心に」(『国文学 解釈と教材の研究』, 1994・10)
南明日香「『うつせみ』論―描かれたあいまいさをめぐって―」(『媒』, 1988・12)
峯村至津子「『うつせみ』の方法に関する一考察―狂気・他界・古典からの引用―」(『叙説』, 1997・3)
峯村至津子「『うつせみ』の狂気―同時代小説の中の一葉文学」(『国語国文』, 1997・11)
山根賢吉「『うつせみ』私考――葉研究ノート―」(『甲南国文』, 1982・3)
内藤耻叟校閲『御定書百ヶ条』(日本文学発行所, 1889・12)
和田芳恵『樋口一葉集』(角川書店, 1970・9)
『文部省調査部調査資料』第二輯 (湘南堂書店, 1981・7)

5장
板垣直子「十三夜」(『国文学 解釈と鑑賞』, 1974・11)
出原隆俊「『十三夜』を総合するもの―〈擦れ〉の機能―」(『国文学解釈と鑑賞』, 1995・6)
井上理恵「無限の闇―『十三夜』」(『樋口一葉を読みなおす』, 学芸書林, 1994)
大塚英志『少女民俗学―世紀末の神話をつむぐ『巫女の末裔』―』(光文社, 1989)
岡保生「『十三夜』論」(『学苑』, 1982・3)
狩野啓子「関係性の病い―『十三夜』の照らし出す近代」(『日本文学』, 1996・11)

菅聡子「『十三夜』―心の闇―」(『国文学 解釈と鑑賞』, 1995・6)

菅聡子・関礼子校注〈新古典文学大系 明治編24〉『樋口一葉集』(岩波書店, 2001)

木谷喜美枝「十三夜」(『国文学 解釈と鑑賞』, 至文堂, 1978・5)

紅野謙介・小森陽一・十川信介・山本芳明「樋口一葉『十三夜』を読む」(『文学』, 1990・冬号)

紅野謙介・小森陽一・十川信介・山本芳明「樋口一葉『十三夜』を読む(下)」(『文学』, 1990・春号)

関良一「『十三夜』入門」(『樋口一葉 考証と試論』, 有精堂, 1970)

関礼子「都市の森の時間―『十三夜』」(『語る女たちの時代――一葉と明治女性表現』, 新曜社, 1997)

高田知波「幻滅する『嫁入せぬ昔し』―『十三夜』ノート」(『樋口一葉論への射程』, 1997)

高山樗牛「女性作家に望む」(『太陽』, 1896・2)

田中実「『十三夜』の『雨』」(『日本近代文学』, 1987・10)

戸松泉「樋口一葉『十三夜』試論―お関の〈決心〉―」(『相模女子大学紀要』, 1992・3)

中山清美「樋口一葉『十三夜』の試み」(『金城国文』, 1996・3)

西荘保「『十三夜』論―先行する『嫁した女の不幸』の話と比較して―」(『日本文学』, 1996・2)

松坂俊夫「『十三夜』論」(『増補改訂 樋口一葉研究』, 教育出版センター, 1983)

松坂俊夫「『十三夜』の構想と成立」(『増補改訂 樋口一葉研究』, 教育出版センター, 1983)

水野泰子「『十三夜』試論―『母』の幻想の称揚―」(『文芸と批評』, 1989・9)

山田有策「『十三夜』の世界」(『深層の近代―鏡花と一葉』, おうふう, 2001)

山本欣司「『十三夜』論―お関の『今宵』／斉藤家の『今宵』―」(『国語と国文学』, 1994・8)

湯地孝「十三夜」(『樋口一葉論』, 至文堂, 1926・10)

6장

愛知峰子「『わかれ道』論――一葉のふねのうきよ也けり―」(『国文学 解釈と鑑賞』, 1995・6)

内田魯庵「国民之友新年附録を評す」(『読売新聞』, 1896・1・27)

岡保生『全集樋口一葉』小説編二 (小学館, 1979)

河村清一郎「わかれ道」(『国文学 解釈と鑑賞』, 1986・3)

北川秋雄「『わかれ道』論—邦子という補助線」(『一葉という現象—明治と樋口一葉』，双文社，1998)

木村真佐幸「『わかれ道』の周辺—人物形象化と虚実の背景—」(『札幌大学教養部紀要』，1988・3)

木村真佐幸『樋口一葉』(おうふう，1980)

小森陽一外「共同討議 樋口一葉の作品を読む：わかれ道」(『国文学 解釈と教材の研究』，1984・10)

杉崎俊夫「わかれ道」(『国文学 解釈と鑑賞』，1995・6)

関礼子「貧者の宵—『わかれ道』」(『語る女たちの時代——葉と明治女性表現』，新曜社，1997)

高田知波「笑う女と泣く少年—『わかれ道』の位相」(『樋口一葉論への射程』，双文社，1997)

滝藤満義「わかれ道」(〈現代文研究シリーズ17〉『樋口一葉』，尚学図書，1987)

千田かをり「『わかれ道』論—お京の言説をめぐって—」(『論集樋口一葉』，おうふう，1996)

橋口晋作「『わかれ道』とその先行作品」(『解釈』，1989・12)

橋本威「『わかれ道』—発想の観点から—」(〈近代文学研究叢刊1〉『樋口一葉作品研究』，和泉書院，1990)

山崎真紀子「すれ違う物語—『わかれ道』論」(『樋口一葉を読みなおす』，学芸書林，1994)

山本欣司「出会わない言葉の別れ—『わかれ道』を読む—」(『論集樋口一葉』，おうふう，1996)

長谷川啓「『わかれ道』—お京の〈妾〉奉公選択の理由」(『国文学 解釈と鑑賞』，2003・5)

和田芳恵〈日本近代文学大系8〉『樋口一葉』(角川書店，1970)

7장

青木一男「『われから』—人妻物語への試み」(『国文学 解釈と鑑賞』，2003・5)

大井田義彰「罪は我が心より…—『われから』試論」(『媒』，1988・12)

大畑照美「『われから』論—母と美尾、美尾と町子—」(『近代文学研究』，2001・2)

五島慶一「〈妻〉の『一念』—『われから』における妻の位置—」(『三田文学』，2001・4)

関礼子「物語としての『われから』—『わらから』」(『語る女たちの時代——葉と明治女性表現』，新曜社，1997・4)

滝藤満義「『われから』とその周辺—続・人妻たちの系譜—」(後藤重郎教授停年退官
　　　記念『国語国文学論集』, 名古屋大学出版会, 1984・4)
高田知波「〈女戸主・一葉〉と『われから』」(『樋口一葉論への射程』, 双文社, 1997・
　　　11)
高山樗牛「一葉女史の『われから』」(『太陽』, 1896・6)
脱天子・登仙坊・鍾禮舎「三人冗語(われから)」(『めさまし草』, 1896・5)
千田かをり「『われから』における言葉と身体」(『立教大学日本文学』, 1993・12)
戸松泉「『われから』試論—〈小説〉的世界の顕現—」(『国文学 解釈と鑑賞』, 1995・
　　　6)
峯村至津子「『われから』論(上)」(『国語国文』, 1995・3)
峯村至津子「『われから』論(下)」(『国語国文』, 1995・4)
薮禎子「『われから』論」(〈新視点シリーズ 日本近代文学4〉『透谷・藤村・一葉』, 明
　　　治書院, 1991・7)
湯地孝『樋口一葉論』(至文堂, 1926・10)
渡辺澄子「一葉文学における新たな飛躍—『われから』論」(『樋口一葉を読みなおす』,
　　　学芸書林, 1994・6)
無署名「われから」(『文学界』, 1895・5)
「われから」(『青年文』, 1896・6)
『新装版 明治世相編年辞典』(朝倉治彦・稲村徹元編, 東京堂出版, 1995・6)

【색 인】

저자약력

조혜숙(趙恵淑)

　일본 센슈대학(專修大学)에서 석, 박사학위를 취득하고 현재 단국대학교 일본연구소의 연구교수로 재직하고 있다. 히구치 이치요(樋口一葉)를 중심으로 일본메이지문학(明治文学)을 전공하였으며 동시대의 일본문화에도 많은 관심을 가지고 있다. 주요 논문으로는 「樋口一葉『大つごもり』論-〈正直〉をめぐって」「『키재기』시론-미도리의 수난에 대해서」「메이지시대 조선문화의 소개양상-나카라이 도스이(半井桃水)『胡砂吹く風』에 대해서」 등이 있다.

단국대학교 일본연구소 학술총서 02

일본근대여성의 시대인식
－여류작가 히구치 이치요(樋口一葉)의 시선－

초판인쇄　2010년　2월　26일
초판발행　2010년　3월　3일

저자 조혜숙
발행 제이앤씨
등록번호 제7-220

주소 서울시 도봉구 창동 624-1 현대홈시티 102-1206
전화 (02) 992 / 3253
팩스 (02) 991 / 1285
홈페이지 http://www.jncbms.co.kr / 제이앤씨북
전자우편 jncbook@hanmail.net
책임편집 조성희

ISBN 978-89-5668-772-8 93830　　　　　정가 13,000원